창약

어떤 마술의 금서목록 INDEX 2

카마치 카즈마

일러스트 / 하이무라 키요타카

CONTENTS

"어머나. 도련님한테는
좀 지나치게 자극이 강했을까?"

'R&C 오컬틱스'의 CEO이자 '장미십자'의 중진
안나 슈프렝겔

창약

어떤 마술의 금서목록

INDEX

카마치 카즈마 지음
하이무라 키요타카 일러스트
김소연 옮김

서장 피의 탄생제, 개막 12/24_to_12/25

크리스마스이브의 밤이었다.

눈이 내리는 화이트 크리스마스, 수많은 꼬마전구로 장식되고 밝은 곡조의 음악이 울려 퍼지는, 모두가 서로 웃으며 일상의 행복에 감사하는 하루여야 마땅했다.

그런 의미로는 '그녀의 행위'도 여기에서는 풍경 속에 파묻혀버릴지도 모른다. 다른 것은 차치하고, 일본에서는 크리스마스란 괴짜들의 이벤트라는 색깔이 더 강하기 때문이다.

하지만.

그 행위에 아무 충격도 없었느냐고 묻는다면, 그렇다고 단언할 수도 없다.

적어도… 다.

인덱스는 보았다.

미사카 미코토는 보았다.

겨우 15센티미터까지 줄어든 신, 오티누스는 보았다.

겹쳐진 것은 입술과 입술.

삐죽삐죽 머리의 고등학생 카미조 토우마의 입술을 살며시 빼앗는 요염한 마술사가 모든 것의 중심에 서 있었다.

안나 슈프렝겔.

스트로베리 블론드의 긴 머리카락을 몇 가닥으로 납작하게 눌러 땋아 늘어뜨린 그녀는, 체격으로만 말하자면 인덱스나 미코토보다 성숙하다. 글래머 몸을 감싸고 있는 것은 붉은 드레스… 라고 해도 좋을까. 우선 붉은색 계열의 레오타드가 있고, 허리 둘레에는 롱스커트를 덧붙였다… 고 하는 쪽이 가까울지도 모른다. 현대 일본, 도쿄. 그 최첨단의 학원도시에는 어울리지 않지만, 그러면 어느 시대의 어느 지역이면 딱 어울리느냐고 묻는다면, 아마 아무도 대답할 수 없을 것이다. 어디에도 영합하지 않고, 뿐만 아니라 자신을 중심으로 세계를 자신의 색으로 물들인다. 아마 UFO를 타고 오는 화성인도 조금 더 지구의 사정에 맞춰 코디를 조정할 것이 분명하다.

풀썩.

다디단, 장미 같은 향기가 몸을 약간 움직이기만 해도 주위에 흩뿌려진다.

"응, 후."

웃는 것 같기도 하고 칭얼거리는 것 같기도 한.

뜨거운 숨결을 상대의 구강에 쑤셔 넣을 정도로 기나긴, 빼앗는 듯한 입맞춤.

이윽고, 안나 슈프렝겔은 카미조의 목에 양팔을 두른 채 살며시 얼굴만 떼었다. 커다란 가슴을 뭉개듯이 기대어 눈을 치떠서 소년의 눈을 바라본다.

"어땠어?"

"아, 아아, 아, 아, 아…."

카미조 토우마보다도 먼저, 옆에서 보고 있던—아니, 보고 있을 수밖에 없었던—미사카 미코토의 입이 부들부들 떨리며 움직였다.

반쯤 경련하는 듯한 목구멍으로, 그래도 필사적으로 말을 짜낸다.

"당신!! 갑자기 나타나서, 무, 뭘, 뭘 하는 거야?!"

이상했다.

맥락 따위 없었다. 인파 속에서 정말로 열 살 정도의 소녀가 불쑥 나타나는가 싶더니, 갑자기 몸이 커지고, 그리고 카미조 토우마에게 달라붙어 키스를 했다. 의미를 알 수가 없다. 머릿속은 새하얗다, 따라갈 수가 없다. 점과 점을 선으로 이을 수 없다면, 거기에는 무언가 보이지 않는 '뒤'가 있다고 생각해야 한다. 공짜보다 무서운 것은 없다…… 를 실제로 실현하고 있다고 생각하지 않으면 이상하다.

그렇다.

그럴 것이다.

미사카 미코토의 머리 뒤가 찌릿찌릿 타고 있는 것은 새로운 위협이 나타났기 때문이고, 거기에 그녀의 개인적인 감정 따위는 끼어들 여지가 없고, 슬프다거나 초조하다거나 부조리하다거나 이상한 상실감이라거나 뭐라거나, 어쨌든 그런 쉽게 언어화할 수 없는 '무언가'가 배 밑바닥에서 빙글빙글 소용돌이치면서 끓고 있는 것은 전부 착각이다.

분명히 뭔가 있다.

이제부터 좋지 않은 일이 일어날 것이다.

몸을 긴장시키고, 두 다리에 힘을 주고, 단단히 몸을 굳히지 않으면 눈꼬리에서 무언가가 나올 것 같은 자신을 마음 밑바닥에 전부 봉인하고, 미코토는 새삼 눈앞의 상황을 응시한다.
그래서 깨달았다.

주륵.
삐죽삐죽 머리의 바보 녀석이 천천히 코피 따위를 흘리는 사실을.

"……호오… 오, 그런가, 그런가. 마침내 받아들였나, 호박이 넝쿨째 상황을. 호호… 오, 그렇군."
비교적 절대영도의 느낌이 되어버린 미코토의 창끝이, 수수께끼의 땋은 머리에게서 낯익은 삐죽삐죽 머리에게로 위태롭게 옮겨간다.
그러나… 다.
미사카 미코토는 조금만 더 상황을 깊게 관찰해야 했을지도 모른다.
카미조는 확실히 코피를 흘리고 있다. 하지만 왜? 흥분하면 코피가 난다는, 콩트에 나올 정도로 템플릿한 상황은 실제의 생물학으로 생각해서 있을 수 있는 일일까? 그리고 왜, 아까부터 카미조 토우마는 한 마디도 하지 않을까? 놀란다, 기뻐한다, 싫어한다. 무엇이 되었든, 그만한 일을 갑작스럽게 당하면 리액션 하나 정도는 취해도 이상하지 않을 텐데.
그렇다.
반대로, 그럴 만한 여유가 없었다면?

"푯."

카미조 토우마의 입에서 무언가가 새어 나왔다.

안나 슈프렝겔이 쿡쿡 웃으며 양팔을 풀고, 커다란 가슴이 뭉개질 정도로 꽉 껴안고 있던 상태에서 살며시 떨어진다. 마치 마개가 풀린 것 같았다. 그것을 신호로 소년은 몸을 기역자로 꺾는다.

"부가학?! 우부우아아아아아아아아아아아아아아아아아아아아아아아아아아아아아?!"

더러운 소리가 났다.

주위를 걷고 있는 연인들은 처음에는 멀찍이서 작게 웃고 있었다. 아무리 이브라고 해도 고등학생이 도를 지나쳐서 술이라도 마신 건가, 그렇게 생각하고 있었을 것이다. 그러나 그들의 얼굴도 의아해진다. 철벅철벅 토해져 나오는 것의 색채는 빨강, 게다가 수프나 음료수의 색이 아닌 것 같다는 것을 깨닫고 나서는 반쯤 패닉이 광장을 메우기 시작한다.

"토우마!! 괜찮아? 대체 뭘 당한 거야?!"

"뭔가… 뭔가 먹였다는 거야?! 방금 그걸로?!"

여전히 웃고 있는 것은 한 사람뿐이었다.

안나 슈프렝겔.

"어머나. 도련님한테는 좀 지나치게 자극이 강했을까?"

글래머 미녀인 주제에 몸짓만은 작은 어린아이 같았다.

메롱, 장난이라도 치듯이 혀를 내민다.

미리 무언가를 얹어서 굴리고 있던, 악의의 혀를.

키 15센티미터의 신, 오티누스가 혀를 차며 중얼거린다.

"생제르맹인가."

"발버둥쳐봐, 내부의 고통과 미지의 공포로 자신이 사라져버리지 않도록."

그 여자는 요염하게 웃은 채 한 손을 가볍게 흔들었다.

들려 있는 것은 아무런 특징도 없는 스마트폰이었다.

"그리고 자신들의 기술만으로 부족하다고 생각했을 경우에는 언제든지 분부를. 쿡쿡, 'R&C 오컬틱스'는 세상의 부조리에 대항하기 위한 수단을 제공해. 누구한테나 평등하게, 응?"

"!! 기다려! 독인지 세균인지 모르겠지만, 주인이라면 해독제나 백신 하나쯤 갖고 있

"그만둬!!"

외침이 시간을 멈추었다.

진원은 오티누스였다.

다만 말을 건 상대는 과연 안나였을까, 아니면 격노한 미코토였을까.

안나 슈프렝겔은 흥미가 없는 것 같았다.

그대로.

간간이 내리는 눈이 부자연스럽게 그녀를 피하고 있었다.

"운이 좋았군."

찌릿.

보이지 않는 에너지가 공간 속에 대전(帶電)하는 듯한 긴장감이, 뒤늦게 모두에게 닿는다.

느릿한 그 한 마디만으로 슬슬 눈치채야 한다.

보통 사람이 이해할 수 있는지 어떤지는 상관없다. '여기'에는 '무언가'가 설치되어 있고, 미사카 미코토가 무심코 실수로 한 발짝만 더 발을 들여놓았다간 그 시점에서 돌이킬 수 없는 질척질척이 눈의 대지에 흩뿌려졌을 거라는 단순한 사실을.

오티누스 자신도 속은 이미 옛날에 끓고 있었을 것이다.

그런 상태에서 그녀는 이어서 이렇게 말했던 것이다.

소년을 슬프게 만들지 않기 위해.

"…지금은 그만해둬. 저것이 보이지 않는다면, 네놈은 아직 같은 필드에 서 있는 게 아니야. 그런 상태로는 애초에 싸움을 걸어봐야 자살 행위밖에 되지 않아."

"하지만!"

알고 있다.

싸울 수 없다는 것 정도는, 따라갈 수 없다는 것 정도는 미코토도 알고 있다.

마이도노 호시미, 네오카 노리토. 오늘 하루, 12월 24일만 돌이켜 생각해보아도 줄곧 그런 기분을 품어왔다. 상황을 잇는 정도는 공헌할 수 있었을지도 모르지만, 미코토가 없었다면 어디에선가 추적의 선이 끊어졌을지도 모르지만, 그래도 결국 마지막에 결판을 낸 것은 언제나 저 삐죽삐죽 머리 소년이었다.

앞으로 몇 번이나, 이 소년은 모두를 위해 상처를 입어야 하는 것일까?

단 한 번이라도 대신해줄 수는 없는 것일까?!

"하지만…!!"

"반항기는 귀엽네."

그 자리에서 한 발짝도 움직이지 않고. 안나 슈프렝겔은 자신의 엄지로 가슴 한가운데를 가리켰다.

"상상한 대로, 해결 수단이라면 있어. 내 여기에. 궁금하다면 손을 뻗어보면 어때? 단지 그것만으로도 그는 지금 당장 살 수 있을지도 몰라."

"……???!!!"

입술을 깨물고.

미사카 미코토의 오른팔이 부자연스럽게 꾸물거리고.

미지의 약품을 머릿속으로 상상하는 것만으로도 무언가의 금단 증상처럼 그 손끝이 독립된 생물처럼 기어 다니고.

"어머나."

맥 빠진 듯한 목소리가 났다.

자신의 몸을 움츠리듯이 빈손으로 오른손을 꽉 움켜쥐고 누른 미코토를 보고, 슈프렝겔 양은 정말로 어이없다는 얼굴이 된 것이다.

"재미없네. 100점 만점이잖아. 이 나라에 얼마든지 굴러다니는 외길의 RPG처럼 재미없는 이야기야. 버튼을 연타하는 대화극은 지루하지 않아? 만든 사람이 준비한 눈물을 짜내는 이야기 밖으로 나가보고 싶다고 생각한 적은 없는 거야?"

그것으로 '흐름'이 결정되었다.

통, 통 하는 작고 가벼운 소리가 난다. 마치 눈이 휘날리는 밤에 춤추는 요정처럼, 안나는 이쪽을 응시한 채 한 발짝, 두 발짝 '죽음의 벽'에 등을 돌리고 떠나간다. 누구의 눈에도 보이는데, 누구의 손에도 닿지 않는 어둠으로 녹아들려 하고 있다.

노랫소리가 있었다.

"'그것'은 이매진 브레이커(환상을 부수는 자)로도 해결되지 않아. 대를 거듭하면서 잠식 효능이 약해진 천연의 생제르맹이 아니라, 이 내가 직접 손을 댄 중증형이고. 이미 군용형이라고 불러도 좋을지도 모를 정도로."

쿡쿡 웃으면서.

우등생에서 단 한 발짝도 삐져나갈 수 없었던 미코토를 비웃듯이.

"'그것'은 이 도시의 과학 기술을 이용해도 고칠 수 없어. '그것'은 벽 바깥에서 소용돌이치는 마술을 사용해도 고칠 수 없어. 실컷 발버둥치고, 실컷 그 남자를 괴롭히도록 해. 그리고 자신 이외의 누군가를 마구잡이로 연명하는 데 절망했다면, 나를 찾아와. 'R&C 오컬틱스'의 문을 두드리면, 이 정도는 1초 만에 해결할 수 있어."

사라진다.

이번의 이번에야말로, 유유히 낚싯줄을 끊고 해수면으로 도망가는 거대한 물고기처럼, 안나 슈프렝겔은 암흑의 베일 안쪽으로 들어가려고 한다.

그렇다.

재미없는 외길의, 어떻게 해도 이길 수 없다고 처음부터 파라미터가 설정되어 있는 전투를 적이 적당한 데서 끝맺듯이.

"잠깐!!"

미사카 미코토는 저도 모르게 외쳤다.

소용없다는 것을 알고 있어도.

그리고 지금까지의 노골적인 분노와는 뉘앙스가 달랐다. 미코토의 목소리에는 분명한 후회가 있었다. 만일 같은 기회가 한 번 더

온다면, 몸이 폭발해 흩어지더라도 손을 뻗을 것이다. 게임 마스터의 예측을 전부 부수고 진행 불능으로 만들어줄 것이다. 그런 잘못된 용기에 떠밀리고 있었다.

100점 만점의 반장은 어이없는 실수로 감점되어 99점이 되었다.

그것이 약간 안나 슈프렝겔의 흥미를 끈 것일까. '잠깐'이라는 한 마디에 포함된 뉘앙스를 이해하고, 단 한 번 춤추는 듯한 발걸음을 멈추었다. 게임의 룰에 대해서 불안을 해소해줄 생각은 있는 모양이다.

만일 포기한다 치고, 그때에는 어떻게 안나를 찾으면 좋은가? 접촉할 방법을 모르면, 포기하고 굴복하기로 결심한다 해도 그 뜻을 전하지도 못해서 결국 타임업이 되고 소중한 소년을 죽게 하고 말지도 모른다.

그런 무의식의 두려움에 대해, 존재 자체가 전설이 된 마술사는 즉시 대답했다.

자신의 입술에 검지를 대고, 품고 있는 비밀을 살며시 고백하듯이.

"이제 전 세계, 어디에서나. 스마트폰 사용법 정도는 알지?"

안나 슈프렝겔은 사라졌다.

그 실체를 의심하고 싶어질 정도로 소리 없이, 도시의 혼잡으로 녹아 들어가듯이.

행간 0

'황금' 또는 '새벽'.

이렇게 유명한 단어를 보고도 아직 딱 와 닿지 않는다면, 그런 인물은 엉터리다. 그것은 이미, 태어나서 지금까지 한 번도 사이펀을 본 적이 없는 커피숍 주인과 비슷할 정도로는… 이라고, 적어도 어떤 곳에서는 그렇게들 말한다.

그러나 처음 듣는다 해도 부끄러워할 필요는 특별히 없다.

애초에 마술이라는 기술 체계를 다루는 사회 자체가 지구의 총인구에서 보자면 틈새 같은 작은 세계에 지나지 않으니까. 모르는 쪽이 대다수이고, 모르는 편이 당연하다.

본론으로 들어가자.

이 프레이즈는 19세기 말, 영국의 수도 런던에 설립된 마술 결사를 가리킨다. 웨스트코트, 메이더스, 미나, 웨이트, 그리고 아레이스타 크로울리. '세계 최대'라는 말이 붙는 대로, 그 결사는 다수의 걸물(동시에 성가신 변태도 꽤 포함한다)을 배출했고, 그때까지 옥석이 섞여 있던 수상한 오컬트의 계통을 세우고 정리해, 누구나 새로운 마술을 쉽게 만들 수 있는 상자 정원 같은 간이 키트의 창조에까지 손을 뻗었던 모양이다. 지극히 뛰어난 기술을 가진 '황금'이지만 결코 활동 자금이 윤택하지 않았던 것과, 그 이상으로 개개인의 천재성을 고려해도 지나칠 정도의 사회성 결여가 재앙이 되어, 압도적으로 강했던 이 결사는 겨우 몇 년 만에 내부에서부터 공중분해가 된다는 쓰라린 일을 당했다. 이 부분에 대한 이해를 깊이 하려면 흔히 말하는 '브라이스로드의 싸움'이라는 세계 최강의 마술 투쟁을 알아보는 것이 지름길이다.

흩어진 '황금'의 조각, 즉 소수의 생존자는 각자가 가지고 나온 영적 장치나 마도서를 끌어안고, 자신이야말로 정통 후계자라고 주장하며 각각 작은 결사를 내걸었다. 그 수는 공식적으로 확인된 것만 해도 백 개를 훌쩍 뛰어넘지만, 이것에 대해서는 오히려 수가 지나치게 많아서 하나로 재통합할 기회를 잃었다고 하는 편이 가깝다. 오늘날에는 서로의 발목을 잡느라 바쁜 '황금'계 결사이지만, 그래도 가장 계통을 세우고 정리된 마술을 조직적으로 실천하는 단체라는 의미에서는 더 이상의 카테고리는 따로 존재하지 않는다고 하니 놀라운 일이다.

조각, 단장(斷章), 찌꺼기조차 이 정도의 영향력.

원래의 '황금'이 얼마만 한 힘을 가지고 있었는지, 상상에 도움 정도는 될 것이다.

그런데.

(개개의 인격이나 사회성은 우선 옆으로 밀쳐두고, 어디까지나 기술이나 문화면에서) 이렇게까지 무조건적으로 떠받들리고 있는 '황금'이지만, 그들은 자신들의 힘만으로 마술 결사를 설립한 것이 아니라는 사실은 아시는지.

시작은 '세 명의 창설자' 중 하나, 웨스트코트였다.

그는 우연히 손에 넣은 암호 문서를 난항을 겪으면서도 해독해서, 단편적인 메모였던 그 힌트를 바탕으로 메이더스와 협력해 새로운 마도서를 쓴다. 그리고 그 주인인 듯한 주소로 편지를 보내, 독일에서 긴 역사를 자랑하는 '조직'과 편지를 주고받음으로써 친교를 다지고, 그 교류 속에서 새로운 마술 결사의 설립 허가를 받았다.

즉, '로젠크로이츠(장미십자)'다.

그럼 황금과 장미, 세속 일반의 지명도는 어느 쪽이 높을까.

여기에서 단순한 역사의 깊이와 관련되어 있는 사람이나 국가의 수로 말하자면, 장미십자 쪽이 압도적이라고 명확하게 말해두겠다. 근대 마술의 원형을 만들었다고 하는 '황금'이지만, 반대로 말하자면 여러 트러블로 정보 유출도 많았다. '장미'는 한 걸음 물러서 있는 것이 아니라 오히려 비밀주의를 충실하게 지켰다고 판단해야 한다. 당연히, 오리지널의 명맥은 네트워크나 드론이 날뛰는 이 현대까지 유지하고 있다고 보아도 좋을 것이다.

그럼, 장미십자에 대해서 조금 더 깊이 들어가보자.

그 이름대로, 이 결사는 전통적 마술사 크리스천 로젠크로이츠가 기나긴 여행 중에 손에 넣은 세계 각지의 지혜를 정돈해서, 보통 사람도 이용 가능한 형태로 치환하고 나서 재배포하는 형식으로 퍼졌다. (세속 일반의 생활을 버릴 각오를 하고 뒤쪽 세계에 들어가면 '사본'이라는 형태로) 비교적 열람 기회가 많은 주요 마도서는 「파마 프라테르니타티스(장미십자단의 명성)」, 「콘페시오 프라테르니타티스(장미십자단의 고백)」, 「케미슈 호츠자이트(화학의 결혼)」 세 권이지만, 이것과는 별개로 크리스천 로젠크로이츠 자신이 현자들로부터 받았다고 하는 M의 서(書)라고 불리는 고순도의 '오리진(원전)'에 대해서도 그 존재가 숙덕거려지고 있다. 결사의 목적은 사람과 세계의 '병'을 고치는 것이고, 그러기 위해서 무상의 봉사를 아끼지 않는다고 되어 있다.

따라서 그들은 전통적으로 약효의 채취나 합성을 잘 안다.

사람의 병은 그렇다 치고 세계의 병이란 무엇일까. 이것에 대해서는 전쟁, 오염, 고갈 등을 일으키는 인간 사회 전체를 올바른 지식으로 이끌고, 잘못된 상식을 고침으로써 세계를 좀먹는 병소(病巢)를 제거한다는 설이 유력하다. 다시 말해 결사의 마술사 본인이 '극약'으로 작용한다.

로젠크로이츠 자신은 14세기 전후의 인물이지만, 장미십자라는 집단에 대해서는 긴 시간에 걸쳐 몇 번인가 폭발적인 유행이 일어날 때마다 세속 일반까지 부상했다. 유명인도 이 '유행'과 덧붙어 거론되는 경우가 많다. 예를 들어, 16세기에 활약한 네 개의 이드라의 제창자 프랜시스 베이컨, 18세기부터 종종 사교계에서 목격된 생제르맹, 19세기에 장미십자의 고서를 발굴한 엘리파스 레비, 자신은 그 레비의 환생이라고 선전했던 어드밴스드 위저드(근대 마술사) 아레이스타 크로울리. …그리고 그 이상으로 수수께끼가 많고, 생활감이 희박하고, 존재 자체의 날조설까지 유포되어 있는 안나 슈프렝겔.

그녀가, 웨스트코트의 편지 교환 상대다.

즉 당시 신참이었던 '황금'에 결사 설립 허가를 내려준, 스승과 제자의 관계라고 할 수 있다.

앞에서 말한 대로, 안나 슈프렝겔은 많은 수수께끼로 가득 차 있다.

장미십자 독일 제1성당의 주인이라고 하는 오래된 마술사. 경칭을 붙일 때에는 슈프렝겔 양이 되니 아마 젊은 여성일 것이라고 하지만 실제 나이는 불명. 자신은 인간을 뛰어넘거나 포기한 것이 아니라, 어디까지나 초자연 현상 존재인 시크리트 치프와 자유롭게 콘택트를 취할 수 있는 '무녀'에 가까운 위치라고 주장하고 있다. …어느 쪽이든, 그 입장을 독점할 수 있다면 자신 이외의 인류 전체에 휘두를 수 있는 권한은 거의 동격이겠지만.

안나의 존재가 수상하게 여겨지는 것은 공적인 기록을 조사하는 한, 한 번도 사람들 앞에 나선 적은 없고, 웨스트코트의 편지 속에서만 등장하기 때문이다. 또한, 안나로부터의 답장은 분명히 필적을 가공한 것이어서 웨스트코트 자신의 자작극이 강하게 의심되고 있었다. 당시 신흥이었던 '황금'에 역사적인 관록을 더하기 위해, 유서 깊은 '장미'의 증명서가 필요했다는 것이다.

그러나 편지가 날조였다고 해서 안나 슈프렝겔 자체의 존재까지 완전히 부정되었다고는 할 수 없다. 웨스트코트는 모범이 되는 인물을 바탕으로 편지를 날조했을지도 모르고, 가짜 편지를 이용한 이중 바닥으로 진짜 편지를 숨기고 제3자로부터 비밀을 지켰을 가능성도 있다.

슈프렝겔 양은 열쇠다.

인류가 그 손과 눈을 사용해 좇을 수 있는 범위에서는, 실로 최상위의 마술사. 역사상 최대급의 마술 결사인 '황금'과 '장미', 어느 쪽에도 깊이 관여하는 전설 그 자체. 저울로 말하자면, 양쪽 끝의 접시라기보다 한가운데의 지점에 자리 잡고 앉아 전체의 기울기를 바라보고 있다고 하는 편이 가까울지도 모른다. 따라서 이 한 점을 장악하면 모든 수치가 보인다. 만일 그녀의 꼬리를 잡을 수 있다면, 그 인물은 겉으로는 과학 만능이라고 불리며 옛 세계의 뒤쪽에서 꿈틀거리고 있는 어둠의 영역을 통째로 낚아 올리는 것마저 가능할 것이다.

그때 세계는 어떻게 될까.

가벼운 마음으로 들여다보고 만 것에, 완전히 야윈 인류의 정신문화는 견딜 수 있을까.

거기까지는 보장할 수 없지만.

독일에서 수도원장을 지낸 안드레는 자신의 서적 속에서 장미십자란 17세기 초, 자신이 19세 때 「화학의 결혼」을 창작 및 유포한 날조 신화이며, 장난스러운 고백에 의해 꿈은 끝났다고 말했다. 하지만 실제로 장미십자는 오늘날까지 명맥을 유지하고 있다. 현실의, '사용할 수 있는' 술식을 실천하는 수수께끼의 마술 결사로서. 그렇게 되면, 단 한 문장만을 그대로 받아들여 안심을 얻고 싶어 하는 것은 너무나 짧은 생각일 것이다. 그래서는 방사선은 눈에 보이지 않으니 존재하지 않는 것이다, 이렇게 주장하는 것과 같은 수준까지 위기관리 의식이 폭락하고 만다.

"그렇군. 접착제를 사용해서 한 번 깨진 조각을 억지로 이어 붙이면 이렇게 되는 거로군. …진실을 알고 있는 내가 보기에는, 이미 어이없을 정도의 모자이크 상태야."

제1장 실은 이쪽이 진짜 Home_Ground_Hospital

1

카미조 토우마는 침대에 아무렇게나 누워 있었다.

이미 아침이었다.

그리고 몹시 소독약 냄새가 코를 찌른다. 슬프게도 이 냄새에 그리움마저 느끼는 자신이 있었다. 이미 '익숙해'졌다.

병원.

그것도 개구리 얼굴의 의사가 근무하는 '그 병원'이다.

벌써 몇 번이나 휴대전화 화면으로 확인했을까. 그래도 시간은 되돌아가지 않는다.

다시 말해서,

"12월, 25일. 하필이면 크리스마스 당일에 입원이냐…."

구시렁거려도 어쩔 수 없다.

밤은 지나버렸고, 병원까지 실려 왔다는 것은 살아남고 말았다는 것이다.

여기에는 그런 절대 안전의 '철칙'이 깔려 있다.

카미조 토우마는 그것을 알고 있다. 그것도 논리가 아니라 경험으로.

…그게, 다시 생각해보아도 너무한 이브였다. 이불 속에 숨어 있

는 몸이 고대 문명의 흙 인형 로봇처럼 어색한 것은 온몸이 붕대투성이이기 때문일 것이다. 전부 해서 몇 군데 상처가 난 것인지는 더 이상 세고 싶지 않고, 보고 싶지도 않다. 어쨌거나 알고 있는 것만으로도 나이프에 옆구리를 찔리고, 온몸에 쇳조각이나 유리 조각을 뒤집어쓰고, 차세대 마술을 몇 발 튕겨내고, 전 레스큐였던 부자 미남 마초의 주먹이 완벽하게 뺨에 파고들었고.

그리고 마지막으로.

…….

삐죽삐죽 머리의 고등학생은 말없이 자신의 입술에 손가락을 댔다. 감촉은 아직 잔류한다. 아무래도 그것은 빈혈로 어질어질한 머리가 보여준 환상… 이라는 것은 아닌 모양이다. 아직도 어떻게 받아들여야 좋을지는 판단하기 곤란하지만. 서양은 진보한 것일까… 라는 구닥다리 편견 하나로 납득했다간 인덱스나 올소라 등으로부터 떡이 되도록 두들겨 맞을 것 같지만.

(생제르맹….)

어렴풋이, 문외한인 소년에게도 그 이름은 기억에 있다.

지금은 검은 환약의 형태로 자리 잡았지만 원래는 한 사람의 마술사였을 터.

(그럼 첫 키스는 생제르맹의 맛…? 에엣, 그게 뭐야, 전체적으로 어떤 거야. 그러니까 먼 옛날의 기름 낀 아저씨 맛이라는 뜻? 그럴 수가, 그아악…! 이거 어느 서랍에 넣는 게 정답? 해피, 어두침침? 어쩔 거야. 어떻게 받아들여야 할지 모르겠어어!!)

문제, 수수께끼의 절세 미녀가 모르는 아저씨가 신던 양말을 뭉쳐서 입 가득 물고 나서 우물우물 키스를 재촉해왔습니다. 어떻게

할까요? 참고로 이것은 첫 키스입니다, 누가 뭐라고 말하든 자신만은 평생 잊을 수 없다고요☆

정신이 들어보니, 카미조 토우마는 식은땀으로 온몸이 흠뻑 젖어 있었다.

"안 돼. 씻어낼 수 없을, 것 같아…!! 무오오 강하다고 아저씨 양마알!!"

어쨌든.

좌우의 눈꼬리에서 피눈물을 흘릴 것만 같은 카미조 토우마, 마지막 쪽은 이미 기억도 흐릿하지만 분명 대량의 피를 토했을 것이다. 정말로 용케 출혈 과다로 죽지 않았다, 대체 이 몸에는 몇 리터의 피가 순환하고 있는 것일까.

뭐, 괜찮다. 괜찮을 것이다. 카미조 토우마에게는 흔들리지 않는 의지가 있었다. 검사 결과는 아직 나오기 전이지만 몸 어딘가가 아프다거나 움직이지 않는다는 것은 아니고. 그 후로 피도 토하지 않았다. 그 한 번으로 끝이야. 이것 봐, 힘차게 복근 운동을 해도 아무렇지도 않고!!

다만 결핍은 그것을 자각한 순간부터 사정없이 덮쳐온다.

아직 침대에서 몸을 일으키지도 않았는데 머리가 어질했다.

(앗, 아아……. 처, 철분이 필요해, 어쨌든 간이나 시금치가 먹고 싶어.)

일반적으로 한창 먹을 나이의 10대 소년이 크리스마스에 떠올릴 사항은 아니지만, 그것조차 이루어지지 않는 꿈일 공산이 크다. 어쨌든 여기는 병원이고, 상처의 정도에 따라서는 음식을 고를 권리 같은 것은 존재하지 않을지도 모른다. 오늘은 무슨 요일이지, 저게 저렇다는 건 염분 제로의 '전자레인지로 데운 풀' 같은 죽과 플라스틱으로 가공한 것 같은 얄팍한 연어구이인가.

"…치엣. 기왕이면 금요일에 입원하고 싶었는데, 그럼 해물 카레였을 텐데."

카미조 토우마, 대략 이곳의 입원 메뉴 로테이션을 전부 알아버릴 정도로 신세를 져온 것이 좌우간 슬프다.

그때였다.

『훗훗후. 대강의 모놀로그(혼잣말)를 해줘서 고맙다, 카미양. 덕분에 네가 놓인 상황을 잘 알았구먼.』

"? 그, 그 목소리는…?!"

커튼 맞은편에서였다. 그게, 이번에는 혼자 사용할 수 있는 1인실이 아니라 몇 명이 공간을 나누어 사용하는 큰 방인 것 같다.

그리고 당혹스러워하는 카미조를 아랑곳하지 않고 사정없이 맞은편에서 칸막이 커튼이 휙 열렸다.

"부왓… 핫하아!! 이걸로 너도 회색의 입원 크리스마스구먼, 인기 없는 동지!!"

"설마했는데 입원 친구?! 너 전자레인지로 데운 가○ 마우스패드 하나에 얼마나 깊은 부상을 입은 거야?!"

같은 반의 파란 머리 피어스였다.

24일에 사용상의 주의를 완전히 무시하고 가○ 마우스패드를 전자레인지에 집어넣은 결과로 양손에 화상을 입었다는 이야기는 분명히 들었지만, 설마 붕대인지 깁스인지로 빈틈없이 포박하고 있을 줄이야. 뭔가, 팔꿈치에서부터 아래까지가 로켓처럼 날아갈 것만 같을 정도로 중장비다.

참고로 바깥에는 아직도 눈이 내리고 있었다.

화이트 크리스마스다. 난방의 위력이 약해서 저쪽 창가는 추울 것 같다는 정도의 감상밖에 없다.

로봇 카미조가 로켓 파란 머리에게 동정의 눈을 보내며,

"그런데 너, 수수하게 괴로워 보인다, 그거…. 열 손가락을 못 쓰면 아무것도 못 하잖아. 밥 같은 건 어떻게 하고 있어?"

"걱정하지 말라니께. 세상에는 바닥 자○라는 장르가 있어서 말이여, 이렇게, 엎드려서 딱 버티고 내 몸과 바닥 사이에서 그걸 잡고 앞뒤로…."

"시끄러워, 설명 같은 건 안 해도 돼!!"

"이 방식에 익숙해져버리면 막상 진짜 하게 됐을 때 기분 좋아지지 못하는 몸으로 자가 개조되어버린다는 소문도 있지만 미신이야. 괜찮아."

"언제까지나 에어 실연(實演)을 멈추지 않는 네 머리가 괜찮지 않다고, 애벌레 같은 놈아!! 지금 이거 아침 7시야, 게다가 저쪽 창가 침대 아니야?! 바깥 시선이 있잖아!!"

"멍청하긴. 얕보지 말라니께, 카미양!! 오타쿠에게서 한 사람의 지극히 고도의 정신적 활동을 빼앗으면 그 뒤에는 대체 뭐가 남는단 말이여???!!!"

"남자답게 소리 지르지 마. 오타쿠를 그만두라는 말은 안 할 테니까 적어도 아무도 생각하지 못한 새로운 OS를 만드는 오타쿠 같은 게 되란 말이다아!!"

“칫, 미국계 모에는 잘 안 맞는구먼. 솔직히 미국 만화 히어로의 여체화 같은 건 어떻게 생각하남, 카미양? 본토에서 하고 있는디. 어떻게 받아들여야 할지 모르겠구먼.”

“나는 어떤 형태든 새로운 창작에 전력을 다해 도전하는 노력은 비웃지 않는 오타쿠야.”

“겉만 번지르르하게 꾸미기는, 아앙, 쫄았냐?! 나는 화려한 표제로 사람을 모으고 싶어 하는 주제에 어중간하게 모호한 조심스러운 독설로 광고료만 버는 자칭(웃음) 인플루언서가 이 세상 무엇보다도 싫은뎁쇼…?! 차단, 차단, 계정 차단!!”

“…너, 이미 구석탱이에 있는 우리 같은 그늘의 오타쿠한테서 일제히 손가락질당하고 꼴사납다는 말을 듣게 되면 인생 끝장이다?”

“죽인다!!”

“좋아, 세상에서 퇴장해라, 이 상변태!!”

저 오타쿠와 이 오타쿠는 서로를 이해할 수 없다. 슬픈 투쟁의 역사는 오늘 이곳에서 되풀이되고, 그리고 세계에서 가장 쓸데없는 싸움이 시작되었다. 이 공벌레들은 같은 돌 밑에서 사이좋게 웅크리고 있을 수는 없는 것이다. 그러나 한쪽은 양손이 막힌 로켓, 다른 한쪽은 전신 붕대 투성이의 흙 인형 로봇이다. 어쨌거나 관절이 구부러지지 않는다. 덕분에 살인 예고를 포함한 치고받기가, 그리운 옛날 특촬물의 괴수처럼 되어버렸다. 전체적으로 박력이 부족하다.

그때였다.

마구 날뛰던 파란 머리 피어스의 품에서 무언가가 툭 떨어졌다. 수첩 사이즈의 태블릿 단말기다.

"타임, 타임!! 잠깐만, 카미양, 내 유일한 생명선인 인터넷 단말기가!"

"헤이, 세리!! 본체 저장소랑 클라우드에 있는 동영상과 브라우저 이력과 북마크를 전부 인터넷에 뿌려!!"

"그만둬, 치사하기 짝이 없는 명령은???!!!"

다행인지 불행인지, 최근의 음성 입력은 제대로 사용자의 성문(聲紋)을 인식하는 모양이다. 덕분에 파란 머리 피어스는 목숨을 건진 것 같다.

바닥에 주저앉은 악우는 주워온 강아지를 애완동물 반대파인 부모로부터 지키듯이 끌어안고 전력을 다해 보호하면서,

"모처럼 고생해서 주문한 순수 선불식이거든요? 단말기 자체에 개인 정보가 들어 있지 않아서 자택 무선 랜만 피하면 뭘 검색해도 절대 들키지 않는단 말이지라!! 알겠냐, 카미양? 자, 네놈이라면 여기에 대체 뭘 넣을 거지???!!!"

"아마 그거 네 마음을 비추는 거울이 되어 있을 거라고 생각한다."

"의사 선생님도, 간호사도 아니야……. 핫?! 치위생사 누나, 이거구먼!!"

샤아아!! 갑자기 커튼이 세게 잡아당겨져 닫혔다.

혼자 남겨진 카미조였지만, 그때 깨달았다. 파란 머리 피어스는 침대에 누워 단말기를 조작하고 있다. 그렇다, 목소리로.

『헤이, 세리, 날 자유로운 여행으로 데려가. 네네, 동의, 동의!! 바탕 화면에 이거 있어?』

"야, 잠깐만. 잠깐 기다려!! 설마 이 환경에서 도전할 생각이야?

물론 커튼은 닫았지만 기본적으로 같은 공간인데? 싫어어…. 크리스마스에 이게 무슨 일이야?!"

들리지 않는다.

닿지 않는다. 그게, 아마 저 녀석, 무선 이어폰이나 뭔가를 끼고 있다.

그때였다.

복도 쪽에서 또각또각 하는 딱딱한 소리가 들려왔다. 힐 같은 구두 소리다. 날이 밝았다고는 해도 아직 이른 아침이니 면회 시간은 아닐 거라고 생각한다.

그렇다면 체온 측정이나 아침 식사를 위해 각 병실을 돌고 있는 간호사일 가능성이 매우 크다.

즉 이곳에도 올 것이다.

구두 소리가 들린다는 것은 격돌이 가깝다는 뜻이다.

"파란 머, 파란 머리!!"

『야…. 아닌데요. 지금은 그런 어두운 방향이 아니라, 우는 얼굴 같은 건 됐어요. 이렇게, 몸을 던져두면 모두 누나가 보살펴준달까, 그러면서도 자신이 기분 좋아지는 것밖에 생각하지 않는 욕망을 드러낸 것과는 다른 따뜻한 느낌이 말이지요….』

"세리는 그런 긴 명령은 못 알아들어!! 그리고 너 세리한테는 높임말 쓰네. 어쨌든 위험하다니까, 파란 머리 피어스!!"

이제 틀렸다.

구두 소리는 이 병실 앞까지 왔다. 소리가 가벼운 것으로 보아 아마 여자일 거라고 생각한다.

안녕, 친구야. 적어도 편안하게 잠들렴…!! 카미조 토우마가 눈을 꽉 감으며 기도했을 때였다.

“네… 에, 카미조 씨. 몸은 문제력 없나요오? 아침 식사 시간이다☆”

이상했다.

옷차림 자체는 확실히 이 병원의 간호사복이긴 한 것 같다.

하지만.

아무리 글래머라고 해도, 역시 중학생이 입으면 위화감이 생길 옷이라고 생각한다. 게다가 청결이 제일인 의료 현장에서, 벌꿀색의 긴 금발을 묶지도 않고 스트레이트 그대로 등에 늘어뜨리고 있는 것은 정상이 아니다.

그리고 그 직후에 카미조는 스스로 자기 자신에게 질겁하고 있었다.

뭐야, 방금 그 관찰력?

(…가, 간호사의 모든 것을 알 정도로 입원에 익숙한 건가, 나는. 지금까지 의식하지 않았는데, 정신이 들고 보니까 터무니없는 끝까지 흘러온 거 아니야, 이거…?)

그런데 이 아이는 누구일까?

말투로 보아 아는 사이인 것 같은 거리감인데, 아무리 해도 생각나지 않는다.

이렇게까지 눈에 띄는 용모라면 어떻게 해도 잊을 리가 없는데.

벌꿀색 간호사(?)는 쿡 웃으며,

“몰라도 무리는 아니에요. 쇼쿠호 미사키. 어차피 입으로 말해도 당신은 기억하지 못할 테고 말이죠오?"

"…쇼쿠호…?"

어떤 한자를 쓰는 거냐.

그렇게 드문 성이라면 그야말로 단번에 머리에 새겨질 것 같은데.

이거 이거 하며 금발 소녀는 커다랗게 자기주장을 하는 가슴 언저리를 가리켰다. 거기에는 껌보다 작은 명찰이 클립으로 고정되어 있었다. 하지만 역시 이것도, 눈앞에 글씨가 늘어서 있는 것은 알겠는데 머리에 의미가 들어오지 않는다. 마치 가득 찬 스타디움의 관객석을 멍하니 바라보고 있으면 개개의 얼굴의 이목구비를 의식할 수 없게 되는 것처럼 말이다.

"목소리가 아니어도 안 되는군요."

벌꿀색 소녀는 가만히 한숨을 쉬었다.

기대는 하지 않았지만, 그래도 알고 있던 결과가 들이대어지는 것은 괴롭다는 얼굴로.

"뭐, 인식상의 문제라는 거니까 당연히 그렇겠지만요오. 사진은 안 되지만 동영상은 된다거나, 뭐가 뭔지 알 수 없는 빠져나갈 구멍이 있다면 오히려 이쪽이 더 혼란스러울 거예요오."

"하아, 뭐랄까, 미안해."

"사과하시는 게 제일 상처받아요."

작고 빠른 말투였다.

얼굴로는 여전히 웃고 있지만, 말하지 않으면 속이 시원하지 않았던 모양이다.

실감이 나지 않는 카미조는 어리둥절한 채,

"그런데 그 어쩌고 씨는 이런 곳까지 대체 왜?"

"우선 붕대는 이제 풀까요? 당신도 거추장스럽죠오."

"엣, 무서워! 분명히 짝퉁 간호사인데!!"

"몇 사람의 머릿속을 들여다봤지만요오, 과장스러울 정도로 요란하게 붕대를 감아서 쫄게 만드는 게 목적이래요. 안 그러면 여기저기 뛰어다니다가 나아가던 상처가 벌어져버릴 테니까. 실제로는 그렇게 심하지 않은 모양이에요오?"

…귀가 간지러운 것을 참지 못하고 계속 긁는 개나 고양이의 목에 두르는 플라스틱 나팔 같은 아이템인 걸까. 아연실색하는 카미조에게, 벌꿀색 소녀는 능숙하게 손끝을 움직여 거대한 누에고치처럼 되어 있는 붕대를 풀기 시작한다.

봉인에서 해방된 카미조 토우마는 가늘게 떨고 있었다.

"우, 움직여…. 흙 인형 로봇 같았던 내 팔다리가, 이렇게 매끄럽게!!"

"언제 봐도, 그 튼튼함은 인체의 신비 그 자체네요."

끼익.

소녀는 측면에서 침대 위에 모양 좋은 엉덩이를 올려놓으며,

"일부러 정신계 최강의 '멘탈아웃(심리 장악)'까지 사용해서 병원에 숨어들었으니까, 조금 더 이 리얼리티에 감사력을 보여줬으면 좋겠네요오. 그리고 그거예요. 내 목적은 리벤지."

"리베…."

"할 말을 잃지 않아도 돼요오. 당신에 대해서가 아니니까."

거기까지 말하더니, 벌꿀 소녀의 뺨이 안쪽에서부터 소리도 없이 부풀었다. 외모만 보면 글래머 여왕님이지만 뿌리는 의외로 어린애

같다.

"(…그게, 사람을 따돌려서 우울한 모노크로 크리스마스이브를 보내게 만들어놓고, 대체 미사카 씨는 뭘 멍청하게 있었던 걸까. 아앗, 정말!! 어디서 굴러먹던 말 뼈다귀인지도 알 수 없는 수수께끼 여자한테 입술을 가로채이다니. 수비를 제대로 해, 수비를. 당신 옆구리가 텅텅 비어 있으니까 어설픈 롱 패스가 눈앞을 그냥 지나가는 거잖아요오?!)"

"저, 저기이… 리벤지라는 건 구체적으로 대체 뭘 하실 생각이신 걸까요? 리벤지 발언 직후에 어두운 얼굴로 고개를 숙이고 중얼중얼 모드에 들어가시면 카미조 씨는 꽤 진심으로 무서운데요. 핫, 화려한 걸 좋아하는 능력자님이신가 본데 설마 네오카의 잔당 같은 건 아니죠, 네?!"

"시끄럽군요오!! 이렇게 되면 키스 이외에 전부 빼앗아주겠어!! 당신의 처음을 구석구석까지 철저하게 말이죠오…!!!!!!"

"대체 무슨 자포자기 결의?! 그리고 어디까지 확산된 거야 그 얘기?"

"본의는 아니지만 24일은 미사카 씨한테 양보했으니까 25일은 내 차례라는 거예요오!!"

그때였다.

틀어박혀 있는 사람이 커튼 맞은편에서 뭔가 말하고 있었다.

『젠장…. 전혀 안 나오는구먼, 치위생사 누나. 지금은 바지를 내려야 할 때가 아니라고 신이 말씀하고 계셔. 역시 아직 전체 장르로는 틈새였나. 이건 자리를 잡을 때까지 기다려야겠구먼.』

"?"

“위험해. 뭔지 모르겠지만 어쨌든 숨어!!”

꺅 하는 작은 비명이 있었다.

1초 후에 칸막이 커튼이 사정없이 활짝 열렸다.

“어라아? 간호사의 목소리가 들리지 않았는감, 카미양. 아침밥 아직이여…???”

“결국 미수로 그쳤다고 믿고 있지만, 네놈이 온몸을 구석구석까지 병원에 설치되어 있는 따끔한 소독 스프레이로 확실하게 세정할 때까지 나는 절대 접촉하지 않을 거야.”

태연하게 말하는 카미조 토우마지만, 친구에게는 비밀로 하고 있는 것이 한 가지 있었다.

들키면 곤란한 짝퉁 간호사, 벌꿀색 소녀를 통째로 침대에 끌어들여 이불 속에 숨기고 있다는 것을.

『(버둥버둥, 저어, 저기, 이거, 이거어?!)』

“(입 다물고 있어. 큰 문제가 되고 싶은 거야?!)”

『(아니, 으음, 주위의 눈에 대해서는 ‘멘탈아웃(심리 장악)’이 있으니까 전혀 노 프로블럼인데요. 후와앗!! 이, 이게, 아우아우, 남자의 가슴팍?! 하후우. …이제 전부 아무래도 좋아, 아무 말도 하지 않겠어요…).』

알아듣기 어렵지만, 왠지 도중부터 수수께끼의 간호사는 우물우물 말하며 건전지가 끊겨버렸다. 전기담요의 유혹에 진 사람처럼 얌전해졌다.

파란 머리 피어스는 이상하다는 듯한 얼굴로 고개를 갸웃거리고 있었다.

“카미양 뭘 하는 겨? 아니, 멋대로 붕대를 풀어도 되는 건감?”

"유, 육성 게임. 겟한 건 좋은데, 우리 애는 난폭해서 말을 안 들으니까 케어가 중요하고…."

"뭐여… 너도 게임기를 가져온 겨? 그치만 딱히 소등 시간도 아니고 이불에서 게임기 꺼내도 상관없을 텐디."

『(난폭해서 미안하네요).』

"(아얏, 어딜 꼬집는 거야?!)"

『(우리 애는 말을 안 듣는다면서요?)』

꽤 이불 속에서 양손을 바스락거리는 카미조였지만, 파란 머리 피어스는 별로 의문을 부풀리지 않은 모양이다.

"그라고 봉게 전화번호를 등록할 필요가 없는 휴대용 게임기는 쪼까 손을 보면 선불폰이랑 똑같이 신상 털림 방지에 쓸 수 있다는 설이 안 있었나? 몇 G 회선 같은 게 아니라 무선 랜 온리인 거 말이여."

"그걸 나한테 왜 말하는데…?"

그게, 애초에 그 말은 상당히 수상한 기분이 든다.

누구나 아는 샛길 따위는 슬쩍 막힐 것이 뻔하다. 하물며 이곳은 학원도시, 정체를 알 수 없는 테크놀로지는 물론이고 능력 관련도 있고. 어떤 방법이든 사용한다… 는 딱히 공격하는 쪽만의 전매특허는 아닐 것이다. 레벨 0(무능력자)이 도전해서 이길 수 있는 세계라고도 생각되지 않는다.

모르는 사람일수록 의기양양하게 말한다.

"쿡쿡쿠. 나중에 방법은 가르쳐주지. 어른이 되란 말이여, 카미양, 학생 기숙사를 떠났다는 건 규칙에 얽매일 필요는 아무것도 없게 됐다는 거 아니겠남? 우리는 갇혀 있지만, 세계는 무한하게 펼

처져 있는 겨!!"

『(? 무슨 얘기예요오???)』

"(몰라도 돼, 그리고 수수께끼의 금발 걸의 내면이 의외로 순수해서 나 카미조 토우마는 안심했습니다)."

『(…의외로?)』

"(아얏흐억?! 방금 그거 뭐야, 미지의, 가슴, 뭣, 깨물었어?!)"

『(와… 앙… ☆)』

사람이 모처럼 열심히 숨겨주고 있는데, 왠지 점점 벌꿀 소녀의 태도가 거만해지고 있다. 이대로 내버려두면 가속도를 내서 작은 폭군으로 진화할 것만 같다. '진화 전이 더 귀엽다'가 되지 않기를 기도할 수밖에 없었다.

"왜 그러는 겨, 카미양? 새로운 취향에 눈을 뜬 것 같은 얼굴을 하고."

"아무것도 아닙니당."

2

면회 시간은 오전 10시부터 오후 4시까지입니다.

희망자는 용지에 필요 사항을 기입한 후, 1층 일반 병동 창구로 가져와주세요.

"후유…."

기입대에 설치되어 있는 볼펜을 스탠드에 꽂으며 미사카 미코토는 가만히 한숨을 내쉬었다. 다친 사람을 문병하러 오는 것은 이것이 처음이 아니지만, 몇 번을 해도 이 작업에는 익숙해지지 않는다.

이렇게, 개인 정보 덩어리인 스마트폰을 대고 삑 하고 자동 개찰구 같은 게이트를 지나도록 할 수는 없는 것일까?

(…안 되나. 그러면 나 같은 게 그냥 통과할 테고.)

지금은 무엇이든 자동화와 전자화가 진행되고 있지만, 그런 거대한 톱니바퀴 속에 몇 가지 시대에 뒤떨어진 아날로그 작업을 일부러 끼워둠으로써 전체의 시큐리티 강도(强度)를 향상시킨다. 어쨌거나 사람의 목숨을 직접 맡는 직장이다. 그 정도로 성가신 것이 딱 좋다.

그건 그렇다 치고,

"이, 관계라는 게 귀찮단 말이지…."

학원도시는 인구의 80퍼센트가 학생인 도시이기 때문에, 어쨌거나 '친구', '선배', '후배'라고 학교에서의 관계성을 적는 사람이 많을 것이다. 각각의 옆에 '동아리 · 교실 · 그 외'라는 소항목이 붙어 있는 것이 이 도시답다. 하지만 학교가 다른 경우에는 당사자가 눈썹을 찌푸릴 리스크도 있다. 하물며 중학생과 고등학생이라면. 하지만 아무리 수상하게 여겨지더라도 그것 외에 고를 수가 없는 것도 사실이다. 당연한 일이지만 미사카 미코토는 그 삐죽삐죽 머리의 남매나 딸이 아니다. 곤란하다, 성가시다.

덧붙여 말하자면.

학교나 연령이 달라도 이런 복잡한 이야기를 단번에 클리어할 수 있는 항목이 한 개 있다.

즉 '연인'.

미코토의 움직임이 딱 멈춘다. 그 순간을 떠올린다. 입술과 입술이 접촉하던, 잊기 힘든 그 순간을.

(…별로 신경 안 써.)

글쎄, 입이 시옷자가 되어 있는 사실까지 알고 있는지 어떤지.

(그게 전부라는 것도 아니고! 이쪽도 무릎베개 같은 거 했으니까!!)

거기에서 미코토는 뜨끔했다.

생각이 조금 이상하다. 브레이크다. 냉정해져.

(아니아니아니….)

새빨간 산타클로스 같은 사무원 언니에게서 어딘가 수상하다는 시선을 받으면서도, 미사카 미코토는 지지 않았다.

(아니아니아니아니아니아니!! 위험해, 뭘 경쟁하려는 거야?! 이런 데서 끝없는 승부 같은 걸 시작하면 절벽을 향해서 일직선의 치킨 레이스밖에 되지 않아. 애초에 어째서 내가 그렇게까지 발끈해야 하는 건데?! 어쨌든 얼른 동그라미를 치고 용지를 내야….)

"친ㄱ… 응?!"

약간 힘차게 동그라미를 쳐버리려고 했을 때 볼펜이 미끄러졌다. 가르륵 하는 소리와 함께, 기본 친구지만 연인의 항목도 스칠 정도로 커다란 타원형이 생겨난다.

크리스마스에 뭘 하는 거야, 미코토는 당황했다.

친구 이상 연인 미만이라고 말하기라도 할 생각일까.

한편, 함께 데려온 하얀 수도복 차림의 수녀는 접수 로비에 있던 커다란 크리스마스트리 앞에서 폴짝폴짝 뛰고 있었다.

"단발, 토우마의 문병은 아직이야? 이제 나는 녹초가 돼버렸어."

"…어째서 넌 그렇게까지 병원에 익숙한 거야? 그게, 그 머리 위의 삼색 고양이!! 병원에 데려와도 괜찮은 거야?!"

"토우마 설교는 이미 정해져 있는걸. 키스 같은 걸 허락하니까 상황이 복잡해지는 거야, 그르르르…."

미코토는 등골이 서늘해져서 외치지만, 지나가던 간호사는 생글생글 웃고 손을 흔들면서 옆을 지나갔을 뿐이었다. 어머나, 또 왔니? 병원을 너무 잘 아는 놀이터로 삼으면 안 된다…. 훈훈한 느낌이 보통이 아니었다. 그게, 입가의 사마귀가 요염한 유부녀계의 느긋한 간호사는 소아과 담당이었는지, 알사탕 같은 것까지 주고 있다.

되풀이한다.

"…어째서 그렇게 익숙한 거야…???"

"토우마가 밥을 차려주지 않으면 나는 굶주리고 말아. 그런 건 너무 슬퍼!!"

의사나 간호사는 정해진 제복이 있기 때문에 계절에 맞춘 코스프레 같은 것은 할 수 없는 모양이지만, 그 외의 접수 담당자나 사무원은 새빨간 의상을 입고 있다. 왠지 모르게 평소에는 보이지 않는 자격이나 면허가 어른거리는 것 같은 이야기다. 소품도 크리스마스색이 확 드러나 있어서, 접수 로비의 크리스마스트리는 물론이고 벽에는 색지를 오려서 만든 산타나 순록이 붙어 있고 문에는 동그란 리스, 카운터 위에는 작은 눈사람 인형이 놓여 있다.

트리는 올려다보아야 할 정도로 높지만, 전부 아동용 플라스틱 블록만으로 쌓아놓은 것이 신경 쓴 부분인 모양이다.

부드러운 음정의 크리스마스 노래도 어우러져 왠지 크리스마스 세일을 하고 있는 백화점처럼 보인다.

물론 이것들은 입원 환자를 위한 서비스일 것이다. 특히 아이들에게는, 계절 이벤트는 놓치기 힘든 '의무감'이 있다. 가장 으뜸가는 계절 이벤트인 여름방학을 떠올리면 이해하기 쉽겠지만, '사정이 있어서 올해에는 여름방학이 없습니다'라는 선고를 받는다면 어떻게 생각하겠는가. 그래서 이런 부분에 병원 측은 꽤 신경을 쓰는 모양이다.

수납이나 처방전의 번호를 알려주는 것과는 별개로, 커다란 슬림형 모니터가 놓여 있었다. 그쪽도 역시 크리스마스 분위기 일색이다.

『진짜 오컬트를 이용해서, 올해야말로 산타클로스를 잡자! 이 프로그램은 R&C 오컬틱스의 협찬으로 보내드립니다.』

"……."

기만에 웃음이 날 것만 같다.

자신의 시선을 화면에서 떼는 데에 미코토는 약간 힘을 줄 필요가 있었다.

그녀들은 넓은 로비를 가로질러 엘리베이터 홀로 향한다.

입안에 딸기밀크 알사탕을 넣으면서 인덱스가 노래하듯이 말했다.

"토우마의 병실은 어디일까?"

"904호실. 우에엑, 너스 스테이션이랑 ICU, 양쪽 다 최단 거리잖아. 그 녀석, 겉으로 보기에는 태연해서 알기 어렵지만, 은근히 부상이 심한 걸까…."

"너스 스테?"

조금이라도 이변이 있으면 가장 빨리 의사나 간호사가 뛰어갈 수 있는 위치다. 이 말만 들으면 VIP 대우처럼 들리지 않는 것도 아니지만, 이런 장소는 빈사의 환자만이 자연스럽게 모이고 빠르게 로테이션을 바꿔 가는 '죽음의 병실'이 되는 경우도 많다.

"비상구까지 엄청 먼 것 같고, 이건 확정이려나."

"?"

도착한 엘리베이터에 타고 9층 버튼을 누른다.

덧붙여 말하자면 이 병원은 과학의 도시답게 4나 9 같은 미신은 신경 쓰지 않고 팡팡 사용하는 방침인 모양이다.

(…그냥 미신… 이지.)

"응웃? 왜 그래, 단발???"

아니야 하며 미코토는 좁은 상자 안에서 고개를 가로저었다.

…징조랄까, 답은 처음부터 눈앞에 있었다. 그녀는 마술을 보았다. 그것도, R&C 오컬틱스라는 정체를 알 수 없는 거대 IT가 날뛰기 전부터. 다만 미사카 미코토의 눈에는 눈앞에 있는 답이 비치지 않았다. 거기에 있는데도 그냥 지나쳐버렸다.

엘리베이터가 목적한 층에 도착하고, 문이 양쪽으로 열린다.

바스락 하는 소리에 인덱스가 고개를 갸웃거리고 있었다.

"단발, 꽃 같은 거 가져가서 어쩌려고?"

"병문안은 이런 거잖아."

"꽃으로는 배는 부르지 않는데 말이야…. 나는 이거, 사과 케이크!!"

"이 자식, 자기가 먹고 싶을 뿐이로군."

반쯤 어이없다는 듯이 미코토는 말하면서 복도를 걷는다. 장소는 확인했기 때문에 너스 스테이션에서 자세히 물어볼 필요는 없었다.

하지만,

『…이봐, 잠… 역시. ……!!』

“?”

그 병실에 다다르기 전에, 다른 곳에서 귀에 익은 목소리가 들려왔다. 의아하게 생각하고 미코토가 쳐다보니 어메니티 룸이라고 되어 있다.

쾌적한 병실. 직역하면 그런 느낌이지만, 글자만 눈으로 좇아도 뭘 하는 방인지 짐작이 잘 가지 않는다. 긴 입원 생활, 침대에만 묶여 있으면 심신이 모두 지쳐버리니 적당히 몸을 움직이기 위한 방일까?

『이런 거 이상하다니까!! 할 수 있어요. 혼자 할 수 있으니까…!!』

어쨌거나 놈은 여기에 있는 모양이다.

무언가 보이지 않는 압력이랄까, 정체불명의 위험 신호가 미코토의 가슴 한가운데를 쿡쿡 찌르고 있지만 옆에 서 있는 인덱스는 아랑곳하지 않았다. 케이크 상자를 든 채 노크도 없이 금속제 문을 드르륵, 크게 열고 만다.

“부탁이야아!! 토우마, 사과 케이크 먹어버려도 돼?!”

그 직후였다.

미사카 미코토의 시야 가득 ‘그것들’이 뛰어 들어왔다.

그렇다, 복수형.

환자용의 커다란 욕조에 가라앉혀진 삐죽삐죽 머리의 바보와, 그 주위에 사방에서 다가드는 클론(자신과 완전히 똑같은 얼굴을 한 소녀들)이 네 명이나 있었다.

순백… 이었다.

미사카 미코토는 그 순간, 시간과 공간의 개념을 의식에서 내팽개쳤다.

그러나 사춘기의 여중생이 아무리 현실 도피를 시전해봐야 눈앞의 현실은 사라져서 없어져주지 않는다.

둥글고 커다란 욕조의 바닥은 둥근 가장자리를 따라 계단 형태로 되어 있고, 배리어 프리인지 스테인리스 난간까지 달려 있었다. 즉 무슨 말이 하고 싶은가. 이 욕조는 온천처럼 하얗게 흐려져 있지도 않다. 바닥의 바닥까지 훤히 보인다, 구제 불능이다!!

실오라기 하나 걸치고 있지 않았다. 어디고 할 것 없이 눈부신 맨살뿐이고, 실도 천도 없이 하얀 거품만이 달라붙어 있었다. 방어력으로서는 조개껍질이나 반창고보다도 위태롭다.

미사카 미코토는 얼굴을 새빨갛게 붉히며,

"거 거푸, 거품이, 이 바보야…!!"

"괜찮아, 이렇게 거품 비키니로 완전히 가드하고 있어요 하고 미사카 10032호는 양손을 허리에 대고 가슴을 펴며 안심 선언을 합니다."

"부탁이니까 제발 그러지 말아줘!! 이상한 게 연상된다고!!"

"?"

어쨌든 부드러운 피부에 거품투성이.

옷다운 옷은 고사하고 배스타월도 없는 수수께끼의 사천왕(전원 똑같은 얼굴에 벼락 속성)은 무표정을 유지한 채 저마다 말한다.

"어딘가 가려운 데는 없으신가요 하고 미사카 10032호는 가슴의 하트 목걸이를 얼핏 보여서 추억을 어필하면서 프로다운 말투로 다

른 사람들에게서 주도권을 빼앗습니다."

"드디어 로케이션은 병원, 여기는 미사카들의 독무대예요 하고 미사카 10039호는 간신히 돌아온 차례에 콧등에 하얀 거품을 올려놓고 귀여움을 어필하면서 의욕을 표명합니다."

"병원물답게 실은 요소에 반창고를 붙였는데요, 티가 나지 않는 형태로 거품투성이로 만들어드릴게요 하고 미사카 13570호는 이미지네이션의 발로에 여념이 없습니다."

"이미 크리스마스와 아무런 관계도 없어지고 있습니다만 하고 미사카 19095호는 까놓고 말해서 귀찮기 때문에 실은 이 미사카 미사카 하는 말투를 이제 그만두고 싶은데요."

아, 아밧, 아바하부아바 하는 이상한 목소리가 났다.

한가운데에 군림하는 사랑과 욕망의 대마왕, 카미조 토우마. 소녀들의 부드러운 피부 따위를 누리고 있을 마음의 여유는 없는 모양이다. 어쨌거나 온몸이 상처투성이인 상태로 욕조에 가라앉혀져 있는 것이다. 세상 물정 모르는 클론들은 손목을 그어 버리는 계열의 자살의 경우, 상처를 벌리기 위해 물에 담근다는 방법이 흔히 사용되는 것도 모르는 모양이다.

그게… 다.

찌릿찌릿하고 있을 시간이 있다면 우선 해야 하는 일이 있다.

(큭.)

덥석!! 미코토는 순간적으로 옆에 있던 인덱스의 두 눈을 손바닥으로 가렸다. 요사스러운 셀카풍의 사진을 찍고 싶은 것이 아니라,

(클론 기술이 전부 들켰어???!!! 몇 호라느니 태연하게 말하고 있고! 게다가 그나마 구차한 변명을 할 수 있는 한 사람씩이 아니라

비교적 논의의 필요성이 없는 줄줄이 늘어선 집결 상태로!!)

"왓…!! 없어 없어 이거 전부 없어 그만해 보지 마 여기에는 아무것도 없었어!! 그치 그치?!"

"우와… 아무것도 안 보여."

"후…."

"그르르르!! 대체 스펀지 담당이랑 비누 담당이랑 대야 담당이랑 샴푸 모자 담당은 어떻게 돼버린 거야?! 그게, 네 명이나 일손이 있는데 샴푸 담당이 없다니 있을 수 없는 일이야, 머리카락이 엉망이 돼버려. 그리고 10032인가 하는 애가 차고 있는 은은 의외로 금방 녹슬어버리니까 목욕탕에서는 빼지 않으면 안 돼! 영적 장치의 관리 방법에는 이렇게 돼 있단 말이야, 어떻게 해도 거무튀튀해졌을 때에는 레몬즙을 사용하면 더러움을 없앨 수 있을지도!!"

"엄청 세세하게 기억하고 있군…!! 자, 자, 젤리를 줄 테니까 이걸로 전부 잊어줘. 푸른 바다 시안 배당체 맛!!"

"하읍, 받을 건 전부 받겠지만 한번 본 건 잊을 수 없어. 우물우물."

덧붙여 말하자면 독물 젤리, 무과즙 주스의 기술을 총동원해서 '저 유명한 맹독의 맛을 완전히 재현했지만 성분적으로는 100% 안전'하다고 해서 일부에서 순간적으로 히트한 물건이기도 하다. 정말로 청산가리, 바곳, 테트로도톡신 등의 맛이 나는지 어떤지는 (적어도, 산 채로는) 아무도 증명할 수 없다는데 말이다.

먹을 것을 주어 일시적으로 하얀 맹수가 조용해졌지만, 아직 사태는 끝나지 않았다.

"그게, 나랑 똑같은 얼굴로 그런 짓을 해도 곤란해!!"

“말랑말랑인가요 매끈매끈인가요 탱글탱글인가요 어떤 게 좋냐 이 자식 하고 미사카 10032호는 여기서 단숨에 차이를 벌립니다. 몸과 함께 벌리는 거예요.”

“그으… 만… 둬…!!”

그리고 넓은 방의 구석에서 사천왕과는 다른 색채를 발견했다.

벌꿀색의 긴 머리카락과 핑크색 간호사복.

“어머어머. 세상에 이렇게 장난을 치다니, 어쩔 수 없는 아이들이네요오.”

“너도 있었던 거냐, 쇼쿠호!! 아까부터 뭘 멍하니 서 있는 거야. 정신계 최강의 ‘멘탈아웃(심리 장악)’이 있으면 고작해야 네 명 정도는 여유 있게 브레이크를 걸 수 있을 테…!!”

“정말… 실컷 제멋대로 굴지만 자신이 하고 싶은 일을 발견했다면 내가 막는 것도 촌스러운 일이죠오. 나도 응석을 부리고 싶은데 옆에서 기회를 빼앗아가다니 너무해☆”

“이봐 눈이 하트 마크인 아줌마, 어째서 한없이 응석을 받아주는 잘못된 부모 모드가 되어 있는 거지???”

“누가 아줌마야, 모성 본능 제로의 뇌 근육 고릴라!!”

쇼쿠호 미사키가 플라스틱 대야를 집어던지고, 90도 이상 어긋난 방향으로 날아가 카미조 토우마의 머리에 히트했다. 왜일까. 이 괴기 현상을 미사카 미코토는 한마디로 평했다.

“여전히 운동치….”

“그런 건 아니에요…!! 저, 전부 계산대로고!!”

그렇게 되면 쇼쿠호 미사키, 심층의 심층, 무의식의 밑바닥에서는 이 빌어먹을 바보 자식을 두들겨 패고 싶었던 모양이다. 기분은 모르는 것도 아니어서 미사카 미코토도 온몸에서 파직파직해보았다.

"…그리고 한꺼번에 여러 가지 일이 너무 많이 일어나서 유야무야되고 있다는 안이한 생각은 하고 있지 않겠지, 바보 자식? 나는 확실하게 카운트하고 있어…."

"잠깐 불가항력 난 이 무표정들한테 영차영차 당하면서 여기에 던져 넣어졌을 뿐이라니까! 애초에 목욕과 벼락은 조합하면 안 돼!! 욕조에 드라이어를 던져 넣는 것과 같은 향기가 떠도니까아!!"

까딱까딱, 쇼쿠호 미사키가 손짓하자 네 명의 소녀들이 잰 듯한 타이밍으로 환자용 욕조에서 빠져나왔다.

역시 심층 부분에 완전히 숨길 수 없는 어둠을 품고 있었던 것일까. 벌꿀색 소녀도 삐죽삐죽 머리까지 감싸줄 마음은 없는 모양이다.

"역시 폭력이라면 미사카 씨 담당이죠오."

"잠깐, 이 위치는 반납하고 싶어!!!!!!"

필요 이상으로 힘을 준 순간, 욕조가 약간 서스펜스 드라마처럼 되었다.

3

"그래서."

뒤통수를 물어뜯은 하얀 수녀 인덱스를 매단 채, 파자마 차림의 카미조 토우마는 낮은 목소리로 질문을 던지고 있었다.

“전체적으로 무슨 일이 일어나고 있는 거야? 세계의 모든 사람들이 나를 죽이러 오고 있어???”

장소는 입구에 있는 병원 내 레스토랑이었다.

방금 전까지 우르르 와 있던 클론 소녀들은 할 일을 하고 만족했는지, 일반 환자가 출입하지 않는 연구 블록으로 들어갔다. 언제 또 나타날지 예측이 되지 않으니 주의가 필요하기는 필요하지만.

“토우마, 이거 가져왔어. 사과 케이크 먹자!”

“돈은 어디서 난 거야?! 끝내 카미조 씨가 없는 틈에 ATM을 사용할 수 없는 연말연시의 생활비에 손을 댄 거지, 인덱스. 세탁기 뒤에 고무테이프로 붙여둔 그 봉투를!! 출혈 과다나 감전 같은 것만이 아니라, 멀리 돌아서 경제적으로도 죽이러 오고 있는 거냐, 이 세계는?!”

덧붙여 말하자면 카미조 토우마, 입원해 있으니 병원식을 먹어야 할 것 같지만, 여기에는 샛길이 있었다. 문병객이 가져다주는 물건, 또는 문병객이 대화를 하기 위해 레스토랑에 데려가주는 경우에는 의사나 간호사의 눈을 그냥 통과해버릴 때도 있는 것이다.

물론 나중에 검사를 하면 단박에 들키지만, 카미조의 경우는 내장 질환이 아니라 찰과상이나 타박상뿐이기 때문에 실은 식사 제한은 그리 신경 쓸 필요는 없다. 이쪽은 한창 먹을 나이의 고등학생, 지금은 어쨌든 고기와 고기와 탄수화물과 고기와 소금과 지방과 고기를 원하고 있었다. 모처럼의 크리스마스에 흐물흐물한 죽 같은 건 안 된다, 이것만은 절대로.

카미조는 둥근 테이블에 있던 메뉴를 집어 들며,

"벼, 병원이니까 가격은 양심적이겠지…."

"뭐야, 돈이 없어? 비상시니까 빌려줄 수도 있는데."

"중학생한테 계산서를 가져오게 하는 고등학생이라든가!! 없어어…! 돈 대신 자존심이 누더기가 돼버릴걸?!"

""짜증 난다는 말밖에 할 말이 없네, 이 자식.""

더블 아가씨가 좌우에서 삐죽삐죽 머리의 뺨을 꼬집었다.

크리스마스니까 진수성찬 모드!! 기합을 넣은 카미조 토우마는 자신만만하게 닭튀김 정식을 시켰다. 처음에는 관계를 알 수 없어서 눈을 끔벅거리고 있던 미코토와 쇼쿠호였지만, 이윽고 상상과 상상이 연결되어간다. 무엇이든 스마트폰으로 검색해버리는 세대의 상상력으로는 어떻게 해도 회선 속도가 느려지고 마는 것이다.

"진수성찬이, 닭튀김, 정식이야???"

잠시 후, 반쯤 할 말을 잃으면서 벌꿀색 소녀는 묻는다.

"앗, 저기이… 갑작스러운 질문입니다만, 그건 그러니까, 설마 크리스마스의 당연력, 가득 늘어놓은 요리의 산의 일각을 차지하는 당당한 그것을 겸하고 있다는 바보 같은 이야기는 아n

"그건 별로 칠면조가 아니어도 되잖아. 편의점 같은 데서는 평범하게 프라이드치킨 같은 것도 팔고 있고. 닭을 튀기면 완성이라고 한다면 닭튀김 정식밖에 없잖아! 가성비적으로!!"

"아아우, 아우아우아우."

프로 아가씨가 양손을 버둥버둥 휘저으며 사고 정지에 빠져버린 것 같다. 방금 그것은 절대로 맞기를 바라지 않았던 불길한 예감이었던 모양이다. 예방선을 치려고 했는데 지뢰를 밟았다.

조금 더 서민의 맛을 아는 더블 스탠더드 아가씨 미코토는 어이

없다는 듯이,

"…적어도 이렇게, 뼈에 붙은 계열까지는 갈 수 없었던 거야?"

"무슨 소리야!! 뼈가 있어도 어차피 먹을 수 없고!! 그걸로 이상한 고급스러운 느낌 같은 걸 내서 쓸데없이 가격을 끌어올려도 곤란합니다!!!!!!"

당당한 선언에 미코토까지 입을 우물우물하고 말았다.

전력(全力)의 고등학생은 중학생의 힘에 부친다.

덧붙여 말하자면 앞에서 말한 대로 병원은 계절 이벤트에 민감하다. 메뉴를 보면 계절 한정 크리스마스다운 음식도 몇 가지 있지만, 처음부터 카미조 토우마의 의식은 그대로 지나치고 있는 것 같았다. 이 생물, 단품으로 1,000엔 이상 하는 물건은 눈에 보이지 않는 사양으로 되어 있는 모양이다.

인덱스만이 기운이 넘쳤다.

"그러니까 먹을 수만 있으면 뭐든지 좋은 거야!! 나는 살아가고 싶어!!"

"맞아, 교육이 잘돼 있네, 인덱스."

"그래서 나는 돼지고기생강구이랑 새우튀김이랑 떡갈비 햄버그가 세 방향에서 돌진해오는 스페셜 믹스 그릴이 먹고 싶어!!"

"어째서 병원에 이런 이렇게까지 몸에 나쁠 것 같은 라인업이 있는 거야. 그게, 넌 멋대로 생활비를 써버린 사과 케이크를 먹어. 그만큼 달면 눈 덮인 겨울 산에서 미아가 돼도 살아남을 수 있겠지……."

이렇게 말하면서도 서로의 전리품을 작은 종이 접시에 나누어 담는 카미조와 인덱스를 보고, 두 아가씨는 가만히 숨을 내쉬었다.

눈짓을 하며, 목소리는 내지 않고 입술의 움직임만으로 콘택트를 취한다.

"(…우선, 이렇다 할 이상한 후유증 같은 건 없나 보네.)"

"(분명히 '공격'은 받았다고 생각했는데. 그 검은 환약, 결국 어떤 의미력이 있었던 걸까요오?)"

그렇게 결론을 내렸을 때였다.

그것은 왔다.

주르륵.

카미조 토우마의 코에서 끈적한 붉은 피가 흘러내린 것이다.

작은 삼각형이었다.

학원도시에서도 일곱 명밖에 없는 레벨 5(초능력자) 소녀들이 입을 작은 삼각형 모양으로 만들었다.

지옥에서 기어 올라오는 것 같은 목소리가 났다.

"…이봐, 닭튀김에 마요네즈를 찍어 먹는 하이칼로리파."

"에엣 그거 말고 뭐가 있어?! 이봐 그만둬 말차 소금이라니 너희들은 늘 그래! 뭐든지 손끝으로 집어서 고급스러운 소금을 살짝 뿌려 먹을 뿐인데 어른의 여유로 살짝 사람을 깔보고…!!"

경악하는 카미조 토우마지만 본론에서 벗어나서는 안 된다.

"그쪽은 부풀리지 않아도 돼 나는 레몬파. 네놈 지금 뭘 떠올렸지? 키스냐. 이브의 밤에 로맨틱하게 쪽… 했던 바로 그거냐?!"

"그게, 그런 어설픈 방법이 허락된다면 먼저 말해줬으면 좋겠는데요오!! 보통 그런 역할은 미스터리어스하고 글래머러스한 제 역할력이잖아요?!"

4

부루퉁, 쇼쿠호 미사키는 입술을 삐죽거리고 있었다.

특정 병실이나 진찰실 등이 아니라 지극히 평범한 긴 복도다. 오가는 사람들은 간호사복을 입고 있는 금발 소녀를 보고도 위화감 없이 스쳐 지나간다.

쇼쿠호 쪽도 이미 발각될 가능성 따위는 머리에 떠올리고 있지도 않았다.

머리에 있는 것은 이것뿐이다.

통한. 어디에서 솟아난 건지도 알 수 없는 여자가 크리스마스의 추억을 옆에서 가로채다니 참으로 유감이었지만, 그래서 어쨌다는 거냐. 다소 리드를 빼앗긴 정도로 포기할 수 있을 정도로 그녀는 순수하지 않다.

(…그렇다면 자명한 이치잖아요. 통째로 그대로 도로 빼앗아줄 뿐. 훗훗후, 코스프레는 어떻게 할까나…?)

"흠흠, 흠흠흐흠."

그런 이유로 소녀는 콧노래를 부르고 있었다.

걸음을 멈춘다. 이곳은 복도에 있는 작은 대합실이었다. 몇 개의 자판기와 소파가 대충 모여 있을 뿐인 작은 공간으로, 벽이나 칸막이 같은 것은 특별히 없다. 당연한 일이지만, 복도를 오가는 간호사나 환자들에게도 그냥 다 보인다. 숨길 필요가 없다면 숨을 수 있는 구조로는 만들지 않는다. 당연하다면 당연한 일이다.

그럼에도.

벌꿀색 머리카락의 소녀는 백주 대낮에 당당하게 대뜸 간호사복의 단추를 풀어 앞을 열고, 부드러운 피부를 크게 드러냈다. 출렁, 무언가 흔들린다.

주위의 시선 따위는 신경 쓰지 않는다.

그게, 누구 한 사람 쇼쿠호 미사키가 보이지 않는다. 그렇게 조작하고 있으니 당연하다.

(탈의실은 물리적인 열쇠가 잠겨 있어서 들어갈 수 없는 경우도 많지이. 부서별로 쓸 수 있는 열쇠는 다르니까, '맞는 것'을 가진 간호사를 찾는 것도 귀찮고….)

"다음은 뭘로 할까. 여억… 시, 산타는 빼놓을 수 없으려나."

"이봐."

갑자기 옆에서 누가 말을 걸었다.

쇼쿠호 미사키는 복장에 따라 보이지 않는 곳의 속옷까지 갈아입는 파다. 그래서 속옷조차 없는 알몸인 채로 새 코스튬을 양손으로 움켜쥐고 조금 의외라는 얼굴로 돌아보니, 학원도시 제3위의 상스러운 여자가 이쪽을 노려보고 있었다.

"…대체 뭘 하는 거야, 노출광?"

"변신—☆"

그러고 보니 제3위만은 '승인'이 없으면 멘탈아웃(심리 장악)이 튕겨졌던가. 새삼스러운 일이지만 토키와다이의 여왕은 그렇게 떠올린다.

"뭐, 겨울방학 때까지 교복만 입는 미사카 씨는 이해할 수 없는 감각일지도 모르겠지만요오?"

"그게 아니야. 그런 차림으로 갈아입고 뭘 할 생각이냐고 묻는 거지."

"모처럼의 크리스마스고, 적어도 미사카 씨가 상상하고 있는 이상의 일은."

"그렇게 말할 줄 알았어. 일단 그 바보도 입원했으니까 안정을 취하게 놔둬!! 이상하게 참견하면 상처가 벌어질지도 모르잖아?!"

"그렇게 말할 줄 알았어요―☆ 말이 난 김에 말하자면 방해꾼 미사카 씨 대책에 대해서는 이런 느낌이거든요?"

꺄아악!!

살인 사건이라도 마주친 것 같은 새된 비명이 미코토의 고막을 힘껏 두드렸다.

새삼스럽게 복도에 있던 진짜 간호사가 얼굴을 새빨갛게 붉히고 입을 손으로 가리고 있다. 한계까지 두 눈을 부릅뜨고 이쪽을 응시하며 뭐라고 말하면 좋을지, 그것조차 떠오르지 않을 정도로 머리가 패닉에 빠진 것 같았다.

신입인 듯한 여자 간호사는 야구공 정도의 사이즈의 공기 덩어리가 목구멍 안쪽까지 처넣어진 것 같은 얼굴로,

"무, 무무무, 무…."

"저것 봐, 쇼쿠호. 네 변태 같은 모습이 결국 들킨 거 아n

"무슨 백주 대낮에 당당하게 알몸이 된 건가요, 쇼트헤어?! 어떤 고민을 안고 있는지는 모르겠지만 자, 이쪽으로 오세요. 빨리!!"

…네? 하고 미코토는 두 눈이 동그래진다.

그러나 실제로, 오가는 단발의 파자마 여자나 여의사들이 저도 모르게 걸음을 멈추고 얼굴을 새빨갛게 붉히며 힐끔힐끔 보고 있는 것은 쇼쿠호 미사키가 아니라 미사카 미코토 쪽이다.

전력으로 눈부신 맨살을 드러낸 채 실실 웃는 여왕이 TV 리모컨을 빙글빙글 돌리고 있었다.

"서, 설마 너…."

"옷을 입고 있는 게 나, 옷을 벗고 있는 게 미사카 씨라고☆"

그렇게, 눈동자에 비치는 상을 바꾸었다.

제5위라면 식은 죽 먹기다.

"뭐, 그녀들의 시야에는 내 상상을 끼워 맞췄을 뿐이니까 진짜 알몸은 아니에요. 딥페이크 같은 거니까 신경 쓸 필요력은 없잖아요?"

"~~~???!!!"

"서비스로 가슴은 조금 키워드렸어요. 감사하세요…."

"젠자앙…!!"

물리적으로 어떻다 저렇다가 아니다. 소녀로서의 한계가 왔다. 어쨌든 더 이상 그녀들의 시야에 들어가면 끝장이다.

차라리 창문을 열고 창틀에 발을 걸치면서, 새빨갛게 달아오른 미코토가 자포자기한 듯이 외친다.

"의기양양하게 생각하지 마, 멍청아!! 사람의 머리를 조작해도 기계적인 방범 카메라에는 제대로 비치니까 그 알몸!!"

"위험해. 나중에 대책을 세워야겠네."

리모컨을 빙글 돌리며, 별로 긴장감 없는 목소리로 쇼쿠호는 중얼거렸다.

제5위라면 식은 죽 먹기다.

5

시끌벅적한 것은 좋지만, 그렇다고 해도 도가 지나친 문병이었다.

"…그게, 나이프와 포크가 휘둘러질 줄은 생각도 못 했어…."

카미조는 혼자서 젖은 머리를 한 채 복도를 걸으며 중얼거린다.

아직 오전이지만, 소년은 일단 병실로 돌아간다. 소녀들이 따라오지 않는 것은 그녀들이 밖에 있지 않으면 '병실 밖으로 나갈 계기'를 잃어버리기 때문이다. 잊고 있을지도 모르지만 지금은 입원 중, 의사에 의해 미리 정해진 재활이나 운동 시간 이외에는 가능한 한 침대에서 움직이지 않는 편이 좋다. 그러나 어쨌든 심심하다, 사춘기라 안에서부터 파워가 넘쳐흐르는 10대 남자에게는!!

하지만 병실에는 이런 볼일이 있었다.

"신발, 신발, 신발이…. 슬리퍼를 신고는 밖에 나갈 수 없어."

입원 경험은 풍부했다.

이미 침대에 너무 누워 있어서 온몸의 관절이 삐걱거리는 카미조로서는, 안뜰에 나가고 싶었다. 지금이라면 축구공 한 개만 있으면 하루 종일 쫓아다닐 수 있을 것 같다.

그리고 병실에 얼굴을 내밀자 왠지 파란 머리 피어스가 침대에서 미끄러져 떨어져 있었다.

"왜 그래, 파란 머리. 전부터 이상했는데."

"우후후, 다른 데 가 있던 카미양은 모르겠지만 말이여. 방금 전까지 같은 병실에서 바퀴벌레 커플이 알콩달콩 대화하고 있었당게…. 행복 시공의 장벽에 짓눌려서 나는 죽을 것 갈구먼."

식당에 가 있기를 잘했다고 진심으로 생각했다.

파란 머리 피어스는 어두운 얼굴로,

"대체 입술과 입술이 닿았다고 뭐가 어떻다는 겨. 자고 일어나서 끈적끈적투성이인 입안 따위 보여주면 안 된다는 기본적 사실을 모르는 겨. 역시 바보 커플, 오히려 키스 같은 건 안 하는 게 정의란 말입니다아! 안 그려, 카미양?!"

"……."

"아니, 뭐여, 그 기분 나쁜 침묵…? 왜 그렇게 나를 술렁거리게 하는 겨???"

하지만 카미조 토우마가 침묵한 것은 이브의 밤에 글래머 미인에게 입술을 빼앗긴 것을 떠올렸기 때문이 아니다.

첫 뽀뽀가 생제르맹 맛이었다는 가혹한 현실과 싸우고 있는 것도 아니다.

살며시.

미니스커트 산타 벌꿀 소녀가 카미조 토우마의 가슴팍에 기대고 있기 때문이다.

"(하아… 이 카미조 씨. 너무 늦어서 보러 와버렸어요?)"

"잠, 어어, 뭐어?!"

"(뭐, 겨우 10분 전의 이야기 따위 기억나지 않겠지만요. 미사카 씨나 수녀님이나, 아까는 방해꾼이 가득 있었으니까 문병을 다시

할 거예요—☆)"

너무 바싹 기대와서, 닿았습니다. 카미조의 가슴팍에 밀어붙여진, 완전히 질감이 다른 소녀의 커다란 가슴이. 뭐야, 대체, 카미조는 망연자실했다. 그 키스 때부터, 뭔가 세계의 테두리라도 벗어난 건가?!

갑작스러운 난입에 카미조가 펄쩍 뛰어올랐지만, 눈앞에 있는 파란 머리 피어스는 의아한 듯한 눈길을 보냈을 뿐이었다.

장소에 안 어울리기 짝이 없는 연하(인데도 풍만) 산타가 아니라, 카미조 쪽에.

"그게, 혼자서 뭘 소란이여? 핫?! 서, 설마 에어 연인이라니, 카미양도 또 상당히 딥한 모에의 세계를…?"

"아니, 아니야. 너 지금 여기에…!!"

말하려다가 카미조는 입을 다물었다.

여기에 엄청난 글래머 소녀가 한 명 있다는 것을 새삼 가르쳐주어서, 그래서 카미조에게 무슨 장점이 될까?

벌꿀 소녀는 쿡쿡 웃으며,

"(그래요, 그래, 불리한 이야기는 전할 필요 없어요. 자, 카미조 씨이, 모처럼의 글래머러스를 지루하게 보낼 건 없어요. 오늘은, 오늘이야말로 잊을 수 없는 하루로 만듭시다아?)"

"(너, 뭔가 능력을…?)"

"(멘 · 탈 · 아 · 웃이라고, 능력명이라면 기억할 수 있으려나요. 다만, 별로 위로는 안 되지만요.)"

조금 쓸쓸한 듯한 음색이 섞인다.

아무래도 파란 머리 피어스에게는 정말로 보이지 않는 모양이다.

물리적으로 빛을 구부려 투명해지는 것이라면 카미조에게도 보일 리는 없다. 그렇다면 사람의 마음에 작용하는 무언가를 하고 있는 모양이다.

라고 말할까.

"(…왜 그런 차림새를 하고 있는 거야???)"

"(크리스마스니까☆ …하지만 왜 갈아입은 거야, 라고는 되지 않는 부분이, 역시 시야에서 벗어나버리면 잊고 마는 거군요.)"

"?"

"(이건 '멘탈아웃(심리 장악)'과는 상관없지만… 모르겠네요오. 괜찮아요. 기억할 수 있는지 어떤지와 상관없이, 사실로서 즐거운 크리스마스가 없어지는 건 아니니까요? 그러니까 실컷 러브러브 끈적끈적하자고요—☆)"

해버리려는 모양이다.

혈압과 심박수를 모니터링당하고 있지 않아서 다행이다. 카미조는 스스로 알 수 있다, 이것은 이미 너스 스테이션에서 많은 사람들이 뛰어 들어올 차원에 다다라 있다. 대체 뭘까, 이 성숙하고 풍만한 중학생은?!

한편, 파란 머리 피어스는 스스로에게 들려주듯이 뭔가 중얼중얼 말하고 있었다.

"크리스마스 따위 365일 중 하나입니다, 아무것도 특별한 일은 없습니다, 빨간 옷을 입은 사람에게 공항 레이더를 피하는 스텔스 기능은 없습니다!! 훗, 후히히, 미니스커트 산타 따위 환상입니다!! 나는 울지 않습니다!!"

"응…?"

"있잖여, 카미양, 언제까지 꿈을 꿀 것이여? 알겠는감. 제대로 현실을 학습해두랑께, 금발에 가슴도 크고 실은 연하인 미니스커트 산타라는 미확인 생물은 이 세상에 없는 것이여어!!"

"……."

살며시 기대어 소녀의 가슴팍에 하얀 장갑을 낀 검지를 미끄러뜨리며, 쿡쿡 요사스럽게 웃고 있는 소녀의 존재는 파란 머리 피어스는 모르는 모양이다. 그녀는 그다지 남에게는 말할 수 없는 곳에서 스마트폰보다도 작은 포장된 상자를 손가락으로 끄집어내더니,

"(자아, 즐거운 하루를 만들어요오?)"

"엣엣?"

"(몇 번이든 잊힌다는 걸 알고 있어도 초조해지는 건 사실이고오, 뭔가 형태로 남겨두고 싶거든요오. 그러니까, 자, 이거.)"

"…선물?"

뭔가 조금 따뜻했다.

산타는 마음이 깨끗한 아이에게만 찾아오는 것인지도 모른다.

내용물은 무엇일까 하고 그 자리에서 부스럭부스럭 얇은 포장지를 벗겨버리는 카미조 토우마. 제삼자인 파란 머리 피어스는 마술이라도 보는 것 같은 눈길을 주고 있었다. 손재주가 없어서인지, 포장지는 카미조의 손안에서 여기저기 북북 찢기고 말았다.

그리고.

작은 어린아이처럼 된 카미조 토우마를 보는 벌꿀 소녀의 눈동자가 몹시 상처 입었다는 것을 이 소년은 깨달았을까, 깨닫지 못했을까.

그리고 나온 것을 보고, 카미조는 이상하다는 듯한 얼굴이 되었

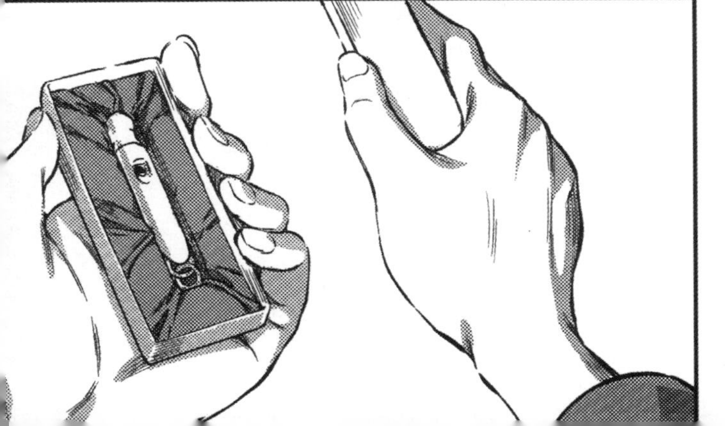

다.

"피리?"

"(호루라기거든? 뭐, 여기에 어떤 의미가 담겨 있는지는 이미 기억하지 못하겠지만요오.)"

6

"……."

하얀 수도복을 입은 은발 소녀였다. 희미하게 비누 향기가 나는 것은, 방금 전에 들른 어메니티 룸에서 수도복 자락이 타일에 퍼져 있는 물기를 조금 빨아들이고 말았기 때문일지도 모른다.

과학의 도시 어디에 있어도 눈에 띌지도 모른다. 최신 테크놀로지의 덩어리인 병원이라면 더욱 그렇다. 그러나 그런 인덱스가 볼일도 없는데 들어가도, 이곳만은 누구나 그냥 지나쳐버릴 것이다.

예배당이다.

병원 지하… 라는 장소성도 맞물려, 한겨울의 공기에 몸을 드러내는 듯한 상쾌함이 있었다. 그러나 그렇기 때문에 더더욱, 인덱스는 자신의 잡념이 두드러지는 것을 느낀다.

뇌리에 떠오르는 것은 이브의 밤이다.

눈앞에서 일어난 일. 입술과 입술의 접촉.

완전 기억 능력을 가진 소녀는 차라리 잊어버리고 싶은 기억에서 도망칠 수도 없다.

사실은 입 정도는 삐죽거리고 싶었다.

(…신경 안 쓰는걸.)

"이봐."

가슴 앞에서 양손을 깍지 끼고 깊이 기도를 바치고 있는 인덱스에게, 옆에서 멋없는 목소리가 끼어들었다.

어깨 위에 올라가 있는 것은 겨우 15센티미터의 신 오티누스다. 기독교와는 다른 신화의 존재라서 불편하다… 는 이야기가 아니라,

"…멋대로 들어와도 되는 거야? 여기는 말기 환자들을 위한 방이잖아?"

학원도시는 기본적으로 무신론의 과학 신앙이 팽배한 하이테크 시티고 이 스테인드글라스도 뒤쪽에서 LED 빛을 쪼이는 것이겠지만, 신앙의 자유 자체는 보장하고 있다. 마지막 시간을 선고받은 환자가 무엇에 매달려 안도를 얻고 싶어 할지는 당사자의 선택에 따라 다르다. 하기야, 학원도시의 경우는 본직에 있는 신부라기보다 '그런 학문을 배운 교수'가 상담 역할로 얼굴을 내밀겠지만.

"맞아."

그러나 인덱스는 기도의 자세를 무너뜨리지 않았다.

주눅도 들지 않고, 오히려 진지하게 이렇게 대답했다.

"그러니까 토우마를 위해 기도하고 있어."

"…흠."

오티누스는 그 이상 정정을 재촉하지 않았다.

그 소년이 무리해서 웃고 있는 것은 알고 있었다. 걱정이 많고, 쓸데없는 참견을 하고, 그것 때문에 상처투성이가 되고, 누구보다도 사람의 아픔에 공감해 어떤 사지(死地)에라도 주먹을 쥐고 망설임 없이 뛰어드는 주제에, 말이다.

한편으로, 카미조 토우마는 다른 사람이 자신을 걱정하는 데에는

전혀라고 해도 좋을 정도로 익숙하지 않다. 익숙하지 않기 때문에 당황한다. 그래서 이쪽이 걱정해서 신경을 쓸수록 그 소년에게는 무거운 짐이 된다. 그것이 '이해자'인 오티누스는 답답해서 견딜 수가 없다. 감기에 걸렸을 때 정도는 주위에 응석을 부린다는 생각조차도 가질 수 없는 걸까, 그 멍청이는.

은발 소녀의 어깨에서 거만하게 가느다란 다리를 바꾸어 꼬고, 그러고 나서 인덱스의 머리 위에 올라가 있는 삼색 고양이의 으르렁거리는 소리에 오티누스는 쫄면서 이렇게 물었다.

"눈치챘나?"

"생제르맹. 내가 아는 대로라면, 아마 자연 소멸은 하지 않을 거야."

"아마가 아니야."

오티누스는 팔짱을 낀 채, 단정한 코로 숨을 내쉬었다.

특히 마술 분야에 있어서, 10만3,001권 이상의 마도서를 완전 기억하는 '도서관'인 소녀가 말을 흐리다니 가소롭다. 불리한 진실에서 눈을 피하면 상황의 악화를 재촉할 뿐인데.

의미 없는 희망적 관측은 여기에서 없앤다. 자신의 발로 앞으로 나아가기 위해, 굳이 오티누스는 냉혹하게 들이댔다.

만일 지옥에 내려가지 않으면 그 영혼을 주워 올릴 수 없다고 한다면, 문을 열지 않을 도리는 없다.

"절대로… 지."

미사카 미코토, 창 밖으로 도망치고 있을 때가 아니었다.

또 뭔가 클론 소녀들이 소곤거리고 있다. 내버려두면 그 병실이 습격을 받을 것이 뻔했다. 징조를 발견해버린 이상, 억지로 밀어내서 연구 구획으로 돌려보낼 수밖에 없을 것이다.

똑같은 얼굴을 한 소녀는 완벽한 무표정으로 이쪽을 응시하면서,

"모처럼의 크리스마스라는데 하고 미사카 10032호는 맥이 빠집니다."

"웃…. 아, 아니, 안 속아! 아니잖아, 크리스마스랑 알몸이랑 목욕은 상관없잖아!!"

"하지만 이쪽의 자료에 따르면, 크리스마스란 미니스커트 산타와 알몸에 리본 감기, 생크림계 서양풍 여체(女體) 접대 등, 1년 중에서도 특히 맨살 노출이 많은 시기라고…."

"…대체 세계 어디에서 파내 온 거야, 그런 진귀한 축제는? 이것 봐, 인터넷 정보 따위를 그대로 받아들이지 말고 크리스마스다운 일을 해!!"

과열되고 말 것 같다.

미사카 미코토는 똑같은 얼굴의 소녀들을 밀어내고는 한숨을 내쉬고 있었다.

여전히 그 소년 옆에 있으면 쓸데없이 휘둘린다. '이래야 한다'고 스스로 생각하고 있는 토키와다이 중학교의 에이스라는 상(像)이 끝에서부터 와르르 무너질 것만 같았다. 그것은 더없이 어색하고, 그러나 결코 불편한 것은 아니다.

(…겉보기의 상처 이상으로 뭔가 있다는 느낌은 아니었지. 어쩌면 안나 슈프렝겔인가 하는 놈, 자신만만하게 공격해놓고 불발로

끝났나?)

있을 수 없는 이야기는 아니다.

애초에 카미조 토우마가 사용하는 능력은 능력 개발의 명문인 토키와다이 중학교에서 톱클래스의 성적을 자랑하는 미사카 미코토도 분석하지 못하고 있으니까.

학원도시 제3위의 능력을 무효화할 정도의 무언가.

…아니면 그 이상의 비밀을 가진, 지금까지 소녀가 보고 들어온 것 중에서도 최고의 블랙박스.

그것은 알기 쉬운 최강인 제1위 이상… 이라는 의미이기도 하다.

그렇게까지 강대한 무언가를 몸속에 숨기고 있다면.

세계의 이면인지 안쪽인지에 숨어 있다나 하는 안나 슈프렝겔의 예측이나 계획마저 빗나간 결과를 낳아도 이상하지는 않다… 고.

미사카 미코토는 그렇게 생각하고 있었다.

그때.

드륵드륵드륵!! 큰 소리가 났다.

작은 바퀴가 구르는 소리. 여러 명의 의사와 간호사가 급한 환자가 누워 있는 들것을 밀며 수술실로 향하고 있는 것이다.

"비켜요!! 비키세요!!"

"혈압 저하. '뱅크(서고)'에 조회해서 이 아이의 혈액형과 알레르기 유무를 검색해!! 큰일이야. 쇼크 증상이 나타나. 우선 생리식염수를 정맥에 주사해. 이 이상의 속도로 혈압을 떨어뜨리지 마!! 빨리 무슨 형인지만이라도 알아 와, 빨리!!"

돌풍 같았다.

사고일까, 사건일까. 모처럼의 크리스마스인데, 역시 트러블이라는 것은 연중무휴로 일어나는 것인가 보다. 이런 눈 내리는 날인데다 이벤트 날과 겹쳐 교통량이 많아서 여기저기 정체 같은 것도 있을 텐데, 구급차도 큰일이다. 의사들의 목소리만 들어서는 꽤 긴박한 상황인 것 같았다.

(큰일이네….)

미코토는 그렇게 마음속으로 중얼거리며 카미조의 병실로 되돌아가기로 했다. 흥분했던 평화로운 머리도, 방금 그것으로 전부 시리어스로 돌아온 것 같다.

엘리베이터를 타고 9층으로 가서 통로를 걷는다.

병실로 향하는 길이었다.

벽에 기대어 있는 금발 소녀를 발견했다. 또 어디에선가 알몸이 되어 갈아입은 것인지, 지금은 학교 교복이다.

그리고 아니다, 몸을 기대고 있는 것은 벽이 아니라 어딘가의 진찰실 문이다.

"쇼쿠호…?"

쉿, 이쪽을 알아챈 금발 소녀가 자신의 입술에 검지를 댄다.

프라이버시고 뭐고 없는 것은 역시 정신계 최강이라고 해야 할까. 저도 모르게 '뇌격의 창'으로 날려 보내줄까 생각했지만, 멱살을 잡기 위해 가까이 갔을 때 사정이 달라졌다.

살짝 열린 문 안쪽에 삐죽삐죽 머리가 보인 것이다.

그는 개구리 얼굴의 의사와 마주하고 있다.

"검사 결과라는 건 대충 알고 있을 거라고 생각하는데?"

"네."

심장이 튀어 오른다.

결국은 큰 소리를 내어 쇼쿠호를 쫓아내지 못하는 데서, 자신도 한통속인가 하고 미코토는 생각한다.

듣고 보니 모호했던 검사 결과를 여기에서 들을 수 있다. 나쁜 짓이라는 것을 알고 있어도, 아무래도 궁금하다.

불안을 불식하고 싶어서 깊이 들어간다.

이 부분은 클론 소녀들을 둘러싸고 밤거리에서 날뛰고 있던 무렵과 다르지 않다며 미코토는 어금니를 악문다.

눈치채지 못하고, 진찰실에서의 대화는 계속된다.

"네가 봤다는 환약 말인데? 그게 어떤 것이든, 그 오른손의 능력으로 없앤다는 건 어렵지 않을까."

"읏."

"정확하게는, 소거 자체는 되어 있거든? 하지만 그걸 웃도는 기세로 체내에서 증식이 진행되고 있어서 회복이 따라가지 못한다는 상태에 가까워."

만일 이 자리에 인덱스가 있었다면 '이노켄티우스(마녀 사냥의 왕)'라는 술식을 떠올렸을지도 모른다.

그러나 듣고 있는 것은 쇼쿠호 미사키와 미사카 미코토.

마술이라는 룰은 아직 가까이에 없다.

"출혈이 있었다는 건 들었는데. 코피지?"

개구리 얼굴의 의사는 확인하듯이 속삭인다.

심각했다. 적어도 사춘기 남자아이가 흥분해서 코에서 피를 흘렸다… 는 이야기는 아닌 모양이다.

"외상은 없어도 극도의 정신 집중으로 모세 혈관이 파괴된다는 이야기도 없지는 않지만, 이 경우는 좀 더 비관적으로 보는 게 좋겠지? 네 몸은 실시간으로 좀먹히고 있어. 내가 아는 한에서는 백신이나 해독제는 짐작 가는 게 없고, 위세척이나 전신 투석 같은 방법으로 제거할 수 있는 것도 아닐 거야."

"……."

"네 이매진 브레이커(환상을 부수는 자)는, 과학만으로는 설명할 수 없는 증상의 진행을 늦추는 데는 성공했지만 없애지는 못해. 이 미생물은 이러고 있는 지금도 체내에서 조금씩 세력을 넓히고 있으니까, 내버려두면 가속해서 온몸의 조직이 파괴되겠지. 리밋이 며칠 있는지는 알 수 없어. 느낌은 살인 박테리아와 비슷하지만, 아마 본질적으로는 다른 것이겠지."

"그렇다면…."

모깃소리 같은 목소리였다.

소년의 표정은 여기에서는 보이지 않는다. 하지만 그 목소리는 마치 혼자 남겨진 미아 같다.

"그렇다면 저는 어떻게 해야 하죠?"

"이런 짓을 한 원흉에게서 이야기를 듣는 게 빠르겠지. 전혀 미지의 미생물이기는 하지만, '무기'로 사용하고 있는 이상은 자기 자신이 감염되어 목숨을 잃어서는 이야기가 안 되니까 말이지. 장본인이라면 아마 높은 확률로 갖고 있을 거야, 예방과 대책을 위한 수단을."

"구체적인 리밋은?"

"길면 이틀, 지금 쓰러져도 이상하지 않지만. 어린애를 부추기는 것 같아서 최악의 기분이지만 말이지."

"저는… 이대로면 죽나요?"

"미성년자에 대한 선고는 할 수 없어. 먼저 서면으로 부모님의 동의를 받지 않는 한은."

단조로운 전자음이 울려 퍼졌다.

개구리 얼굴의 의사가 품에서 꺼낸 것은 시대에 뒤떨어지는 PHS지만, 제한된 직장에서는 아직도 현역으로 사용하고 있는 통신 인프라였다. 예를 들면 의료 현장도 그중 하나다.

"정말이지, 오늘은 환자가 많아."

"저어…."

"아, 걱정하지 않아도 돼. 이쪽은 카미조 군과는 증상이 다르겠지? 다행히 그 미생물은 사람끼리의 감염은 확인되지 않은 것 같고. 이스트균이나 쌀로 만든 누룩처럼, 반죽해 넣은 물질을 직접 경구 섭취하지 않는 한 잠식은 시작되지 않는 거겠지? …다만, 뿌리에 있는 건 같을 거야."

개구리 얼굴의 의사는 의자에서 일어선 것 같았다.

급한 환자 자체도 큰 문제지만, 더 이상 할 수 있는 조언도 없다고 판단한 것이리라.

"R&C 오컬틱스. 헛소리처럼 중얼거리는 아이들도 많다고 들었거든. 학원도시에는 어울리지 않는 주문 감각으로 대체 무엇에 손을 대고 있는 건지…."

평소와 달랐다.

의자에 걸터앉은 소년의 등은 작았다.

고개를 숙인 채, 삐죽삐죽 머리의 고등학생은 낮게 중얼거리고 있었다.

아니, 이쪽이 옳았던 것이다.

정체를 알 수 없는 환약을 먹고, 피를 토하고 쓰러지고, 병원에 실려 오고….

그런데 어째서 평소와 똑같은 걸까? 그런 건 분명 이상하다. 웃을 수 있는 상황이 아닌 것은, 소년 자신이 누구보다도 잘 이해하고 있지 않으면 이상하지 않은가.

"선생님."

"왜 그러지?"

듣지 마. 미코토는 얼굴을 찌푸린다.

이것은 절대로 들어서는 안 된다. 안다. 그는, 이런 자신을 누구에게도 보이고 싶지 않았기 때문에 무리해서 웃고 있었던 거라는 걸. 여기에 있으면 그것만으로도 그런 서투른 노력을 아무렇게나 짓밟고 만다.

그런데도 소녀는 이곳에서 떠날 수 없다.

그래서 들었다.

그 낙차.

지금까지 분위기에 어울리지 않을 정도로 밝았던 소년이, 모두에게 걱정을 끼치지 않으려는 노력을 위해 지금까지 얼마나 피를 쥐어짜고 있었는지를 깨달았다.

'그' 카미조 토우마가 등을 웅크리고, 모기가 우는 것 같은 목소리로 솔직한 본심을 흘린 것이다.

단 한 마디였다.

세계가 무너졌다.

"…무서워요."

"알아. 누구나 그래."

출입구는 한 군데밖에 없다.

그러나 개구리 얼굴의 의사가 급한 환자를 보기 위해 문을 열었을 때에는, 이미 아무도 없었다.

바로 가까이.

복도 모퉁이까지 몸을 숨긴 두 소녀는 서로의 얼굴을 마주 보고 있었다.

공기는 완전히 불타고 있었다.

"…들었죠, 미사카 씨?"

저도 모르게 작게 혀를 찰 뻔했다.

그런 시시한 확인보다, 우선은 스스로 자신의 얼굴을 때려주고 싶다.

이를 악무는 미코토에게 쇼쿠호는 이어서 말한다.

"어차피 이변을 눈치채면 미사카 씨도 미사카 씨대로 움직이기 시작하겠죠. 그 안나 슈프렝겔인가 하는 걸 찾기 위해서. 수고를 줄이죠. 나랑 당신이 손을 잡으면 인간과 기계, 양쪽 측면에서 한꺼번에 조사를 진행할 수 있어요. 놈이 이 도시의 어디에 숨어 있든 반드시 찾을 수 있어요. 그렇죠?"

"……."

안나 슈프렝겔은 기브업 조건을 사전에 전해왔다. 어떻게 해도 한계가 오면 R&C 오컬틱스에 연락을 넣으라고.

그러나, 그래서 어떻게 될까?

이만한 짓을 한 안나에게 이쪽에서 기브업을 전해도, 교섭할 거

리가 없다. 대책 없이 기브업을 해봐야 안나는 틀림없이 이쪽을 우습게 볼 것이다. 지금 이대로라면 미코토 일행은 그저 허세를 부리다 붙잡힐 테고, 바보 같은 꼴을 당하는 것은 저 소년이다.

따라서 안나 본인을 날려보낸다. 특효약인지 백신인지를 직접 강탈한다.

그것이 제일이다.

미코토는 의도적으로 딱 한 번 심호흡했다.

그러고 나서 묻는다.

"어디서부터 할 거야?"

"당신이 지금 머리에 떠올린 걸 전부. 나도 그렇게 할 거예요오."

소녀들은 잡아 찢는 듯한 추위에 지배되는 바깥 세계로 발걸음을 향한다.

그 소년은 학원도시의 '어두운 부분'을 부수기 위해 이미 너덜너덜해졌다.

이번에는 소녀들 차례.

24일은 이미 끝났다. 25일은 저 소년이 구원될 차례다.

행간 1

R&C 오컬틱스는 어느샌가 인터넷상에 출현한 거대 IT다.

전 세계에서 사람을 모으는 몬스터 사이트이면서, 거기에는 본래 숨겨져야 할 마술의 비밀이 모조리 망라되어 있다.

"근대 서양 마술의 폭로 작전. 이스라엘 리가르디의 재래라도 흉내 내고 있는 건가…. 웃기는군."

일본과의 시차는 대략 아홉 시간.

이쪽은 겨우 카운트다운의 여운도 가시고, 바보 소동의 파티가 정상 수준의 축제까지 진정된 참이었다.

그런 심야의 어둠이 오렌지색으로 불타고 있었다.

템스강에 흐르는 물기를 머금은 바람이 흩어지고, 지글거리며 뜨거워진 도자기 가마 안처럼 바싹 마른 공기가 피부를 태운다.

2미터나 되는 장신에 붉게 물들인 긴 머리카락, 눈 밑에는 바코드 타투, 입에는 담배를 물고 있다. 도무지 성직자라고는 생각되지 않는 차림새이기는 하지만, 스테일 마그누스는 엄연한 영국 청교도의 신부다. 다만 남에게는 말할 수 없는 부서의 인간이기도 하지만.

제0성당구 '네세사리우스(필요악의 교회)'.

그 직무는 마술사와의 전투 그 자체다.

사건 현장은 런던, 시티구(區). 하필이면… 이다. 1초 동안 만이든 억이든 고속 거래를 담당한다고 하는, 그런 하이테크의 극치인 런던 시장의 실로 중심지에서, 독살스러운 마술의 꽃이 흐드러지게 핀다.

구체적으로는.

팡!! 불꽃이 산소를 빨아들이는 소리가 잘 닦인 금융가에 울려 퍼졌다. 별빛은 고사하고, 금융가의 번쩍거리는 전구 장식이나 불꽃놀이조차 풍경에서 멀어진다.

스테일이 무언가를 한… 것이 아니다.

그 이전의 문제였다. 심야에 몰래 검색을 되풀이해서 술식이라는 것을 안 초보가, 무언가를 저지르려다가 저절로 불덩이가 되었다. 살 수 없다… 는 것을 한눈에 알 수 있는 기세의 불길이다.

장신의 신부는 얼굴을 찌푸린다.

면밀한 계획이 있으면 막 시작하려고 할 때 방해함으로써 도미노가 쓰러지는 것을 차단하듯이 은밀하게 막을 기회도 있을 것 같다. 그러나 혼자서 시도해서 혼자서 실패한다면 저지할 수도 없다. 곳곳에서 비명이나 고함 소리가 울려 퍼지고, 껌 하나 없는 인도에 세련된 바의 테이크아웃 창구에서 파는 작은 병맥주가 흩뿌려졌다.

날짜도 바뀐 심야의 금융가치고는 사람 수가 많다. 크리스마스 밤이라는 것이 역시 좋지 않았다. 강가에서 발사된 갖가지 색깔의 불꽃놀이를 구경하려는 연인들이 넘쳐나고 있었기 때문이다.

따라서 모두가 목격하고 말았다.

신비, 초자연 현상. 그 공포를.

(이래서는 처리 속도가 못 따라간다고…. 아니면 자잘한 사건을 전 세계에서 동시에 일으켜서, 우리들 '네세사리우스(필요악의 교회)'의 처리 능력에 구멍을 내는 게 목적인가?!)

어쨌거나 용의자는 70억 명.

대(大) 속에서 소(小)의 위험인물을 찾아내 처리하는 종래의 방식으로는 이런 사태에 대응할 수 없다. 소수 정예 특수 부대로는 나라 전체를 뒤흔드는 민중의 폭동을 막을 수 없는 것과 마찬가지다.

『이봐!!』

우선 라미네이트 가공 카드를 흩뿌리고, '사람 물리기' 술식을 구축해 더 이상의 혼란이 퍼지지 않도록 대증 요법을 진행하는 스테일에게 옆에서 누군가가 말을 걸었다.

목소리는 어리다.

고작해야 열두 살 정도의 소녀의 것이다.

그러나 신부는 방심하지 않았다. 애초에 소리가 난 듯한 방향을 봐도 아무도 없다. 저격수와 마찬가지로, 상대는 일방적으로 이쪽을 관찰할 수 있는 위치를 파악하고 있다. 자신 쪽에서 소리를 내도 치명적이 되지 않는다… 는 웃기는 차원에서.

『경찰인 체하는 영국 청교도는 어떻게 처리할 셈이지? 저 불덩이는 조지 클로즈. 우리 '새벽빛 햇살'의 판단이 옳다면 돈다발에 눈이 어두워서 서류를 조작해 이 시티구에서 R&C 오컬틱스를 몰래 상장시킨 금세기 최고의 빌어먹을 놈이라고. 그렇지라도 않다면 본거지의 장소조차 모르는 속이 시커먼 사이버 컬트가 좌지우지하는 거짓투성이 유령 회사 따위가 태연하게 런던 시장에 얼굴을 내밀었을 리가 없지!』

정확하게 정보 봉쇄를 하면서도 스테일은 성대하게 혀를 차고 있었다.

적의 적은 아군이라는 안이한 말을 할 수 있는 상대가 아니다.

최대급의 경계가 필요한 장면이었다.

(그렇다면 이 녀석, 레이비니아 버드웨이… '황금'계 최대 규모의 마술 결사를 통솔하는 보스인가. 설마 우리가 표적 리스트의 꼭대기로부터 정보를 받는 날이 올 줄이야.)

『칫…. 수지가 안 맞아요, 이런 거! 크리스마스 바가지 설정이자 위험 수당으로 '새벽빛 햇살'에는 나중에 추가 보수를 듬뿍 청구할 테니까요!!』

『보수에 대해서 이야기하기 전에 부지런히 손을 움직여, 하청. 실패하면 잔금은 주지 않는다는 계약이었지?』

『'새로운 빛'의 렛서입니다아! 첫 대면은 아니죠?!』

『이 내가 이름을 기억해주기를 바란다면 얼른 성과를 가져와.』

그 외에도 여러 가지가 있는 것 같다.

겉으로 보기에는 증권 빌딩에서 일하는 인텔리 직원이지만, 조지 클로즈가 빚투성이였던 것은 스테일 일행도 파악하고 있었다. 지금 저기에서 불덩이가 된 것도, 자신이 일하는 증권 거래소에 불을 질러 부정행위 데이터를 어둠에 장사라도 지내려고 한 것이리라.

당연한 일이지만,

"…협력자의 자멸도 이미 다 계산한 건가, 안나 슈프렝겔."

『이런 걸 보면 뉴욕이나 프랑크푸르트의 (자칭) 협력자(웃음)도 파열했을 무렵이겠지. 이걸로, 누구든지 액세스할 수 있는 몬스터 사이트가 어느 서버에 들어 있는지도 안이하게 추적할 수 없게 됐어. 각오는 해둬. 뿌리의 근원부터 차단하지 못하면 얼마든지 '다음'이 들끓을 거라고.』

하늘 높은 곳에서 무언가가 수직으로 떨어졌다.

스테일의 발치에서 튕겨 오른 것은 금색 빛이다. 어차피 머리 위를 올려다봐도 밤하늘밖에 없다. 어디에서 떨어진 것인지는 여전히 알 수 없었다. 신심 깊은 사람이 보았다면 성 니콜라우스의 기적의 재래라고 생각했을지도 모른다.

『너희들이 무능한 건 잘 알고 있지만, 여기서 벽에 부딪쳐도 곤란하니까. 작별 선물을 주지. 그건 안나가 실체 없는 회사를 구축하기 위해 흩뿌렸다고 생각되는 돈이야. 놈은 오래된 루비와 순금 세공을 사용해서 거래하고 있었던 것 같아.』

"…마술 결사 '로젠크로이츠(장미십자)'의 유산?"

『세기를 뛰어넘은 매장금이야, 이래 봬도 귀여운 편이지. 플라스크나 비커로 한없이 금괴 같은 걸 합성했어 봐. 해를 넘기기 전에 금 시장이 파탄 나서 세계 경제가 붕괴했을걸.』

익살스러운 말투로 소녀의 목소리는 말한다.

아마 얼굴도 보이지 않는 본인은 조금도 웃고 있지 않겠지만.

(골동품…. 은행 예금이나 전자 송금을 활용하지 않고 거액을 움직였다면, 과학 측에서도 돈의 흐름을 추적할 수 있다는 보장은 없지. 젠장, 애초에 학원도시 측은 어떻게 그 거대 IT의 본거지를 알아내서 쳐부술 셈이지?! 정말로 올바르게 위협을 인식하고 있는 거겠지!!)

그리고 이러고 있는 동안에도 일반인은 마술을 접하고 있다.

컴퓨터에서, 스마트폰에서, 태블릿에서, 휴대용 게임기에서 자동차 내비에서 스마트워치에서 인터넷 TV 인터폰 홈시어터 인간형 안내 로봇 걸음수 측정기 방범 버저 여객기나 고속 열차의 좌석 모니터 휴대용 통신 장치 오븐 냉장고 밥솥 전자 난로 세탁기 믹서 건조기 어쨌거나 IoT라는 이름이 붙은 가전 전부.

즉, 세계 어디에서나.

그러나 갑자기 마술만 턱 건넨다 해도, 만인이 자신의 바람을 이루고 행복해질 수 있다는 보장은 없다. 총은 절대적인 파괴력을 갖고 있고, 그것이 한 자루 있으면 대개의 어려운 문제는 밀어붙일 수 있을지도 모른다. 하지만 그 위험성이나 다루는 방법을 올바르게 이해하지 못하면 자신의 머리를 쏠 수도 있다. 예를 들어 약실에 총알이 남은 상태에서 안전장치도 걸지 않고 홀스터에 권총을 꽂고서 부근을 돌아다니거나, 불발되었을 때 경솔하게도 총구를 들여다보는 등 해서.

하물며 '눈에 보이지 않는 힘'을 취급하는 마술은 공포를 응시하고 각오를 다진다는, 당연한 초기 작업이 몹시 어려운 기술 체계이기도 하다. 본직의 마술사는 이것을 위해 마법명을 정하고, 참가 의식을 행하고, 사후에 이루어지는 재판을 유사 체험하면서까지 자아를 다지는 것이다.

그것을 하지 못한 채.

그저 편리할 것 같다는 이유만으로 마술에 손을 뻗는다면 어떻게 될까. 메리트만 이야기하며 노후의 저축을 하이리스크에 투자하라고 권유하는, 탐욕스러운 세일즈맨의 수법을 연상시킨다.

(바깥 세계에서도 이만큼의 혼란이 계속되고 있어….)

'적'이 보고 있다.

스테일은 얼굴에는 드러내지 않도록 유의하면서,

(…학원도시 쪽은 지금쯤 어떻게 되었지? 그쪽에는 '능력자는 마술을 쓸 수 없다. 무리해서 사용하면 온몸의 혈관이나 신경이 파열한다'는 절대적인 룰이 가로놓여 있을 텐데.)

말할 것까지도 없이, 마술은 위험한 것이다.

그러나 동시에, 세상에 내팽개쳐진 모두가 그래도 성공을 원해 손을 뻗어야 하는 마지막 비장의 카드일 것이다. 그것이 아무리 무모한 상황이고 이루어지지 않을 바람이라고 해도.

처음부터 누군가를 함정에 빠뜨리기 위해 유포하는 것은, 무언가가 잘못되었다.

제2장 검은 환약, 하얀 눈 and_RED_Rose

1

열 살 정도의 소녀였다.

25일, 상점가 아케이드의 지붕에 보호받고 있어서 알기 어렵지만 바깥에는 눈도 내리고 있다. 한겨울의 야외인데도, 그 작은 입으로 2단으로 쌓인 아이스크림과 격투하고 있었다.

"아구아구."

"…왜 주워버리는 거야, 이런 걸."

불량소년 하마즈라 시아게는 자신의 소행에 아득한 눈을 하고 있었다. 설마 했던 전라 소녀, 방어는 얄팍한 가슴 앞에 그러모은 붉은 천 정도. 어떻게 생각해도 트러블의 원천이다.

학원도시 안에서도 초등학교가 모여 있는 제13학구에서의 일이었다. 그중에서도 동쪽 끝에 위치하는 예스러운(?) 상점가다. 많은 아이들이 모이는 한편, 많은 아이들에게는 통학로와는 상관없을 장소이기도 하다. 이곳에 붙은 통칭은 사고 먹는 거리. 지금이 겨울방학이 아니라면 정의감에 넘치는 체육 선생들이 순찰을 빼놓지 않는 상점가이기도 했다.

(뭔가 사건이라는 느낌도 아닌 것 같고…. 알몸에 얇은 천 한 장인 여자애가 태연하게 거리를 걷고 있다니, 오히려 치안이 좋은 게

엉뚱한 결과를 낳은 건가….)

이런 패션이 유행하고 있다, 이렇게는 역시 생각하고 싶지도 않다. 적어도 선진국 각국의 군사 레이더를 피해 하늘을 춤추는 썰매의 비밀에 다가가려고 케이크 가게 앞에 모여 있는 미니스커트 산타들에게 돌격 인터뷰를 시도해 곤란하게 만들고 있는 동네 꼬마들에게 그런 기색은 없는 것 같은데.

하마즈라는 하늘을 올려다보고, 아케이드의 지붕에 가로막힌 낮은 하늘을 게 다리 비슷한 발톱으로 상자를 단단히 움켜쥔 각다귀 같은 식품 택배 드론이 가로질러 가는 것을—역시 내용물은 케이크나 칠면조일까—보면서,

"나중에 프레메아한테라도 물어볼까. 그런데, 그 녀석도 그 녀석대로 뭘 하는 걸까, 늦네."

비 내리는 날에 새끼 고양이를 줍고 마는 불량소년은 꼬맹이 중에도 아는 사람이 있다. 그게, 하마즈라가 어울리지 않는 제13학구에 있는 것 자체가, 레이블에 논알코올이라고 적혀 있는데도 파티 아이템의 필수품, 병에 든 금색의 보글보글(논알코올 맥주보다 고급스러운 쪽)은 팔 수 없습니다 하는 말을 듣고 부루퉁한 얼굴이 된 초등학생 프레메아 세이베른에게 가져다줄 물건이 있어서였다. 빨리 볼일을 마치고 해방되고 싶다. 크리스마스 분위기라느니 하는 건 아무래도 좋으니 추워서 코타츠에서 움직이지 못하는 무방비한 연인에게 여러 각도에서 덮쳐들고 싶다. 이렇게, 스탠더드하게 등 뒤에서 덮치는 것도 좋고, 코타츠 반대쪽에서 머리를 집어넣어 잠수함 모드로 다가가는 것도 좋고!!

덧붙여 말하자면 하마즈라 옆에서는 더욱 어이없다는 얼굴을 한

흰색 계열의 니트 원피스 소녀가 한숨을 쉬고 있었다. 하마즈라는 여자아이의 안색을 보기만 해도 속내를 캘 수 있을 정도로 클레버하지는 않지만, 아무래도 유행하는 도넛의 심한 단맛(초등학생이 많은 제13학군에 맞춘 풀 커스텀)을 주체하지 못하고 있는 것 같다.

키누하타 사이아이.

학원도시의 어둠에 대해서는, 외모가 험악한 소년 이상으로 푹 잠겨 있던 레벨 4(대능력자)다.

하마즈라는 길이가 짧은 니트 원피스 자락에서 튀어나와 있는 위태로운 맨다리를 보면서,

"…역시 유행하는 걸까? 알몸 건강법."

"어디를 보면서 완전 망상을 흘리고 있는 건가요 변태 돈 뻣는다. 애초에 12월의 추운 날씨에 끈을 풀고 일광욕이라니 바보 같은 이 괴기 현상이 대체 뭔지를 알아보기 전에 이게 이곳에 어떻게 영향을 미치는지를 완전 생각해봅시다, 하마즈라. 입으로는 신경 안 쓴다 신경 안 쓴다 하면서 그 무표정 운동복 아가씨는 엄… 청 질투할 거라고 생각하는데요 하마즈라의 견해는?"

"와오…."

"말이 나오지 않는다면 그걸로 됐어요. 완전 옳은 판단력이에요. 25일은 연인들의 이벤트 날이니까 사랑싸움은 실컷 해줘도 상관없지만 우리를 끌어들이지 말아주세요. 능력 차원의 크고 작음이 아니라 좀 더 근본적으로, 타키츠보 씨는 화나면 어떻게 움직일지 예측이 안 되니까요."

태연하게 말하고 있는 키누하타는, 그러나 실제로는 빈틈없이 거리의 쇼윈도나 스테인리스 기둥에 눈길을 보내고 있었다. 자신의

머리카락이나 옷이 신경 쓰이는 것이 아니다. 머리나 시선을 돌리지 않고 후방 등의 사각 지대를 슬쩍 살피는, 프로의 기술이었다.

경계는 아무리 겹쳐두어도 손해 보지는 않는다.

어쨌거나 '어두운 부분' 전체에 심한 지진이 달린 것 같으니까.

(…자아, 연말 대청소는 정말로 성공할 것인가. 비정규 이익이 있으면 거기에 '어둠'이 생기지. 사람은 무엇에든 가격표를 붙인달까, 코미디극 중에서 완전 숨겨주는 은신처나 도주 자금 같은 것을 둘러싸고도 마이너스 사이클은 돌아갈 것 같지만요. 유복한 위너가 확성기를 한 손에 들고 정의를 외쳐도, 생활을 위한 암시장이 없어지는 건 아니거든요?)

"아음."

소녀는 소녀대로, 평범한 것과는 또 다른 초코칩 쿠키 모양의 콘을 움켜쥔 엄지 쪽으로 흘러내린 밀크를 작은 혀로 핥고 있었다.

AR 거리 걷기 게임은 지금 막 크리스마스 이벤트가 한창 진행 중인 것일까. 정체를 알 수 없는 의식처럼 아무것도 없는 장소에 스마트폰을 한 손에 들고 몰려든 아이들(일부 어른스럽지 못한 대학생도 포함)에게 합류할 마음은 없는 듯, 그저 감정 없는 눈동자를 향하고 있다.

조금 떨어진 곳에서 그녀는 이렇게 말했다.

"좋은 도시네, 역시. 굶주림을 두려워하지도 않고, 추위에 떠는 일도 없고, 성스러운 밤을 그냥 아름다운 정경으로 누릴 만한 여유가 있어. 생존 환경이 만연해 있어. 성 니콜라우스의 이야기는 굶주림을, 성냥팔이 소녀의 이야기는 추위를 나타내는 거라고 설명할 것까지도 없이, 본래 겨울의 거리란 시체보다도 불길한, 괴롭고 혹

독한 냉기가 실내외를 막론하고 돌로 만들어진 풍경의 구석구석까지 닥쳐오는 공포의 상징이었는데."

"하아."

이 정도 나이의 아이가 이야기를 하고 싶어 하는 것은 흔히 있는 일이었다. 최근, 사실은 잔혹했던 동화집이라든가 사람의 꿈을 부수고 푼돈을 버는 종류의 전문서라도 읽은 것일까?

이쪽의 미묘한 시선 따위는 신경도 쓰지 않고, 어린 소녀는 말한다.

"그래서 미안해. 여기는 이제 곧, 본래 있던 죽음의 계절로 되돌아갈 거야. 힘든 하루의 끝에 적어도 내일을 기대하고 떨면서 잠들어도, 애초에 다음 아침을 맞이할 수 있을지도 알 수 없었던 시대와 마찬가지로, 당연하게 사람이 죽겠지. 뭐 인간은 그쪽이 자연스러울지도 모르지만, 당신들한테 죄는 없지?"

"……?"

뭔가 위화감이 있었다.

작은 손으로 스마트폰을 만지작거리는 어린 소녀의 입에서 무언가가 새어 나오고 있다.

"…흠, 흠, 흐흠. 좋아, 좋아. 서류를 위조해서 페이퍼 컴퍼니를 통과하게 만든 놈들은 대개 각지에서 뒈진 모양이네."

예쁜 꽃인 줄 알고 향기를 즐기기 위해 얼굴을 가까이 했더니 정체를 알 수 없는 사마귀였다는 사실을 안 것 같은.

어린 소녀의 눈동자에서 감정을 읽을 수 없게 된다.

그 안쪽에 무언가 질척한 것이 도사리고 있다.

그리고 초승달처럼 웃음을 찢으면서, 화면에서 얼굴을 든 어린 소녀는 이렇게 말했다.

“타키츠보 리코는 잘 지내?”

“자, 잠깐만. 너 무슨 소리….”

“미안해. 이건 순수하게 내 실수야. 뭐 마담 호로스 같은 사기꾼의 이름을 꺼내서 변명하려고 해도 당신들은 이해할 수 없을 테고, 객관적으로 증명할 수 없는 이상은 당신들의 분노나 증오를 받아들여주는 것도 이쪽의 책무라고 생각하고 있지만.”

하마즈라 시아게의 뇌리에서 말이 튀었다.

그렇다. 그는 이름‘밖에’ 몰랐다.

자신의 연인을 달콤한 말로 꼬여내어 그 육체를 지배하고, 쓰고 버리는 도구로 삼으려고 했던 누군가. 분할 정도의 원수의 정보가, 너무나 부족했던 것이다.

“…그런….”

그리고 어디에나 있는 불량소녀는 자신의 적을 찾아낸다.

마술 세계의 안쪽의 안쪽. 또는 ‘마신’ 이상으로 은닉되어 있던 정체불명의 무언가를.

설마,

“안나 슈프렝겔???!!!”

어린 소녀의 모습을 취한 괴물은, 이미 하마즈라 따위는 보고 있지도 않았다.

한 손에 얇은 천, 다른 한쪽에 아이스크림. 양손이 막힌 상태인 채, 크게 몸을 돌려 엉뚱한 방향으로 시선을 던진다.

말한다.

"그리고 거듭 미안해. 놀 거라면, 오늘은 저쪽이 우선이야."

기깅!! 무거운 금속음이 났다.

가까이, 하얀 눈이 쌓인 아케이드 지붕에 내려선 것은 두 소녀.

명문 토키와다이 중학교가 자랑하는 에이스와 여왕의 강림이었다.

2

사정없이… 였다.

미사카 미코토의 등에는 검은 금속으로 만든 악마의 날개 같은 것이 펼쳐져 있다. 2기의 로켓 엔진을 베이스로 개틀링포, 전기톱, 활강포, 용단 블레이드, 다연장 미사일, 대형 드릴, 플라스마포, 어쨌거나 중무장들이다.

A.A.A.

안티아트 어태치먼트… 라고 불리는 제3위의 증폭 외장(外裝). 본래의 용도에 대해서는 취급하는 그녀 자신도 완전히 다 파악하지 못했을 정도의 블랙박스.

그러나 그것만으로는 설명할 수 없다.

특수 장비를 걸치면 하늘조차 자유자재로 날 수 있는 미코토와 달리, 제5위의 쇼쿠호 미사키는 본래 그런 피지컬한 움직임은 전혀 불가능할 터였다. 그럼에도 실제로는 풀장비인 미코토의 동작을 따라다니며, 빌딩 지붕에서 낡은 (것처럼 보이기 위해 군함 모형 등에 사용하는 프로 사양의 페인트로 철저하게 칠한) 상점가 아케이드의 지붕으로 고속으로 날아다니고 있다.

왜일까?

구체적인 답은 이렇다.

"…일단 최신 장비라고는 생각하지만, 지금이 연말이라는 걸 알고 하는 거지?"

"아아아 덜덜덜 그런 건 내 대리를 맡은 미츠아리 아유한테 말해주시겠어요오?!"

쇼쿠호 미사키와 같은 계통, 정신계의 능력을 다루는 '또 한 명의 소녀'가 있었다. 그녀는 자신의 부족한 능력을 보충하고 제5위의 레벨 5(초능력자)를 이기기 위해 모든 기계적인 서포트를 받고 있었는데, 그런 가운데 이런 것이 있었을 것이다.

파이브오버 아웃사이더(OS). 또는 파이브오버 그 자체.

어느 것이나 이름은 모델 케이스 멘탈아웃.

학원도시 제5위의 능력을 순수하게 기계적으로 재현하려고 시도한 이형의 장비를 다루기 위해, 관리자인 미츠아리 아유 자신도 특수 섬유의 슈트로 온몸을 덮고 있었을 것이다.

다만,

"덜덜덜."

"수영복(웃음), 하이레그www, 12월(풉)."

"아앗, 진짜!! 어째서 이렇게 계절과 장소를 따지는 귀찮은 디자인으로 한 거예요오, 미츠아리 씨이!"

"삐걱삐걱. 풋크크. 사타구니 부근이 솟아올라 있어."

"안 그래요!! 그 녀석, 그 자식, 고독이 너무 커져서 노출에 눈뜨기라도 했다는 걸까요오?!"

자신의 몸을 끌어안고 하얀 숨을 내쉬며, 그러나 누구보다도 체온은 상승시킨 채 쇼쿠호가 자포자기한 듯이 외친다. 모피 코트도, 털실 머플러도 아니라, 인간에게 최고의 방한구는 수치심인 모양이다.

장비품의 디자인성만 보면 비키니 아머와 비슷비슷한 정신 나간 것이지만, 방어구로서의 성능 자체는 틀림없이 진짜다.

그리고 한시라도 빨리 타도해야 하는 상대는 바로 눈앞에 있다.

(겉으로 보기에 유리 용기나 알약 같은 걸 숨기고 있는 느낌은 안 드나.)

어쨌든 알몸을 얇은 천으로 대충 덮고 있는 정도다. 품에 무언가를 숨길 수 있을 거라고도 생각되지 않는다. 그러나 학원도시에서 그렇게 특수한 미생물을 사용해놓고, 안나 자신은 방호 수단을 가까이 두고 있지 않기라도 하다는 것일까.

아니면 안나의 육체 자체가 항체를 가지고 있는 것인지도 모른다.

보디 체크든 정밀 검사든, 쓰러뜨려서 신병을 확보하는 것이 먼저다.

"자아."

알몸을 대충 가린 어린 소녀였다.

안나 슈프렝겔.

"지나칠 정도로 충분하게 시간은 줬고, 슬슬 몸 구석구석까지 증식했을 무렵이려나. 여기까지 와서 아직도 나를 기다리게 하겠다면, 이쪽에서 촉진시키는 편이 좋을지도."

미사카 미코토는 어제, 그제 밤에도 안나를 보았다. 그때에는 눈치채지 못했지만, 실제로 스마트폰을 한 손에 들고 산타 의상의 기간 한정 안드로이드 대마왕(이세계를 세 개 정도 부수고 나서 지구에 온 하이퍼 울트라 미라클 여주인공. 실은 외로움을 많이 탐)을 쫓아다니는 초등학생과 비교해보면 차이가 또렷하게 떠오른다. 두르고 있는 공기, 눈동자 속에 깃든 어둠, 입가의 웃음. 이것은 그런 형태를 한 다른 무언가다, 미키토나 쇼쿠호보다도 훨씬 노련한. 마치 싸구려 심령사진 같은 합성감을 씻어 낼 수가 없다.

2단 아이스크림을 마이크처럼 움켜쥐고 있던 그녀는, 작은 입에 다 들어가지 않은 나머지를 손에 들고 있던 콘째로 뒤를 향해 가볍게 내던졌다. 어린 소녀의 머리 위로 올라가 등 쪽으로 흘러내리려고 했을 때, 달콤한 입술이 이렇게 자아냈다.

"포란."

폭음… 이라기보다 충격파가 주위에 작렬했다.

바깥에 놓여 있던 테이블과 의자를 날려 보내고, 크리스마스트리나 눈사람 장식을 쓸어내고, 오가는 사람들을 사정없이 쓰러뜨린다. 상점가의 윈도는 물론이고 머리 위를 덮고 있는 투명한 아케이드 지붕마저 산산이 부서진다.

"미사카… 씨이!!"

"알고 있어!!"

순간 미코토가 자력을 사용해 금속 제품을 휘두르고, 쇼쿠호가 기절한 아이들이나 아르바이트 언니를 기절한 채 조종하지 않았다면, 쌓인 눈과 함께 떨어진 유리의 비가 무방비한 통행인을 한꺼번에 피로 물들였을 것이다.

미사카 미코토는 그 자리에서 체공하고, 쇼쿠호 미사키는 발 디딜 곳이 무너진 순간에 지상으로 향한다.

상점가는 투명한 보호를 잃고 직접 눈보라에 노출된다.

기절해서 체온 관리가 불가능한 인간에게는 이것만으로도 동사에 이르기에 충분한 흉기다.

"어쨌든 장소를 바꿔야 해!!"

"저쪽이 그걸 기다릴 것 같아요? 내가 '멘탈아웃(심리 장악)'으로 쓰러진 일반인을 치울 테니까, 당신은 제대로 시간을 버세요오!!"

(그건 그렇고, 뭐가…?)

미코토는 눈을 끔벅거린다.

작렬의 원인.

그것은 갑자기 어린 소녀의 뒤쪽에 나타난 거대한 구체였다.

안나 자신보다도 크다. 직경 2미터가 넘는 금속 공. 그것은 둔한 은색 빛을 내뿜으며, 아무것도 없는 허공에 그저 막연히 떠 있었다.

저것이 공기라도 깬… 것일까?

시라이 쿠로코의 '텔레포트(공간이동)'와는 구조가 전혀 다른 것 같다. 그녀의 이동에는 그런 폭력적인 부차적 효과는 발생하지 않는다.

나타난 것만으로도 저렇다.

무엇을 어떻게 사용하는 것인지 알 수 없지만, 절대로 좋은 일은 아닐 것이다.

(대체 어떤 수납이지? 백신이든 특효약이든, 안나만이 갖고 있는 방호 수단도 저렇게 숨기고 있다면 놈 이위에는 꺼낼 수조차 없는

거 아니야?!)

입술을 깨물며, 미코토는 오락실 코인을 꺼낸다.

공중에서 자세를 유지한 채 코인을 엄지에 올려놓았을 때, 움찔하며 그 움직임이 멈추었다. 어린 소녀는 그 엄지로 자신의 가슴 한가운데를 가리키고 있었던 것이다.

"해봐."

"……."

"이제 전 세계 누구나 열람할 수 있는, R&C 오컬틱스에 놓여 있는 자투리 따위에게 튕겨나간 '힘'이잖아. 이제 와서, 나한테 상처 하나 낼 수 있을 거라고 생각하기라도 하는 거야?"

"읏, 에에이!!"

미코토가 움직였다.

폭음이 대기를 흔들고 섬광이 공기를 태운다. 직선적인 파괴의 정체는, 그러나 금속을 음속의 세 배로 날려 보내는 레일건(초전자포)이 아니었다.

'뇌격의 창'.

무언가를 부정당하는 것이 무서웠다. 그래도 A.A.A.로 끌어올려진 강화판이다. 철탑 작업용 고무 슈트 정도라면 간단히 관통하고, 보통의 인간이라면 한 발에 심장이 멈춰버려도 전혀 이상하지 않다.

그러나,

"패기 없는 놈."

비웃는 듯한, 동정하는 듯한, 그런 말이 확실히 들렸다.

한 발짝.

그 자리에서 안나 슈프렝겔은 한 발짝도 움직이지 않았고, 그저 번갯불이 섞인 분진만이 흩날렸다. 아까의 금속 구체도 그대로다.

(뭐, 가…?)

무너진 아케이드의 지붕에서 땅바닥으로 비틀비틀 하강한다. 꼴사납기 짝이 없는 모습이지만, 오히려 안나는 그쪽을 높이 평가했다.

"어머나, 안 밟았네?"

"……."

"전과 똑같이, 보이지 않았다면 여기에서 끝이었을 텐데. 지자기(地磁氣)일까, 아니면 지각할 수 없을 정도로 미약한 플레이트의 진동? 약간 재미있네. 과학 측에도 지맥의 흐트러짐을 이용한 '지뢰'의 발견 방법이 있다니."

쿡쿡 웃으며 안나는 자신의 어깨 너머를 엄지로 가리켰다.

금속으로 만들어진 구체를 과시하면서… 다.

"프네우마 없는 외각(外殼). 철학자의 알, 투명한 관, 그림이나 음악 속에도 숨어서 사람에게 다가가는 술식이야. 나는 붉은 돌 따위는 원치 않고, 일그러진 결과를 여기에 내놓으니. 잡동사니는 잡동사니 나름대로 나에게조차 끝이 보이지 않는 예상 밖을 즐겨라."

한가운데에 있는 것은 거대한 핸들일까?

어린 소녀는 그 작은 손으로 움켜쥐고 아무렇지도 않게 돌린다. 여러 개의 무거운 톱니바퀴가 맞물리는 듯한, 드륵드륵드륵 하는 둔한 소리가 몇 번이나 연이어 난다. 여러 개의 균열이 가고, 은행의 대금고보다도 복잡하게 열리기 시작한다.

(젠장, 이제야 본무대인가…?!)

터무니없는 것을 보관하고 있다.

뚜껑이 열리려 하고 있다.

기다릴 필요 따위 없다. 저것이 얼굴을 내밀기 전에, 한시라도 빨리 결판을 내야 한다. 최신 장비로 온몸을 지키는 미사카 미코토는 즉시 그렇게 생각했다.

그런데도 한순간이 모자란다.

마치 처음부터 여기를 기준으로 모든 시간이 역산되어 있었던 것처럼.

덜컹!! 한층 큰 소리가 났다.

그리고 '그것'이 얼굴을 내밀었다.

그것은, 아무런 특징도 없는 나뭇가지였다.

공백이 있었다.

이번에야말로 의미를 알 수 없었다.

도중에 몇 번인가 갈라져, 전체적으로 커다란 손바닥처럼 벌어진 가지. 그 굵기는 새끼손가락 정도밖에 되지 않는다. 군데군데 단단한 초록색 잎이 달려 있지만, 무슨 나무인지까지는 언뜻 보아도 판별할 수 없다.

반대로 숨을 죽이는 미코토에게, 왠지 안나 슈프렝겔 본인이 안쪽에서부터 뺨을 부풀리고 있었다. 참고 있던 숨을 천천히 토해내 한숨의 형태를 만들고, 그리고 이렇게 말했다.

"뭐어야, 꽝인가."

"이 자식…!!!!!!"

더 이상은 기다릴 수 없었다.

이 정도로.

당첨인지 꽝인지로 어이없게 승부가 던져지는 정도의 생각으로, 그 바보에게 그런 짓을 저지른 건가.

하필이면, 이브의 밤에.

덜컹덜컹덜컹!! 악마의 날개 같은 무장을 모두 안나 슈프렝겔에게 향한다. 그 하나하나로 함선을 격침시킬 수도 있을 정도의 대화력이지만, 상대의 내구력 따위에 신경 쓸 만한 마음의 여유조차 없었다.

그러나….

직후에 안나 슈프렝겔은 재미없다는 듯이 이렇게 말했다.

"이걸로는 심플하게 이길 뿐이잖아. 지루함의 극치야."

쿵!!!!!!

바람이 옆얼굴을 때렸다고, 미사카 미코토는 그렇게 인식하고 있었다.

실제로는… 이다.

악마의 날개처럼 펼쳐져 있던 A.A.A., 그 오른쪽 절반이 젖은 얇은 종이처럼 푹 도려내어진 것이다.

바로 옆에서 눈보라치는 하얀 커튼이 뒤늦게 쓸려 날아간다.

아직 거리는 있다.

자신의 맨살을 얇은 천으로 대충 덮은 어린 소녀는 팔을 휘두른 것만으로도 가볍게 나뭇가지를 휘둘렀을 뿐인데.

"뭐엇?!"

놀라는 것이 너무 늦었다.

좌우 하나씩 있는 로켓 엔진이 파괴되고, 안에서 누출된 특수 연료에 불이 붙은 것이다. 태양 같은 섬광에, 학원도시 제3위의 실루엣이 삼켜진다.

"미."

평범한 가솔린으로는 있을 수 없는 대폭발이 일어났다.

"사카, 씨이?!"

쇼쿠호의 절규조차도 폭음에 지워진다.

듣는 사람이 있는지 없는지도 알 수 없는데, 안나는 노래하듯이 속삭였다.

어쩌면 처음부터, '적' 따위는 응시하고 있지도 않았는지 모른다.

"…세계에서 가장 오래된 채찍이란 가느다란 나뭇가지였다고 되어 있어. 가죽이나 밧줄이 아니었지."

나뭇가지를 빙글 돌려 드러난 어깨에 올려놓으며 안나는 중얼거린다.

미사카 미코토가 오락실 코인을 음속의 세 배로 튕기는 것과 똑같이.

사물의 견해가 다른 진정한 초인이 손에 들면, 나뭇가지 하나조차도 이 정도의 막대한 결과를 끌어낸다.

"첫 암기는 돌, 첫 연막은 마른 풀, 첫 생물 무기는 시체, 첫 칼은 돌과 뼈 중 어느 쪽일까. 역사나 전통이라는 건 전 세계 어디에나 있어. 에센스는 만물에서 자유자재로 추출할 수 있어. 일부러.”
“잠깐 기다, 에센스? 당신 무슨 말을

“그러니까 지금 설명하고 있잖아 rogd가! qhuvnd 오옷 아아 hiengk?!”

표변.
움찔하며 굳은 채 움직이지 못하는 쇼쿠호 앞에서 안나가 움직인다.
싸구려.
하지만 그 얄팍한 무언가가 분명히 제3위를 생사 불명의 대폭발로 퇴장시켰다. 바늘이 완전히 돌아가면 이유도 없이 죽는다. 존엄도, 무엇도 없이. 사람의 정신에 대해서 철저하게 연구하는 쇼쿠호 미사키는, 얼굴을 찌푸리는 자신을 거울 따위 보지 않아도 잘 알 수 있었다. 꽝을 뽑았다, 명확하게 그런 표정이 떠올라 있다.
한편.
안나 측의 움직임은 단순 명쾌했다. 그것은 살의를 가진 공격이 아니다. 가까이 있던 케이크 가게의 마스코트를 걷어차고, 나뭇가지를 휘둘러 내린다. 목이 떨어져 나가도 아랑곳하지 않고.
단순한 무기나 군대를 보는 것과는 다른 공포가 있었다.
예를 들자면, 평소에는 성실하고 착한 우등생이 음침한 가정 내 폭력으로 나날을 보내는 것을 보고 만 것 같은.
“이 녀석들은 늘 그래! 언제나, 언제나, 언제나, 언제나!! 내가 옳은 일을 처음부터 가르치고 있는데, 귀찮아하고! 멋대로 지름길로 가고, 길을 끝까지 간 기분만을 인스턴트로 맛보려고 하지!! 그런 주제에 실패하면 내 설명 부족? 이해도 하지 못truc 주제에 규탄만은 어엿한? …웃기지 마, 빌어먹을 근본적으로 웃kfu잖아. 의! 심! 하! 지! 마!! ~~~tnjswhglf~~~, 아앗, 진짜, 전부 의미가 있는 거니까 순서대로 배워!! 그 머리로 생각하지 마. 스스로 답을 낼 수 있ntd 생각하지 않아도 돼!! 내가 말하는 대로 하고 있으면 의문은 전부 해소되고 제대로 습득할 수 있다느n데, 이 bvdhktuh!!!!!!"

이제 어수선했다.

한때 몸통이었던 무언가는 몇 개의 지방 블록일 뿐인 것이 되었다.

거기에서.

괴물은, 아연실색한 벌꿀색 소녀의 시선을 깨달은 것일까.

"후웃."

데굴데굴 구르는 마스코트의 머리에서 얼굴을 든 어린 소녀는, 정체를 알 수 없는 가지를 든 채 양손을 모으고 생긋 웃었다.

어린 소녀에게는 어울리지 않는 연상의 여유 같은 것을 보이며 그녀는 말한다.

"미안해. 하지만 지금은 내가 설명하고 있어."

"……."

삼켜진다.

나쁜 징후… 라는 것을 알고 있어도.

실제로 제5위의 소녀는 거의 무적이다.

정신계에서는 최강. 아직 열리지 않은 장르나 온통 사막인 곳에 내던져진다면 모를까, 사람이 넘쳐나는 대도시에서는 압도적으로 강하다.

하지만 그래도 절대로 상대하고 싶지 않은 인간이라는 것이 몇 명 있었다.

예를 들면 무슨 말을 해도 폭력성으로밖에 연결되지 않는 제1위. 개체라는 개념을 잃고 조각조각으로 분화한 결과, 가지치기된 한 사람 한 사람과 교섭해서 확약을 얻어봐야 '카키네 테이토쿠'라는 전체의 의지가 약속을 지켜줄지 어떨지 보이지 않는 제2위 등. 개체의 폭주로 무리를 물어뜯을 수 있는 괴물들.

이것은 그것과 동급이다.

이 녀석은 정신을 조종하는 정도로는 안심할 수 없다.

"으음, 어디까지 얘기했더라. …듣고 있었다면 알겠지?"

"보, 보증이 어쩌니저쩌니 하는…."

"맞아, 맞아! '하느님의 아들'의 혈흔이니 낡은 양피지 다발이니를 추구하는 것은, 자신의 행동에 보증이 필요할 뿐인 잔챙이가 하는 짓이야. 제대로 듣고 있어주었군. 대단해, 대단해☆"

쿡 웃으며.

겉모습만 보면 작은 어린 소녀는 눈앞의 모든 것을 부정한다.

그렇다. 제대로 이야기를 듣고, 룰을 따르고, 기분을 맞춰봐야 목숨의 보장은 전혀 없다.

애초에 지금 서로 싸우고 있으니까.

"학원도시에서 일곱 명밖에 없는 레벨 5(초능력자)라는 특권도 이유가 있군."

3

쇼쿠호 미사키는 몸을 떤다.

그 후 정체를 알 수 없는 주박을 깨다시피 하고 그늘로 뛰어들었다. 물론 통로와 카페 공간을 막는, 허리 정도 높이의 콘크리트로 된 단차 정도로 안나의 공격을 피할 수 있을 거라고는 생각하지 않지만, 우두커니 정면에 서는 것만은 절대로 피하고 싶다.

어쨌거나… 다.

학원도시 제3위, 설마 했는데 처음부터 전선 이탈.

안나에게 뭔가 당했다기보다 자신의 장비의 대폭발에 휘말려 빛 속으로 사라진 미코토의 행방을 일일이 좇고 있을 여유조차 없다. 전력이 못 된다면 그뿐. 어차피 정신계 능력의 쇼쿠호는 물구나무를 서도 타오르는 로켓 연료 속에 손을 집어넣어 사람을 끌어내는 거친 짓은 못 한다.

여기에서도, 전신에 살짝 바늘을 꽂는 듯한 아픔을 서서히 느낀다.

하지만 따뜻해진다는 감각은 없었다. 어디까지나 추운 날씨에, 몸에 닿는 눈 알갱이는 아프고, 그리고 무리한 열은 분명히 벌꿀색 소녀의 피부를 괴롭힌다.

어쨌거나, 낡은 (것처럼 보이게 하고 있는) 상점가의 점포에 불이 옮겨붙지 않은 것은 다행일까.

(…왠… 지 배신당한 기분이 드는 스스로에게 놀랐어요오. 그렇게 견원지간이어도, 이러니저러니 하면서 미사카 씨의 실력에 등을 맡기고 있던 부분이 있었다니.)

그래도 도망칠 수는 없다.

여기에서 안나를 쓰러뜨리지 않으면 그 소년은 버티지 못한다. 서로 사냥감을 놓치고 도시에서 도주했을 경우, 실은 곤란해지는 것은 쇼쿠호 일행 쪽이다.

두 무릎을 굽히고 쪼그려 앉은 상태에서 억지로라도 손을 뻗어, 리모컨을 잔뜩 담은 가방의 체인에 손가락을 건다. 어떻게든 해서 이쪽으로 끌어들인다.

지익, 두꺼운 고무나 가죽이 삐걱거리는 듯한 소리가 났다. 대체 어떤 부하가 걸린 것일까. 오른쪽 다리와 왼쪽 다리 사이, 붙어 있는 부분에서다.

쇼쿠호는 저도 모르게 움직임을 멈춘다. 왠지 근원이 자기주장을 하고 있다. 방금 전까지 의식도 하지 않았는데, 일단 신경 쓰이기 시작하니 왠지 멈추지 않는다. 이 상황에서도? 아니, 어쩌면 사고(思考)가 맞서는 것을 피하고 싶어 하는 것일까.

악몽 같은 미코토의 말이 뇌리에 떠오른다.

(…솟아올라 있지, 않겠죠오?)

쪼그린 채 시선을 아래로 보내도 답은 나오지 않는다. 이런 짓을 하고 있을 때가 아니다. 안다. 하지만 소녀로서는 아무래도 확인해 두고 싶은 것이 있다. 아랫입술을 깨물고, 그리고 소녀는 금단의 아이템을 건드리고 만다. 손거울.

(응…?)

그다지 남에게는 말할 수 없는 부근에 작은 거울을 대고 그늘에서 바스락거리려고 한 여왕님이었지만,

"있지."

"하힉???!!!"

"?"

콘크리트 단차 맞은편에서 누군가 가볍게 말을 걸어, 제5위의 여왕은 그 자리에서 약간 튀어 올랐다.

웬일로, 전부 꿰뚫어본다는 얼굴을 한 안나 슈프렝겔 쪽이 바깥에 선 채 고개를 갸웃거리고 있는 것 같았다.

중요한 것은 손거울이 아니라 가방 안에 있는 다른 아이템이다.

크고 작은 여러 종류의 리모컨.

적의 공격은 고사하고, 아군의 폭발에 휘말리지 않도록 하는 것만으로도 이미 목숨을 걸어야 한다. 그래도 그녀는 어깨에 멘 가방에서 TV 리모컨을 꺼낸다. 학원도시 제5위, '멘탈아웃(심리 장악)'의 모든 것의 기점이 되는 아이템이다.

너무나 광범위한 그녀의 능력은, 스스로 장르를 나누어 정돈하지 않으면 만족스럽게 다루는 것조차 어렵다.

궁!

리모컨을 향하고 엄지로 버튼을 누름과 동시에, 옆에서 보이지 않는 방망이로 얻어맞은 것처럼 안나 슈프렝겔의 머리가 부자연스럽게 흔들린다.

그러나,

"나한테는, 듣지 않아."

"익?!"

(회복, 아니, 머리에 갈고리를 걸지 못했어!!)

이러면 제1위, 제2위 같은 '조종해도 경계를 풀지 않는' 정도가 아니다.

애초에 조종할 수 없다니 예상 밖이다. 그것도 제3위의 미사카 미코토처럼 두꺼운 방어로 억지로 튕겨내고 있다는 이야기도 아니고,

"사람을 조종하는 정도의 이능으로 내 정신 구조를 파악하고 지배할 수 있다고 생각하는 게, 애초부터 잘못이야. 안나 슈프렝겔의 자아를 잡고 싶으면, 최소한이라도 천사를 통째로 빼앗을 정도로는 자신을 단련하고 나서 도전해야 했어."

'멘탈아웃(심리 장악)'이 듣지 않는다.

쇼쿠호의 능력은 절대적이지만, 개나 고양이에게는 전혀 통하지 않는 것이다.

그리고 당사자에게 정신계 능력이 통하지 않으면, 이제는 주위에 손을 써서 말을 늘리는 정도밖에 할 일이 없다. 하지만 그것도, 아무것도 모르는 일반인을 덤비게 해봐야 안나는 순식간에 죽일 뿐이다. 역시 뒤끝이 너무 고약하다.

아니, 누구라도 안 된다.

그 사람조차 입맞춤의 일격에 당했다고 들었다.

쇼쿠호는 토키와다이 중학교 최대 파벌의 여왕이지만, 실전에서 사용할 수 있는 유용한 능력을 가진 파벌의 학생들을 데려오지 않은 것도 이 때문이다. 이것만은 더 이상 논리가 아니다. 신화가 무너지고 있다. 근본적으로 안나를 상대하는 싸움에서는 어지간한 쇼쿠호 미사키도 타인의 목숨을 맡을 정도의 여유를 부릴 수 없을 것 같다.

그런 의미에서는.

부담 없이 쓰고 버릴 수 있는 것은 예의 그 녀석밖에 없었는데.

(그건 그렇고 뭘 하는 거야, 그 뇌 능력. 피지컬 바보인 미사카 씨가 갑자기 다운하면, 여기에서 보통 사람들을 도망치게 하는 것조차 어려워지잖아?!)

실질적으로 '멘탈아웃(심리 장악)' 없이. 다만 벌꿀색 소녀는 파이브오버 관련 특수 장비를 걸치고 있지만, 종합적인 운동 성능은 장비를 포함해도 미코토를 이길 수 없다.

(애초에 전에는 미츠아리 씨가 마지막까지 리미터를 끄지 않았다는 것도 수상하지이. '어두운 부분'의 장난감에게 안전 기준 따위는 없고오. 설마 어딘가에 고장이라도 있는 건….)

제3위가 한 방에 당했다면, 쇼쿠호가 아무리 날고 기고 해봐야 패배에서 도망칠 수 있을 거라고는 생각되지 않는다.

그런 방법으로는 안 된다.

그럼 대체, 그 외에 무엇이 남아 있지?!

"자, 어떡할래?"

그르륵 하는 무거운 금속이 서로 맞물리는 소리가 났다.

무너진 아케이드 지붕에서 사정없이 쏟아지는 눈을 맞으면서…다. 아무런 특징도 없는 나뭇가지를 내던진 안나 슈프렝겔이, 다시 2미터 크기의 구체에 달린 핸들을 작은 손으로 움켜쥐고 돌린 것이다.

이치를 내세워서 이기는 것만이라면 감정의 파도 따위는 움직이지 않는다.

그래서 자신의 손으로 굳이 실전에 무작위성을 가져온 괴물이, 여기에서 웃는다.

행운이 따르지 않으니까 즐겁다. 거기까지 추구한 초인이.

“포기하지 않으면 언젠가는 이길 수 있을지도 모르지. 당신이 뭔가 한다기보다는 내 운이 다하느냐 마느냐의 이야기가 되지만. 도전을 계속하지 않으면 복권은 맞지 않는 셈이고 말이야.”

“……???!!!”

덜컹 하는 둔한 소리가 작렬한다.

복잡하게 균열이 가고 구체가 열린다. 그 너머에서 기다리고 있던 것은.

“밧줄.”

이것이 학원도시 최고봉의 전력과 부딪칠 장비일까.

아무런 특징도 없는, 완전히 낡아서 언제 중간에 끊어질지도 알 수 없는 잡동사니다. 작은 어린아이가 근처에서 주워 온 전리품을 친구들의 비밀 기지에 가져오는 것 같은 웃는 얼굴로, 콧노래조차 부르면서 슈프렝겔 양은 말했다.

전설 따위 아무것도 없다.

이것도 진정한, 단순한 꽝이다.

그런데도 흔들리지 않는다. 적과 이쪽의 차이는 압도적이었다. 안나 자신이 지루해서 죽을 것 같다고 느낄 정도로.

“자, 문제. 세계에서 가장 오래된 뭐일 것 같아?”

4

안나 슈프렝겔은 쿡쿡 웃고 있었다.

정답을 맞히면 봐주자고도 생각했지만, 상대에게 그럴 마음은 없는 것 같다. 벌꿀색의 긴 머리카락을 크게 펼치듯이 180도 전진하더니, 그대로 최대 가속으로 신속하게 도주한다.

(뭐, 어중간하게 손길을 늦추는 편이 즉사할 수 없어서 괴로워하는 꼴이 될 것 같지만.)

진짜 후퇴는 아닌 것 같다.

모습을 감추고 나서 다시 기습하기 위한 일시 후퇴일까.

(기특하네. …있는지 없는지도 알 수 없는 특효약을 위해 자신의 목숨까지 던지다니.)

"어머나, 무대 뒤에 익숙한 움직임이네. 본래는 다른 사람한테 지시를 내리고 안전지대에서 쿡쿡 찔러나가는 방식인 걸까. 아니면 설마 아이들의 희생이라도 두려워하는 건가? 후후, 학교 사회니까. 양쪽 다 어린아이인 주제에, 선배란 힘들어."

겉모습만 보면 열 살 정도의 어린 소녀는 그 자리에서 한 발짝도 움직이지 않았다. 입가에는 웃음이 끊이지 않고, 그러나 얼굴 전체에서는 지루함을 숨기지도 않고, 그저 옆으로 작은 손을 휘두른다.

퀴즈의 답은 이랬다.

"정답은 고대 이집트 발상, 세계에서 가장 오래된 포박이야."

뷔잉!! 공기를 찢는 소리가 몇 번이나 겹쳤다.

적과의 거리 따위는 아무래도 좋다.

겉으로 보기에는 낡고, 체중을 지탱하려고 하면 어디라도 끊어져버릴 것 같은 너덜너덜한 밧줄. 그러나 '장미'의 중진에게 걸리면 에센스 따위는 끝없이 빨아올릴 수 있다. 지금의 그녀라면 하늘에서 쏟아져 내리는 소행성마저 묶어, 공중의 한 점에 붙들어버릴 것이다.

(도망쳐도 지맥을 일그러뜨린 '지뢰'를 밟고 하늘까지 날아갈 뿐

이겠지만.)

그러나.

"하웃???!!!"

이상한 목소리가 들리는가 싶더니, 갑자기 쇼쿠호 미사키가 앞으로 고꾸라져 넘어지고 말았다.

안나 슈프렝겔이 뭔가를 한 것은 아니다.

확실히 지붕이 부서짐으로써 이쪽에도 눈은 쌓이기 시작했다.

상점가의 지면은 젖어서 미끄러울지도 모르지만… 이다.

실제로 그녀가 던진 밧줄은 사냥감을 잡지 못하고, 토키와다이 중학교 여왕의 머리 바로 위를 돌진해, 아케이드 지붕을 지탱하고 있던 기둥을 친친 동여맸다. 어린 손으로 가볍게 당긴 것만으로도 막대한 압력이 삐걱삐걱 하며 기둥을 부러뜨려 부수기 시작한다.

세계에서 가장 오래된 채찍과 지맥을 사용한 지뢰의 2단 구성, 설마 했던 동시 회피. 게다가 학원도시제의 능력도, 테크놀로지도 없는, 그저 운동치로.

입을 딱 벌리고 있었다.

'그' 슈프렝겔 양이.

그렇다, 쇼쿠호 미사키는 운동 기능을 보조하는 슈트는 확실히 입고 있다.

전투에 특화된 파워드 슈트(구동 갑옷)가 아니라고는 하지만, 학원도시 기술의 진수를 모은 '어두운 부분'에서 주운 별난 물건이다. 지금의 쇼쿠호라면 몸통에 권총 총알 정도는 뒤집어써도 끄떡도 하지 않을 테고, 양손의 힘만으로 웬만한 승용차를 지면에서 띄울 수도 있을 것이다.

다만.

그걸로 타고난 운동치의 부분까지 극복되는 것은 아니다.

어설프게, 이것이 교과서대로의 형태에 들어맞는 움직임이었다면 안나는 순식간에 죽였을 것이다. 지루하다는 얼굴도 무너뜨리지 않고. 아니면 슈트 쪽에 달인의 전투 데이터를 짜 넣어 움직임을 최적화했다면, 그야말로 안나는 코웃음을 쳤을 것이다. 실컷 하이테크를 구사해놓고 결국 선인의 보증을 원할 뿐이냐며.

하지만 그렇게 되지 않았다.

쇼쿠호 미사키는 자신의 센스로 살아남았다.

예측이 맞지 않는다. 결과가 따르지 않는다. 여기에는 무언가 세계의 구멍이나 허약성 같은 것이 있고, 안나 슈프렝겔의 정확한 예측이 단 한 수로 뒤집혔다.

그것은.

그것은 몹시 사소한 일이기는 하지만 어떻게 할 수도 없이, 터무니없이 감미롭고….

"아하☆"

머리가 달콤하게 타들어갔다.

나쁜 버릇이라는 것은 알고 있었다. 자각하고 있으면서, 안나는 흐름에 올라탔다.

예를 든다면 한창 지루하던 레벨업 중에 아무도 본 적이 없는 강

적이 나타난 것 같은.

구체적으로는 '필승'할 수 있을 줄 알았던 밧줄을 스스로 놓고, 여기에 와서 다시 한번 더 거대한 구체 '프네우마 없는 외각'의 핸들을 돌렸다. 드르륵 하는 소리와 함께 복잡한 균열이 크게 벌어지고, 안나 슈프렝겔은 안에서 나온 무기를 작은 손으로 난폭하게 움켜쥔다.

살아남아서 수모를 당하고 얼굴을 새빨갛게 붉힌 사냥감은, 일어서서 도망친다. 긴 금발을 좌우로 흔들며 방금 아케이드를 빠져나간 것 같았다.

"우후하, 아하하하하하하!! 운이 좋아, 당신 굉장히 운이 좋아!! 그건 그렇지. 유전적 희소성이라는 난폭하기 짝이 없는 선별에 이겨서 여기에 서 있는 거니까, 그 시점에서 운이 좋은 것에 대해서는 보장되어 있다는 얘기일까! 그렇다 쳐도, 후힛, 설마 이 나를 웃겨주다니, 하하하아하하아하아하하하하하하하하하하하하하하하하하하하히아하하하하하아하하아하하하하하하하하하하하하하하하하하하하하하하하하하하하하하하하!!"

드륵드륵, 그륵그륵!!

금속 구체가 더욱 삐걱거린다. 열린다. 아껴두는 것이 없어진다.

"풋. 앗하하! 오랜만에 엄청 레어한 게 나왔네, 이건?! 갑자기 20세기의 아이템이 나왔잖아!!"

"읏."

나뭇가지나 낡은 밧줄 하나로도 그만한 파괴력이었다. 저도 모르게 깜짝 놀란 쇼쿠호였지만, 나온 것을 보고 어안이 벙벙해졌다.

은색 덩어리였다. 겨우 58센티미터의 구체는, 그러나 덜컹 하고 볼링공보다 훨씬 중후한 낙하음을 낸다. 아스팔트는 깨져 있었다. 공식 자료에 따르면 본체의 무게가 48킬로그램이나 되니 당연한가. 유성의 꼬리처럼 네 개의 금속봉이 뻗어 있었다.

즉.

그 정체는,

"스푸트니크☆ 인공위성 정도는 과학 측에 푹 절어 있는 당신도 알겠지?"

"잠깐, 기다려…."

"여기에서 꺼낼 수 있는 에센스는, 세계에서 가장 오래된 대기권 이탈이야. 뭐 외로움을 많이 타는 라이카를 실은 건 2호지만. 자, 초절 레어한 사인(死因)을 실컷 즐겨!!"

떨어진 장소에서 안나가 손바닥을 쳐든 순간이었다.

둥실 하고 쇼쿠호의 긴 머리카락이 중력을 거스르며 떠오른다. 상점가 바깥, 머리 위의 아케이드 지붕은 이미 없다. 하얀 눈이 팔랑팔랑 춤추는, 무자비한 넓은 하늘이 기다릴 뿐이다.

"큰, 일. 농담이죠. 설마 진심력으로 날아가는 거예요?!"

얼굴이 새파래져서 진심으로 도망치려고 했을 때,

"익?!"

오른쪽 발목이 이상한 방향으로 휘었다. 비틀거리며 옆으로 넘어진 쇼쿠호를, 예측과 계산으로 따라올 수는 없었던 것일까. 가까이 있던 버스 정류장의 표지판이 눈이 춤추는 하얗고 차가운 하늘을 뚫고 날아간다. 그곳만 푸른 하늘이 펼쳐진다.

"우후후, 역시 당신 재미있어."

"아야야…."

"더, 더, 더, 더!!"

자신의 나쁜 운이 기쁨에 박차를 가한다.

다음을 꺼낸다. 아무런 특징도 없는 주먹만 한 크기의 돌이었다. 아니, 어린 소녀는 그 작은 홈에 손가락을 넣는다. 검지로 파낸 것은 물감이 아니다. 끈적거리고 검붉은 것의 정체는,

"하하아하하. 세계에서 가장 오래된 필기 용구는 목탄이었어. 파피루스나 양피지 이전에, 사람은 우선 피와 기름을 섞은 목탄을 동굴 벽에 칠해서 자기의 기록을 보존했지."

작은 혀로 자신의 입술을 핥으면서까지 안나는 속삭인다.

지저분해진 자신의 손끝을 만지작거리고, 그리고 세계 전체에 새기듯이 손을 움직인다.

"즉 모든 마도서는, 전부 여기에서 출발해."

그린다.

어쩌면 가까이에 떨어져 있던 둥근 테이블에.

그린다.

어쩌면 부러지지 않고 남아 있던 스테인리스 기둥에.

그린다.

어쩌면 아이스크림 숍 앞에 자리 잡고 있던 눈사람 오브제에.

그 모든 것이.

지맥에서 힘을 얻어 자율 방어 행동을 취하는, 마도서의 '오리진(원전)'으로 변모한다.

끽 하는 삐걱거리는 소리가 난 순간, 모든 것이 움직였다. 테이

블이 네 개의 다리를 짐승처럼 움직이고, 스테인리스 기둥은 부러져 쓰러지더니 지렁이나 자벌레처럼 몸부림치고, 눈사람 오브제의 웃는 얼굴에 명확한 의사가 배었다. 그 기물들의 집합체는 일제히 도망치다가 넘어진 쇼쿠호 미사키를 '노려보고'는,

"가라, 고 어헤드☆"

안나가 아무렇게나 던진 호령과 함께, 각각의 방법으로 앞다투어 달려든다.

쿵!! 공기가 떨렸다.

쌓이기 시작한 눈을 걷어차며 각자 달린다.

아케이드 바깥까지 도망친 문외한 여중생이 순간 뒤를 돌아보지 않았던 것은 역시 '운이 좋다'고, 안나는 솔직하게 평했다. 즉석이라고는 해도 순수한 마도서다. 만일 적당히 새겨진 글자들을 시야에 넣었다면, 그것만으로도 보통의 인간이라면 뇌가 침범당해 구멍이란 구멍에서 온통 피를 흘리고 있었을 텐데.

"왓!!"

이 절박한 목숨의 위기에.

풍력 발전 프로펠러의 기둥에 정면에서 부딪칠 거라고는 생각하지 않았다.

덕분에 사냥감을 추월하고 나서 유턴해서 사냥개처럼 퇴로를 차단하려고 한 테이블이 조준이 빗나가 콘크리트 벽에 격돌한다.

"푯?!"

철벅철벅 바닥을 짚고 일어선 쇼쿠호 미사키는 분명히 스테인리스로 된 자벌레를 시야에 넣었을 테지만, 코의 아픔으로 두 눈이 빙글빙글 돌고 극도의 긴장 상태에 있기 때문인지 머리에 글씨가 들

어가지 않은 모양이다. 정면에서 보아 넘겼지만 살아남는다.

안나 슈프렝겔은 이제 양손으로 배를 잡고 웃을 수밖에 없었다.

"앗하하하!!!!!! 좋아, 당신 아주 좋아. 카미조 토우마도 소재로서는 재미있지만, '불행'에 익숙하고 거기에서 자기를 확립했기 때문에 진폭이 약하거든. 그 점에서 당신은 좋아. 제대로 완벽을 목표로 하는데 결과는 이렇고, 하지만 그 엉성함이 오히려 당신 자신을 돕고 있어. 아아, 아아. 확실히 지금 이 순간은, 예상외라고 할 수 있는 사태야…???!!!"

한편… 이다.

쫓기는 토키와다이의 퀸 쪽은 어떤가 하면,

"그런 여왕님 모드는, 나 혼자로 충분해요오!!"

(이거다…. 전에 미츠아리 씨가 아무리 궁지에 몰려도 슈트의 리미터를 끄지 않았던 건 말이지, 운동을 못 하는 채로 섣불리 가속해서, 배속으로 요란하게 넘어지거나 벽에 부딪치거나 해서 자멸하는 걸 피하고 싶었던 거로구운?)

새빨개진 콧등을 한 손으로 누르고, 반쯤 눈물 어린 눈으로 쇼쿠호 미사키는 고함치고 있었다.

놈은 카미조 토우마를 소재라고 불렀다.

그것을 후회하게 해주마. 어디에 백신이나 특효약을 숨기고 있든, 반드시 토해내게 해주겠어. 쩨쩨한 여왕답게 어떤 수단을 써서라도 말이다.

타닥타닥 상점가를 걸어 아케이드 바깥에 얼굴을 내민 안나 슈프렝겔은 시선을 약간 옆으로 돌렸다.

직후에 그것이 일어났다.

쿵!!!!!!

실로 음속의 세 배나 되는 속도로, 오락실 코인이 건물 위에서 발사된 것이다.

5

이제 열 살이 어쩌니 저쩌니 하고 있을 수 있는 상황이 아니었다.

"힉."

갑작스러운 폭발에 쇼쿠호의 목이 떨린다.

안나 슈프렝겔을 중심으로 격렬한 폭발과 충격파가 일어나고, 플라스틱이나 콘크리트가 부서져 가느다란 분진을 일으켰다. 보이지 않는, 그러면서도 두꺼운 벽이 사방에서 달려들고, 벌꿀색 소녀에게 덮쳐들려 하고 있던 자벌레와 눈사람을 지면에서 강제적으로 뜯어낸다. 이것은 배의 돛이나 태풍이 부는 날의 우산과 마찬가지다. 몸을 숙이고 있던 쇼쿠호는, 거대한 몸을 흔들고 있던 괴물들과는 받는 충격이 달랐던 모양이다.

"어머나."

얇은 붉은 천을 가슴에 끌어안으면서, 조금 떨어진 장소에서 안나는 쿡쿡 웃고 있었다.

"이제야 용기를 냈군. 대단해, 대단해. 시끄럽게 말다툼을 하는 것 같지만 실은 의외로 소중히 여기는 사람이었어?"

하지만 이쪽은 그럴 때가 아니다.

덜덜 떨면서 쇼쿠호는 시선을 들었다.

키가 작은 다용도 건물의 지붕, 한층 높아진 그 가장자리에 요령 좋게 발을 올려놓고 있던 것은 학원도시 제3위. 그러나 A.A.A.는 이제 없다. 어중간하게 도려내어진 잡동사니에 계속 집착하느니, 얼른 잘라내고 로켓 연료의 폭발에서 도망치는 쪽을 우선시한 것이리라.

셔벗 형태의 눈 위에서 엉덩방아를 찧고 자신의 체온으로 서서히 불쾌하게 녹아가는 액상의 감촉에 한껏 얼굴을 찌푸리면서, 순간적으로 쇼쿠호 미사키는 외쳤다.

"대체 뭐예요, 그 끔찍한 분진력은?! 마이크로 플라스틱, 콘크리트와 분진. 오오오, 오싹오싹, 당신, 나를 몸 안에서부터 서서히 죽일 생각이에요오?!"

"시끄러워, 소똥과 애벌레와 지렁이투성이의 유기농 채소 바보!! 이 내가 구해준 거니까 이마를 땅바닥에 문지르면서 감사해! 그리고 빨리 위로 올라와. 네가 거기에 있으면 레일건(초전자포)으로 노리기 힘들어. 거기 무인기!!"

"읏."

반사적으로 돌아보기도 전에, 쇼쿠호는 단숨에 수직으로 뛰어올랐다. 높이는 대략 7미터, 당연한 일이지만 도중에 발 디딜 곳 없음… 이지만, 착지까지 생각하고 있을 여유가 없었다. 오히려 빌딩 옥상을 훌쩍 뛰어넘은 끝에, 공중에서 균형을 잃고 빙글 세로로 돌고 만다.

"왓왓, 아와앗?!"

"(…여기에서 이 녀석이 튀어나온 TV 안테나나 크리스마스트리 꼭대기 같은 데에 엉덩이부터 꽂히는 걸 지켜보는 게 세상을 위한 길일까.)"

"냉정한 계산력은 됐으니까 얼른 도와줘요. 인도적으로오!!"

미코토는 추가로 레일건(초전자포)을 몇 발 더 아래를 향해 쏘았다.

이번에는 안나 슈프렝겔 본인이 아니라, 방금 전까지 쇼쿠호를 습격하고 있던 테이블, 스테인리스 기둥, 눈사람 셋이다.

폭음과 충격파가 작렬하고, 공중에서 여파를 받은 벌꿀 소녀의 몸이 더욱 부자연스러운 궤도를 그리며 2회전했다. 그리고 왠지 미코토의 양팔 안에 쏙 들어간다.

세상 기묘한 공주님 안기의 완성에,

"끄응☆"

"입으로 말하지 마, 거짓말쟁이 여왕!!"

"뭐, 공주님 안기는 이게 처음이 아니라서 나는 별로 상관없는데요오?"

불온한 향기가 나서 양손의 힘을 빼고 그대로 수직으로 떨어뜨렸다. 구체적으로는 미사카 미코토가 무릎을 한쪽 세우고, 쇼쿠호 미사키의 무방비한 등뼈를 싫은 방향으로 구부려버리는 정도로.

"으가갸?!"

"……이제 안이한 생각은 안 할 테니까 마음의 안정을 위해서 확정을 줘. 아마 처음이라는 건 그 바보겠지? 어차피 그럴 게 뻔하지???"

"사, 상상에 맡기겠습니다."

흐릿하고 새까만 눈동자가 되는 미코토지만, 동시에 그녀는 현실을 응시하고 있었다. 이런 곳에서 겨울인데도 하이레그 수영복 차림인 쭉쭉빵빵 노출광(눈 속에서 엉덩방아를 찧은 탓에 몸의 일부가 약간 젖었다)과 떠들어대고 있을 때가 아니다.

아직 죽지 않는다.

테이블, 스테인리스 기둥, 눈사람… 만이 아니다.

애초에 근본적으로, 처음에 처치한 줄 알았던 안나 슈프렝겔이 분진을 찢고서 쿡쿡 웃고 있었다. 발치의 아스팔트 자체는 움푹 패었으니 충격은 통했을 텐데.

(괴물 같으니…!!)

어금니를 악물면서도, 그러나 어딘가 예감 같은 것은 있었다. 고작해야 불시 공격 한 방 정도로 결판이 날 리 없다고.

그래서 안심하고 쏜 것이다. 실수로 죽여버려서, 그 소년을 구할 방법까지 영원히 잃지 않을까 따위는 생각할 필요도 없이.

24일부터 지금까지 비장의 패인 레일건(초전자포)이 적의 방어에 지는 도어노커 상태가 계속되고 있는데, 그런 결과에 익숙해지기 시작한 자신의 마음이 가장 굴욕적이다. …물론 이것은 한 가지 배운 것을 자랑스럽게 떠들어대는 것이 아니라, 불리한 정보를 빠르게 받아들이고 다음 수를 쓰려는 미사카 미코토의 높은 기본 스펙에 기인하는 마음의 움직임이긴 하지만.

"어떻게 할 거예요?! 내 '멘탈아웃(심리 장악)'도 효과가 있는 기색력이 없는데요오!!"

"몸도, 마음도 인간이기를 그만둔 건가, 저 녀석은…. 어쨌든 일단 거리를 둔다! 크게 공격하려고 해도 축구장이나 자연 공원 같은, 사람이 없고 트인 장소까지 유도하지 않으면 주위에 피해를 퍼뜨리고 말아. 그것만은 피해야 해!!"

카미조 토우마를 구하기 위해 한없이 주위를 끌어들이고 말았다면, 분명 그 소년은 슬퍼할 것이다.

그렇게 사람 됨됨이를 아니까 도와주고 싶은 것이다. 어떻게 해서라도.

강화 슈트를 입고 있는데도 태연한 얼굴을 하고 (평상시의 몇 배나 되는 기세로) 요란하게 넘어지는 쇼쿠호 미사키는 전투 거동으로 지붕에서 지붕으로 이동시키기에는 불안하다. 도움닫기 중에 눈 때문에 발이 미끄러졌다… 는 사태가 되면 생물 낙하물 하나 완성이다. 결과적으로 미코토는 공주님 안기를 해제하지 않고, 그대로 표면이 얼기 시작한 빌딩에서 빌딩으로 뛰어야 하게 되었다.

토키와다이의 퀸은 어깨에 흘러내린 금발을 한 손으로 걷으면서,

"이게 올바른 배역이죠오. 초절 천재 미소녀인 내가 쿨한 두뇌 담당이고오, 근육 바보 미사카 씨가 물리와 어시와 나를 돌보는 담당☆"

"12층 건물에서 지상으로 떨어뜨린다, 돼지고기찐빵."

"아앙?! 이 빛나는 퍼펙트 보디를 자랑하는 나의 어디를 어떻게 보면 편의점 계산대 옆을 지배하는 첨가물투성이의 보기에도 끔찍한 돼지와 찐빵의 조합이 나오는 거예요오?!"

뭔가 흔들흔들 흔들면서 (여러 가지로 꽉 찬) 바보 여왕님이 짖었지만 미코토는 신경 쓰지 않았다. 그리고 다음부터 걸핏하면 편리한 어시로 이용하고 있는 시라이 쿠로코에게 조금 더 잘해주기로 결심한다. 부탁하는 것과 부탁받는 것은 전혀 다르다.

그리고 깨달았다.

이런 사고의 샛길로 샐 만한 여유가 생겼다.

물론 안나 슈프렝겔이 추격하지 않는다면 그보다 좋은 일은 없다. 그러나 동시에, 상대가 일부러 일단락을 지어야 하는 네거티브한 이유도 특별히 없었을 것이다. '저' 안나가, 고작해야 지붕을 타고 도망친 상대를 놓친다는 것도 생각하기 어렵다. 말하자면 호전은 호전이지만 분명히 적의 손으로 턱 건네받았다. 솔직히 받아도 될지, 아무래도 경계하고 만다.

"……."

빌딩 옥상에서 (따끈따끈 육즙 돼지고기 찐빵을 공주님처럼 안은 채) 멈추어 선 미코토는… 뒤를 돌아보았다. 시선을 멀리 던진다.

아무것도 없었다.

소리도 들리지 않았다.

잠시 기다리고, 이윽고 미사카 미코토는 깨닫는다.

"쫓아… 오지 않았어?"

왜?

흩날리는 눈 속에서 생각하고, 아무것도 답이 나오지 않고, 그리고 그녀의 의식이 끓어올랐다.

안나 슈프렝겔이 보고 있던 안내판을 떠올린다.

직진 · 제15학구.

즉,

"흥미가 없는 거냐, 그 녀석!!"

6

"카미양, 있잖여, 나는 깨달았구먼."

"뭘?"

어딘가 멍한 얼굴로 카미조 토우마가 되묻는다.

옆 침대 위에서 지루함을 주체하지 못하고 책상다리를 하고 있던 파란 머리 피어스는 이렇게 말했다.

"여의사나 간호사가 아니구먼. 지금 제일은 파자마 차림의 병약 소녀여. 아니이… 아까 스쳐 지나간 안대 단발은 굉장했당게에…."

"왜 그래, 파란 머리 피어스. 문병하러 온 후키요세가 비밀의 태블릿을 무릎으로 둘로 쪼개서 마음이 이세계로 떠나기라도 했어?"

"그게, 깁스 소녀도, 안대 소녀도 여기라면 본고장이잖여!! 주의입니다, 그냥 지나치고 있었습니다, 이 궁극에 다다른 나쯤 되는 분이!!"

그래서 대체 어쨌다는 것일까.

묻는 게 아니었다는 생각에 후회하는 카미조는, 이렇게만 말했다.

"…그걸 나한테 왜 물어."

"여자애 방에 놀러 갈래?"

"묻는 게 아니었어!! 그거 절대 안 돼. 수학여행에서 너무 흥에 겨워서 반에서 미움받는 놈이잖아?! 일부러 남자와 여자로 병실을 나눈 이유에 대해서 생각하라고!!"

"시끄럽구먼!! 모처럼의 크리스마스에 남자끼리 마주 보고 트럼프라니 무슨 의미란 말여!! 나도 하나쯤 달콤새콤한 느낌이 나는 게 필요하단 말이여어!!"

덧붙여 말하자면 양손을 다친 파란 머리 피어스는 발가락으로 트럼프를 넘기는 기술을 확보하고 있다. 필요만 느끼면 사람은 성장

하는 것이다. 쓸데없는 방향이라도.

크리스마스는 아무것도 아니라고 완고하게 말하던 시절에 비하면 대화가 통하게 된 것인지도 모른다. 하지만 방법이 최악이었다. 이쪽을 끌어들이지 말았으면 좋겠다.

"카미양이 총에 맞으면 나는 안전하게 도망칠 수 있을 거구먼."

"너 정말 여기저기 뼈가 부러져서 입원 기간 연장된다…? 도망쳐야 하는 사태를 가정하고 있는 것부터가 이미 꿈은 이루어지지 않아!! 사실은 인정하는 거지, 파란 머리! 현실을 인정해! 문을 열고, 실수로 옷 갈아입는 모습을 목격하고 말았다, 거기까지라면 있을지도 몰라. 하지만 거기서 시작되는 사랑 따위 없어!!"

"아니여!! 우리한테는 흔들다리 효과와 스톡홀름 증후군이 있어!!"

"그거 둘 다 공포심에서 시작되는 오인(誤認)이잖아…?!"

최면술이나 심리학에서 노리던 상대의 연정을 자유자재로 움켜쥐려 하는 매뉴얼 책이 틈새시장에 집요하게 달라붙어 있는 것은 카미조도 알고 있지만, 냉정하게 생각하면 허무해지지 않을까? 어디까지나 일방적이고, 상대는 이쪽의 맨 얼굴조차 보이지 않는 상태인데.

그에 대해 빌어먹을 녀석은 태연한 얼굴로 단언했다.

"이제 정상적인 연애 따위 기대하지 않습니다."

"……."

"할 일만 할 수 있으면 나는 어떤 방법이든 상관없구먼. 성인 연령은 내려갔습니다. 즉 모든 남자에게는 그전에 반드시 버려야 하는 저주가 있으니까…!!"

"그러니까 여자랑 손도 잡을 수 없을 정도로 악화된 거라고 생각해, 너."

"아까부터… 우리한테는 지옥의 크리스마스인데, 뭔가 여유가 느껴지는디…? 이 벽은 뭐여. 형한테 말해보드라고?!"

그리고 카미조 토우마는 아련한 눈이 되었다.

그는 현재 상황을 걱정하고 있었다.

소년은 무언가를 떠올리고, 뭉친 티슈로 코를 틀어막으며 이렇게 말했다.

"키스 따위 별거 아니야."

파란 머리 피어스의 호흡이 멈추었다.

"뭐, 여…. 그 코피에는 어떤 의미가…?"

"실제로는 입속은 잡균투성이야. 세상은 전부 미생물로 가득하다고."

"이 자식???!!!"

7

후유, 안나 슈프렝겔은 작게 숨을 내쉬었다.

두 사람이 사라져간 하얗고 차가운 하늘을 올려다보고, 그러고 나서 슥, 시선을 돌린다. 차창으로 하늘을 나는 비행기를 바라보고 있었는데 차가 터널로 들어가버렸다, 그런 어린아이 같은 몸짓으로.

흥미가 있는 쪽으로 발길을 향한다.

파란 안내판을 보며 걸어가는 안나는 지루한 듯한 얼굴로 이렇게 생각한다.

(…쇼쿠호 미사키. 그쪽은 진지한 얼굴을 하고 하는 일마다 변칙투성이인 게 재미있지만, 주도권이 미사카 미코토 쪽으로 옮겨 가버리면 말이지, 제대로 싸워서 성실하게 지면 심심해. 얻을 수 있는 게 아무것도 없어. 쳇, 더 이상은 즐길 수 있을 것 같지 않은가.)

눈이 쏟아져 내리는 찢어질 듯한 추위 아래, 푸딩보다도 부드러워 보이는 작은 손끝에 묻은 검붉은 도료(塗料)를 흔들어 떨어뜨림과 동시에, 현장에 전개되어 있던 기물들이 한꺼번에 덜컹 하고 그 자리에 무너져 떨어졌다. 테이블, 스테인리스 기둥, 눈사람의 표면에 새겨져 있던 힘 있는 글자들이 흐물흐물해지고, 그것이 무기물 전체에 파급된다. 역시 즉석, 토지에서 빨아올리는 지맥의 힘을 순환하지 못하고 안쪽에서부터 파열한 것 같다. 말하자면 자신의 혈류로 자신을 죽이는, 뇌경색이나 동맥류 같은 것과 마찬가지다.

남겨진 것에 돌아볼 만한 흥미가 가지 않는다.

걸으면서 안나는 손가락을 딱 튕겨, 뒤에서 대기하고 있던 2미터 이상의 금속 구체를 압축한다. 그것은 눈 깜짝할 사이에 안약만 한 작은 병이 되었다. 얇은 납의 금속박으로 안을 바른 극소(極小)의 둥근 플라스크다. 보통의 학교에 있는 것과 달리, 백파이프처럼 여러 개의 입이 달려 있는 것이 특징일까.

비장의 패는 이것 하나가 아니다.

그렇다기보다, 본래의 알에서 의도적으로 일그러뜨린 비금속(卑金屬) 증류기 '프네우마 없는 외각'은, 안나 슈프렝겔 자신의 리듬을 무너뜨려 스테이터스를 낮추기 위한 영적 장치다.

죽음을 잃으면 죽음의 공포를 잊고, 자신의 죽음을 깨닫지 못한 채 타인의 손에 죽음이 결정된다. 즉 모든 실수의 원인이다. 불사의 존재로 고정된 그리스 신화의 신들이 자신을 다스리지도 못하고 내면에서 솟아나는 교만이나 질투에 휘둘려 몹시 인간 냄새 나는 실수를 되풀이해온 것처럼.

사람의 마음은 부족을 느끼지 않으면 인내나 절약도 제대로 하지 못한다.

수도꼭지에서 나오는 청결한 물이 싫어서 일부러 페트병 생수를 구입하는 이 나라의 인간이, 한 방울의 물 자체의 리얼리티(희소성)를 올바르게 찾아내지 못하는 것과 마찬가지로.

"그렇게 되면 관광은 여기까지. 이 도시도 볼 곳이 없어졌고, 슬슬 진짜 쪽을 보러 가볼까 하고. 더 이상은 지루해. …아직 생제르맹이 그 남자를 부수지 않았다면, 바깥에서 내가 촉진해주지."

(뭐, 중증형 생제르맹도 그의 체내를 돌고 있을 무렵일 테지만. 하지만 역시 머리에 피가 오르는 편이 도는 속도도 빨라질 테고.)

"…뭐가 보일까?"

쿡쿡.

어디까지나 쿡쿡… 이다.

"격통과 불안과 공포와 체념에 영혼이 갈린 끝에, 마지막의 마지막 한 조각. 거기에 뭐가 남을까, 카미조 토우마. 당신의 본질을 보는 게 기대돼."

중얼거리고, 안나는 영적 장치 대신 아무런 특징도 없는 스마트폰을 꺼냈다. 거기에 표시되어 있는 것도, 세계 전체에 지극히 일방적으로 보급되어 있는 지도 앱이다.

안내판이 맞는다면 여기는 제13학구와 제15학구의 경계인 모양이다.

목적지는 더 동쪽이다.

'바깥'의 내비게이션 서비스의 경우, 본래 같으면 합성 처리로 지워져 있을 학원도시의 부지 내를, 그 뒷골목 하나하나까지 R&C 오컬틱스 산하의 인공위성으로 보충한 완전판. 이거라면 학원도시 안도 망라할 수 있다.

"흠, 흠, 흐흠☆"

목적지를 설정하자 몇 개의 길이 자동적으로 산출되었다.

그중에서 가장 짧은 루트를 탭해서 내비를 시작한다.

제7학구에 있는 어느 병원이었다.

스마트폰의 합성 음성이 여성답고 단정한 목소리로 이렇게 말했다.

『목적지까지, 한 시간입니다.』

8

조건이 완전히 바뀌었다.

왔던 길을 머뭇머뭇 되돌아가, 거기에서 파란 안내판을 따라 동쪽으로 나아간다. 당연한 일이지만 갑자기 마주치지 않도록, 지상의 길이 아니라 하얀 눈이 쌓인 빌딩의 옥상에서 옥상으로 뛰는 처지가 되지만.

실제로 안나를 놓치면 곤란한 것은 미코토 일행이다.

백신이나 특효약을 갖고 있는 것은 놈뿐. 병원으로 향하는 것도 막아야 한다.

안나는 반드시 병원으로 올 테니, 섣불리 쫓아다니지 말고 잠복하면 되지 않을까.

그런 의견은 통하지 않는다.

지금까지 레벨 5(초능력자) 둘이서 덮쳐도 진군 속도가 전혀 달라지지 않는 것에서도 알 수 있듯이, 안나 슈프렝겔이 병원에 도착하면 모든 것이 엉망진창이 된다. 상태가 안 좋은지 입에서 피까지 토하고 있는 그 소년이 최종적으로 이길 수 있을지 없을지는 여기에서는 상관없다. 그 과정에서 풍경 전부가 반드시 파괴된다. 사람도, 물건도, 그곳에 있는 모든 것이.

그것만으로도 그 소년은 꺾이고 말지도 모른다.

짊어지지 않아도 되는 것을 스스로 짊어지고.

"엇, 차."

뛸 때에도 주의가 필요하다. 옥상 가장자리에서 덩어리째 눈을 떨어뜨리면 들킬 위험이 커진다.

미코토 일행은 제15학구까지 와 있었다.

조금 전까지와는 풍경이 완전히 달라진다. 학원도시 최대의 번화가, 사방이 산타나 순록 등 가장한 젊은이들로 넘쳐나고 있었다. 그 중에는 네모난 상자나 칠면조에 짧은 팔다리를 달았을 뿐인 변종도 있는 것 같지만. 아무래도 세계에서 가장 거대한 케이크를 만들어 기록 인정을 받는 이벤트인 모양이다. 자른 케이크를 들고 스마트폰으로 사진을 찍을 때까지 이 바보 소동은 끝나지 않을 것이다.

우산다운 우산은 없다.

이곳에서는 사람의 건강보다도 스마트폰의 렌즈가 우선이고, 화각을 가로막는 커다란 방수포를 펼치는 것은 길티인 모양이다.

그래서 알았다.

"있다, 저기야!"

커다란 스크램블 사거리의, 더 위에 걸려 있는 육교형 보행 덱이라는 복잡한 입지였다. 부드러운 맨살을 빨간 얇은 천으로 대충 가린, 겉모습은 열 살 정도의 어린 소녀가 군중에 섞여 위의 통로를 걷고 있다. 가끔, 이런 시간부터 술병을 손에 든 젊은이들이(저것은 고등학생이라든가 하는 게 아니라 제대로 된 어른이겠지?) 맥주나 스파클링 와인을 뒤집어쓰고 쿡쿡 웃고 있다. 저 차림으로 주위에서 받아들여지고 있는 것부터가, 역시 해피하고 느긋한 제15학구의 크리스마스는 이상함의 덩어리다. 오늘이라면 알몸이든 앞치마든 어린 아내든, 우선 모두 가장(假裝)이라는 것으로 용서되는 모양이다.

같은 셀럽 시공이라도 조금 더 고급스러움을 추구하고 있는 듯한 쇼쿠호는 지긋지긋해하면서,

"말로만 듣고 상상하던 것 이상… 이에요오…."

"덕분에 저쪽도, 이쪽도 눈이 번쩍번쩍해서 놓치기 쉬워. 너도 더블체크를 도와줘."

인파를 오히려 기회라고 생각하고 있는 것인지, 안 그래도 제어 불능의 대소동에 무허가 노상 라이브 등도 섞이기 시작했다. 스포츠센터의 홍보 동영상이라도 찍고 있는 것인지 열 명 정도의 보디빌더들이 가마처럼 독일제 고급 차(아마 자기 것)를 들어 올리고, 스마트폰 렌즈에 씨익! 웃는 얼굴을 향하고 있다. 슬슬 경관(景觀)보다도 추워서 죽는 방향을 신경 쓰고 싶은 이 화이트 크리스마스

에, 확성기를 한 손에 든 배꼽 노출 소녀에 기름으로 번들번들해진 수영복 반바지 군단. 역시 제15학구는 이상하다, 화제가 필요해서 온 지상파 TV의 카메라맨이 지나치게 과격한 코스튬이나 폐가 되는 행동을 보고 저도 모르게 렌즈를 손바닥으로 덮을 정도로. 어쩐지 안나의 차림새 정도로는 일일이 아무도 위화감을 느끼지 않는다 했다.

안나 슈프렝겔이 일부러 한 단 높은 곳에 올라가 있는 이유는, 그렇게 하지 않으면 만원 전차 같은 인파 속을 나아갈 수 없기 때문이다. 다만 그 외에도 노리는 게 있는 것 같다.

"…역시 저 녀석, 동쪽 방향을 계속 보고 있어!"

고함치면서, 미코토는 인간이 아니라 다른 것을 시야 끝에 포착했다.

육교 부분, 도로를 타넘듯이 설치된 파란 안내판이다. 셔벗 같은 눈으로 표면이 반쯤 얼어붙은 안내판에는 이렇게 되어 있다.

직진 · 제7학구.

(서쪽에서 동쪽으로 움직이고 있어? 제15학구 너머에는 제7학구가 있어!)

견원지간이지만, 같은 것을 생각한 것이리라. 쇼쿠호의 모양 좋은 눈썹이 한쪽 일그러진다.

"랜드마크는 여러 가지가 있겠지만, 역시 이게 제일 무섭네요오. 제7학구, 그 사람이 실려 간 병원."

그 무방비한 행동거지는, 올 테면 오라고 비웃고 있는 것 같았다.

재미있는 것을 보여준다면 그동안은 멈춰 서서 내놓는 것을 구경해주마. 하지만 흥미를 잃으면 그만큼 본래의 길을 갈 것이다. 병원으로. 도착과 함께, 죽어가는 소년까지 함께 바깥에서 건물 전체를 부수겠다는 듯이. 마치 시한폭탄이나 순항 미사일 같은, 정확무비라는 공포를 충분히 흩뿌리고 있다.

쇼쿠호는 공주님처럼 안긴 채 작은 어린아이처럼 두 다리를 파닥파닥 흔들며,

"어떡할 거예요오?"

"이제 와서 아양 떨지 마, 돼지찐빵."

"……다음에 또 첨가물투성이의 돼지랑 찐빵을 조합하면 억지로 '멘탈아웃(심리 장악)'으로 머리의 장벽을 부술 거예요오?"

"어머나, 그래. 팥찐빵이나 고기찐빵은 역시 좀 지나치게 생생한 어감이라고 생각해서 피해왔는데, 그쪽이 취향이라면. 그리고 보아하니, 저 녀석의 방향 감각은 내비에 의존하는 거지? 그렇다면 우선 접근해서 육탄전을 시도하겠어."

"바보 아니에요오?! 정면력에서는 이길 수 없다니까요!!"

학원도시의 레벨 5(초능력자)가 두 명이나 모여서 이야기할 만한 '전제'가 아니었다.

하지만 열세를 받아들이지 않으면 현실의 속도를 따라갈 수 없다. 시대에 뒤처질 뿐이다.

미코토는 가만히 하얀 숨을 내쉬며,

"그러니까 그쪽은 함정. 진짜는 스마트폰을 가로챈 후에, 내비를 망가뜨려서 계속 같은 곳을 빙글빙글 돌게 만들어주는 게 목적이야. 안나 슈프렝겔? 솔직히 말해서 저 녀석 자신이 얼마만 한 괴물인지는 바닥을 알 수 없지만, 손에 들고 있는 건 평범한 전자 제품인걸. 사람이 없는, 습격하기 쉬운 장소로 루트를 틀고 나서 방호

수단을 빼앗자. 화이트아웃으로 초대. 230만 명이 사는 하이테크 도시에서 눈 덮인 겨울 산 조난의 공포를 알게 해주마!!"

과연, 쇼쿠호 미사키는 납득했다.

육탄전을 한다고 하니 머릿속까지 근육인 미사카 미코토가 육탄전을 할 것이다. 쇼쿠호 미사키의 '멘탈아웃(심리 장악)'은 안나에게 듣지 않는다는 사실은 널리 알려져 있고, 솔직히 말해서 여왕에게는 할 일이 없다. 하려면 얼른 해, 삐죽삐죽 머리의 수명을 늘리기 위해 존귀한 희생이 되어줬으면 좋겠어, 어딘가 남의 일처럼 토키와다이의 여왕은 생각하고 있었다.

그러나 그녀는 한 가지 잊고 있었다.

견원지간이라는 것은 한쪽이 한쪽을 일방적으로 싫어하는 관계가 아니다. 이쪽이 싫어한다면 똑같이 상대방도 싫어하는 거라는 사실을.

"그러니까, 자, 쓰고 버리는 먹이 너도 힘내. 아주 에로스한 백도 연유 크림찐빵이 제대로 덥석 깨물려서 한순간이라도 빈틈을 만들어준다면 너에 대해서는 잊지 않을게."

"푸허억?! 이, 8층 건물이에요 여기이!! 뭘 사람 몸을 가볍게 내던지는 거예요, 미사카 씨이이이이이이이——————————————…!!!!!!"

공주님처럼 안은 채, 하나, 둘 하고 미코토는 양손으로 안고 있던 짐을 공중에 내던져버렸다. 둥실 하는 기묘한 부유감. 그러나 실제로는 고속 낙하하면서 쇼쿠호는 비명을 지를 수밖에 없다. 그리고 이렇게까지 요란한 소란이 일어나니, 모두가 소리가 나는 머리 위로 시선을 던졌다. 그중에는 군중에 섞인 안나 슈프렝겔의 모습도 있었다.

초승달이 찢어지듯이… 였다.

어린아이가 붙잡은 벌레를 집고 어떻게 할지 궁리하는 듯한, 잔혹한 웃는 얼굴로 그녀가 중얼거린다.

"아하☆"

"이제 싫어 상식력이 부족한 변태들의 장난감이 되는 거언!!"

네 개의 팔다리를 버둥거렸을 때, 우연히 무언가 힘의 전도가 딱 맞아떨어졌다. 빙글 하고 공중에서 한 바퀴 돈 쇼쿠호 미사키가 육교의 난간에 탁 하고 두 다리를 붙이며 깨끗하게 착지한다.

(마, 마지막까지 미사카 씨한테서는 아무런 케어도 없고…?! 저 근육 바보, 진심력으로 나를 죽일 셈이었다는 거야아?!)

"하고 있을 게 뻔하잖아, 무선으로 팔로(follow) 정도는."

그 목소리가, 이미 안나와 같은 육교에서 나고 있었다.

거리는 10미터 이하. 허리를 낮추고 짐승 같은 시선의 높이를 유지한 채 미사카 미코토가 어린 소녀의 배꼽 언저리를 사정없이 노린다. 그대로 돌진한다. 몸으로 한 번 부딪쳐, 다루마오토시(주1)처럼 등뼈를 뺄 정도의 기세로.

동시에 기익?! 이상한 소리가 쇼쿠호의 온몸에서 작렬했다. 아니, 벌꿀 소녀의 온몸에 착 달라붙은 강화 슈트가 바깥쪽에서 전기적으로 조종당하고 있는 것이다.

한 단 높은 난간에서 뛰어오른 쇼쿠호가 발레나 피겨 스케이트처럼 아름답게 돌고, 그리고 원심력을 이용한 돌려차기로 뒤꿈치를

주1) 다루마오토시: 같은 모양의 나무 고리를 쌓고 달마 인형을 얹은 다음, 인형을 떨어뜨리지 않도록 작은 망치로 고리를 쳐내는 놀이.

옆으로 쓸어낸다. 노리는 것은 안나 슈프렝겔의 안면, 보다 정확하게는 두 개의 안구다.

클린 히트 따위는 바라지 않는다.

눈을 못 쓰게 하는 것, 또는 그것을 피하기 위해 안나 측이 쓸데없는 액션을 하나라도 끼워 넣어주면 훌륭한 빈틈이 된다.

"잠?! 미사, 바!!"

멋대로 쓰고 버리는 말이 된 쇼쿠호 미사키가 더욱더 온몸에 소름이 돋아 고함치는 것과 동시에, 겉모습 열 살의 어린 소녀가 닥쳐오는 뒤꿈치에 작은 손바닥을 향하고 아무렇게나 여왕의 발목을 붙잡았다. 한 손 하나로 휘둘러, 그대로 미코토를 영격하기 위한 무기가 된다.

미코토는 특별히 신경 쓰지 않았다. 자력의 제어에 집중한다.

실패작 부메랑처럼 회전하면서 똑바로 날아온 쇼쿠호를 받아내지도 않고, 공중에서 (얄미운 두 개의 돼지찐빵을) 밟고 더욱 앞으로 도약한다.

덧붙여 말하자면 디용 하는 소리는 나지 않았고, 점프력도 특별히 달라지지 않았다.

(띡)

슬슬 화가 난 벌꿀색 소녀가 (완전한 초보이기 때문에 낙법이라는 생각도 하지 않았는지) 공중에서 가방에서 TV 리모컨을 꺼냈다. 다짜고짜 방향을 미코토에게 향한다.

현역이고 SNS의 여왕이지만 뿌리는 의외로 TV파인 사람은 외쳤다.

"지상파의 스태프도 와 있는 번화가에서 사회적으로 안녕 여기에서 전부 벗고 알몸으로 춤춰라 미사카 씨이!!"

"방해하지 마 눈새!!"

바칭 하는 둔한 소리와 함께 공중에서 미코토의 머리가 부자연스럽게 흔들렸다. 미코토 측이 거절하는 한, 제5위의 '멘탈아웃(심리장악)'은 제3위에게는 통하지 않는다. 고작해야 약간의 두통을 주는 정도다.

그것이 없었다면 미코토는 그대로의 기세로 안나 슈프렝겔에게 격돌해, 육교의 지면에 내동댕이치고 위에 올라탈 수 있었을 것이다. 꽃도 부끄러워하는 10대 여자로서 체중 차이로 이긴 것을 의기양양하게 말하는 것은 분하지만, 어린 소녀를 상대로 체격 면에서 질 리는 없다.

하지만.

쿵!!!!!! 무언가가 허공을 태웠다.

직전에 미코토의 궤도가 아주 약간 어긋나지 않았다면, 격돌 전에 미코토의 상반신은 숯덩이가 되었을 것이다.

안나 슈프렝겔의 손에 특수 무기가 있는 기색은 없다.

그녀는 그저, 그 체격에는 어울리지 않는 문란한 손키스를 한 번 던졌을 뿐이다.

(뭣? 아까까지의 잡동사니와는 달라?!)

자륵자륵 하고 신발 밑바닥으로 육교의 지면을 마찰한다. 착지점은 약간 옆으로 어긋나, 상대의 몸에 올라타는 데는 실패했다.

물론 노리고 이런 결과가 나왔을 리가 없다. 아마 그것을 한 쇼쿠호 자신이 가장 어안이 벙벙할 것이다.

빈손인 채, 안나는 웃고 있었다.

그 다섯 손가락이 그냥 움켜쥐었다 펴는 것치고는 기묘한 배열로 교차한다.

"재미있어. 역시 주도권은 운동치가 쥐어야겠는데?"

"운동치가 아… 니… 에… 요…!!!!!!"

절대로 양보할 수 없는 일선인지, (리벤지에 열중해서 낙법을 취하지 않았기 때문에) 데굴데굴 구르며 몸부림치고 있던 쇼쿠호 미사키가 눈물 어린 눈으로 벌떡 몸을 일으켰다.

팔랑팔랑 작은 손을 흔들며 안나는 스윽 한 발짝 뒤로 물러났다.

멍한 얼굴로 휘말린 것은 같은 보행 덱에 있던, 빨간 머리에 니크 모자를 쓴 여고생이었다.

"큰일이다. 인질이 잡히겠어!!"

"있지."

그러나 예상 밖이 찾아왔다.

안나는 일반인에게 칼을 들이대지도 않고, 살며시 다가가 그저 이렇게 속삭인 것이다.

스마트폰으로 바보 소동을 촬영해 조금이라도 SNS의 조회 수를 늘리려고 하면서, 실은 이런 날에도 가장을 할 정도의 용기를 내지 못한 소녀의 귓가에.

"고작해야 중학생이 목숨을 걱정해주다니, 고등학생인 당신으로서는 부끄러워서 죽고 싶은 기분 아니야?"

"뭐."

"이 눈 속을 우산도 쓰지 않고 걸어온 주제에, 대체 언제까지 촬영 담당으로 남을 셈이야? 렌즈의 핀트나 맞춰야 하는 게 쓸쓸하지는 않아? 자신의 스마트폰 정도는 자신이 화면의 중심에 있어도 될 텐데. 당신은 갖고 있잖아, 새로운 힘을. 마술을 올바르게 사용할 수 있으면, 과학이 만든 가짜 서열 따위 단번에 무너뜨릴 수 있어. 이런 날 정도는 흥에 겨워서, 당신이 세계에서 가장 눈에 띄어도 되잖아?"

호흡이 막히는 소녀에게 슈프렝겔 양은 말을 속삭였다.

그것은 지효성(遲效性)의 달콤한 독이다.

"하아. 안 되나, 역시."

결정적인 한 마디였다.

"…모처럼의 크리스마스까지 혼자서 틀어박혀서, 보물을 썩히며 끝나는 거로군. 있거든, 힘을 갖고 있어도 미래를 바꾸지 못하는 구제불능의 그늘에 있는 사람이."

유혹의 말에 어느 정도의 요사스러운 힘이 담겨 있었던 것일까.

갑자기 니트 모자의 소녀가 이쪽으로 손바닥을 향했다.

"앞다리와 뒷다리를 가진 짐승의 힘은 다섯 손가락 하나에서 출력된다. 심장의 중심에서 중지 끝까지 뻗은 라인을 상기하라, 이는 즉 불의 에센스의 폭발이니!!"

부슈우!!!!!!

격렬한 섬광과 함께, 무언가가 탄다기보다 금속이 녹는 것 같은 이상한 소리가 작렬했다.

그 인식은 옳다. 어쨌거나 육교가 질척하게 녹아떨어지고 있으니까.

"뭐, 가…?!"

"아하하."

이상한 목소리가 났다.

이쪽이 어떻게 나가느냐에 따라서는 니트 모자의 여고생은 살인

범이 되었을지도 모른다. 그런데도 그 얼굴에 떠올라 있는 것은 기쁨이었다. 마치 초등학교에서 처음으로 자신의 능력이 어떤 것인지 반응을 느낀 것 같은 목소리다.

그녀는 미코토 일행에게 손바닥을 쳐든 채,

"됐다, 됐다!! 나도 할 수 있어!! 저 유명인이, 제3위가 숨을 삼키면서 뒤로 물러나고 있어. 저기, 찍었어? 셀카 같은 걸로는 완전 부족해, 마구 마구 퍼뜨려줘! 내 힘은 가짜가 아니었어어!!"

그 이상함에 미코토가 압도되어 있는 사이에, 쿡쿡 하는 웃음소리가 멀어진다. 안나 슈프렝겔은 사람들 사이를 빠져나가면서, 점찍은 남녀에게 두세 마디 정도 뭔가를 작게 속삭이고 간다. 어쩌면 원망의 말, 어쩌면 돈벌이 이야기, 어쩌면 열등감, 어쩌면 일체감. 사람에 따라 제각각이고, 하지만 가장 마음에 꽂히는 넋두리를.

그것만으로.

속박이 풀린 것처럼.

대체 어디에 숨겨 가지고 있었던 것인지, 크리스마스를 즐기고 있던 중고생이 품속이나 배낭 안에서 무언가를 뽑아 들었다. 그것은 수지(樹脂)로 만들어진 지팡이이거나, 금속을 깎아 낸 메달이거나, 자동 프린트 명함 제조기로 찍어낸 카드들이었다.

그들은 저마다 무언가를 외쳤지만 이미 목소리로는 인식되지 않았다.

스타디움의 환성 같은, 덱 전체를 진동시키는 대음성과 함께 섬광, 폭음, 얼음의 창이나 사람의 형태를 한 그림자까지, 모든 '이물'이 미코토 한 사람을 노리고 홍수처럼 덮쳐온다.

직감적으로 큰일이라고 생각했다.

저것은 지금까지의 능력 개발과는 무언가가 다르다고.

순간적으로 자력을 사용해 머리 위로 날아 피하려고 했을 때, 오른쪽 다리에 저항이 있었다.

두 개의 찐빵을 자신 쪽에서 짓누르듯이 하며, 뭔가가 매달려 있다.

뒤에 남겨질 뻔하게 된 아이는 진짜로 눈물이 그렁그렁했다.

"네 이놈, 허드렛일이나 하는 폭력 메이드!! 이제 슬슬, 만 년에 한 명 나올까 말까 한 아름다운 여왕님의 시중을 드세요오, 미사카 씨이!!"

"우아앗?!"

균형을 잃고 둘이서 난간에서 아래로 떨어졌다.

그러나 그것이 정답이었을지도 모른다. 몇 개의 섬광은 하늘을 태우고 있었다. 인정하는 것은 매우 분하지만, '상정대로' 도망쳤다면 고사포(高射砲) 같은 탄막에 너덜너덜해졌을 가능성도 있다.

지상으로 낙하하는 것이 아니라, 자력을 사용해 육교 바로 밑에 달라붙으면서 미코토는 의문을 말한다. 예상 밖의 움직임을 함으로써 덱 위와 아래, 의외로 쌍방의 시선을 따돌릴 수 있다.

"어떻게 생각해, 방금 그거?!"

"보통의 능력 개발과는 다르네요오. 그렇다면 레벨 5(초능력자) 두 사람이 이런 곤충 같은 자세로 살금살금 다닐 필요력은 없는 셈이고오?"

"그게 아니라, 그것도 그렇지만, 애초에 어느 날 갑자기 '특별한 힘'이 턱 하고 주어진 정도로 금세 사람을 죽이는 일에 쓸 것 같아? 솔직히 말해서, 안나의 말은 별로 매력적이지도 않아. 그게, 알몸에 얇은 천 한 장 두른 어린 여자아이라는 수상한 인물의 유혹이라니 누가 어떻게 봐도 경계해야 하잖아. 저럴 거면 웬만한 캐치 세일즈 쪽이 그나마 옷차림에 신경을 쓰고, 계산된 설득 문구를 쓸 거야! 그런데 어째서?!"

그래서 미코토는 견원지간이어도 물은 것이다.

정신계 최강의 레벨 5(초능력자). 방금 그것에 뭔가 '개입'의 사인이 없었느냐고.

"하는 일은 그냥 토크예요오."

그리고 퀸은 한마디로 딱 잘라 말했다.

다만,

"미리 타깃의 개인 정보를 파악했다면 이야기는 달라요오. 보다 정확하게는, 열등감, 트라우마, 카타르시스 대상이 되는 심적 긴장, 그런 내면력의 문제를 모조리 조사할 수 있다면요."

"그런 게…."

말하다가, 미코토는 무언가를 깨달았다.

R&C 오컬틱스.

갑자기 나타난 신형 거대 IT는, 분명히 전 세계 규모로 점(占)의 의뢰도 담당하고 있었던가. 의뢰자 본인이나 신경 쓰이는 상대(어쩌면 플라토닉한 짝사랑 외에, 불편한 상사나 미운 복수 상대도 있을까?)의 이름, 성별, 연령, 생년월일, 혈액형, 그 외 중요한 개인 정보를 은근슬쩍 알아내는 형태로. 애초에 무슨 점을 쳐주기를 바라는가 하는 의뢰 자체가, 고민이나 망설임의 보물 창고다. 거기에는 자신의 머리에 떠오르는 어떤 가능성을 거절하고, 타인의 입으로 어떤 말을 해주기를 바라는가 하는 마음의 상처가 여실하게 새겨져 있다.

근본적으로 개인 정보를 '달러를 대신하는 새로운 재산'이라고까지 단언해놓고 무단 착취에 여념이 없는 거대 IT라면, 유저의 행동 이력을 분석해 가장 효과적인 광고를 표시하는 정도는 식은 죽 먹기일 것이다. 그 기술을 조금만 깊이 파고들어가면 심리 분석, 인간성의 채점, 사이버컬트화 등 '비물리적인, 정신세계에 대한 간섭' 정도는 마음껏 할 수 있다.

즉.

다른 70억 명에게는 한 귀로 들어와 한 귀로 흘러가 버리는 말의 나열이라도… 다. 그 인물에게는 핀포인트로 마음을 술렁거리게 하고 등을 떠미는, 자유자재의 마스터 키는 그냥 만들 수 있다. 하기야, 실현을 위해서는 의미 불명일 정도로 막대한 선행 투자를 할 필요가 있지만.

실제로 그 일을 한 규격 외의 바보가 있다.

손을 뻗으면 할 수 있으니까, 이런 이유로 현인의 경종을 전부 무시한 바보가.

"덧붙여 말하자면."

어디에선가 안나 슈프렝겔의 잔혹한 웃음소리가 났다.

목숨의 존귀함을 모르고 자란 어린아이 같은.

"심리학에는 개(個)와 군(群)이 있어. 바겐세일이나 콘서트장에서 한 사람이 출입구로 달려가면 전원이 그쪽에 이끌리듯이, 집단 안에서 몇 사람인가 픽업해서 주력하면 그 뒤에는 전체가 하나의 방향으로 쏟아져 들어가지. 말해두겠는데, 개인을 조종하는 것보다 군중을 조종하는 쪽이 편하거든?"

쿨럭 하는 소리가 났다.

뭔가가 일어난다, 그렇게 긴장하고 있던 미코토였지만… 예상과 달리 알기 쉬운 '홍수'는 다가오지 않는다.

수상하게 생각하고 미코토가 근처의 가두 카메라를 가로채 휴대전화의 작은 화면에 표시해보니,

"뭐야, 이거?"

중얼거린 것은 미코토였을까, 아니면 니트 모자의 여고생이었을까.

정체불명의 신기술, 마술을 휘두른 소녀가 자신의 입가에 손을 대고 있었다. 그 손가락과 손가락 사이에서 검붉은 액체가 흘러넘친다. 웬만한 찰과상이나 긁힌 상처로는 있을 수 없을 정도의 끈적거리는 피가, 차례차례로 육교의 지면에 떨어진다.

"엇엇? 잠, 읍. 쿨러억, 콜록콜록!! 뭐가, 어째서어?!"

도움을 청하며 피투성이 손을 휘두르지만, 움켜쥘 사람은 없었다. 그렇다기보다, 소녀에 이어 마술(인지 뭔지)을 사용한 여러 명의 남녀가 역시 똑같이 피를 토하며 무너져서 쓰러졌다. 아니, 토혈만이 아니다. 어쩌면 체내에서 혈관이 찢어져 검푸른 내출혈을 드러내고, 또는 안구의 모세혈관이 찢어진 것인지 흰자위 부분이 전부 새빨갛게 물든 학생도 있다.

대답 따위는 어디에도 없었다.

애초에 '마술'이라는 것의 메커니즘을 아무도 모르니 당연하다.

그리고 원인 불명의 공포에서 도망치는 마음은 억측에 매달리고, 근거 없는 정보가 새로운 증오를 낳는다.

즉,

"…제3위가 뭔가 한 거야…."

원망 같은 목소리가 있었다.

그것은 자신의 공포를 인정하고 싶지 않은 사람들의 마음에 물들어 퍼지고, 알기 쉬운 투쟁심이나 적개심을 불러일으키고, 자신을 바라보지 않음으로써 파멸에서 눈을 피하려고 한다.

눈에 보이지 않는 공포.

박테리아가 마녀의 저주라고 불리던 시대까지 문명이 퇴화해간다. 지금이라면 차가운 하늘 아래에서 감기에 걸려도 미코토 탓이고, 지나치게 소리를 질러서 목이 쉬어도 미코토 탓이다.

"뭔가 전자파 같은 걸 쓴 거야!!"

"맞아. 갑자기 혈관이 찢어지다니 이상하잖아!!"

"공격하지 않으면 당해. 전기 분해가 있으면 비타민은 간단히 파괴된다고!!"

미코토의 호흡이 멈춘다.

투명한 고드름이 매달린 육교 밑에서 한데 끌어안겨 있을 쇼쿠호까지도, 떨리는 목소리로 이렇게 중얼거리고 있었다.

의심의 눈이다.

"…설마 아니겠지만, 뭔가 꺼림칙한 짓은 하지 않았죠오…?"

"안 했어, 몰라. 그게, 내 능력으로는 저런 현상은 일으킬 수 없어!!"

발끈해서 마주 고함치는 미코토였지만 그런다고 으스스함을 씻을 수 있는 것은 아니었다. 그렇다, 정점 그룹에 서 있는 미코토나 쇼쿠호 자신도 지금 무슨 일이 일어난 것인지 이해하지 못하고 있었다. 원인을 모르는 이상, 스스로 자신의 과실을 100.0퍼센트 완전히 부정할 수조차 없다.

또는.

만일 여기에 카미조 토우마가 같이 있었다면, 그는 한마디로 단언했을 것이다. 이것은 당연히 일어나는 부작용이라고. 과학적인 능력자가 마술적인 술식을 사용하면 이렇게 된다, 온몸의 혈관이나 신경이 파괴되는 것을 피하고 싶으면 절대로 하지 말라고.

하지만 그 '경험치'는 학원도시에서 살아가는 대다수에게는 이해할 수 없는 것이다.

올바른 지식이 없고, 그러면서도 명확한 피해에서 도망칠 수 없다면, 그 뒤에는 어떻게 할 수도 없는 '미신'이 만연할 뿐이다.

마녀를 죽여라, 그러면 세상의 문제는 전부 해결된다. 무라마사(주2)를 베라, 그 칼은 태평성세를 어지럽힌다. 동서양을 막론하고 소수를 집중 공격해서 안심을 얻고 싶어 하는 바보 같은 집단 히스테리라면 얼마든지 일어났었다.

인간은 분노보다도 공포로 움직였을 때가 더 무섭다.

일단 쳐든 주먹을 자신의 재량으로 내릴 수 없게 된다는 의미로는.

"이봐. 어떡하지. 이미 얼굴은 보였어. 싫어. 무서워."

"시끄러워. 한번 건 싸움을 물릴 수는 없어. 여기서 하지 않으면 리벤지당한다고!!"

"밀어붙여!! 다음 공격이 오기 전에. 학생 기숙사까지 도망쳐도 보이지 않는 공격에 벽 너머로 당한다. 그러니까 지금 여기에서 때려 죽여어어어어어어어어어!!"

주2) 무라마사: 무로마치 시대의 대장장이. 도쿠가와 이에야스의 조부인 키요야스가 그가 만든 칼에 살해되었고 그의 아들 노부야스가 할복할 때 썼던 칼도 그가 만든 칼이라 하여, 도쿠가와 막부에서는 그의 칼을 금기시하며 요사스럽게 여겼다.

미사카 씨… 라는 쇼쿠호의 말이 끝나기도 전에 미코토는 움직이고 있었다. 여왕을 안은 채, 자력을 사용해 육교 밑에서 공중그네처럼 크게 돈다. 크게 C자라도 그리듯이 아득히 머리 위까지 올라간 순간, 방금 전까지 소녀들이 달라붙어 있던 곳 주변이 섬광과 고온으로 가득 메워졌다. 농담이 아니라 육교가 녹고, 균형이 무너진 건지 거미 다리처럼 펼쳐진 거대한 보행 덱 자체가 비스듬히 기운다.

제3위의 허리에 매달린 제5위는 두 눈을 부릅뜬 채,

“괴물을 놓치면 백신인지, 특효약인지는 손에 들어오지 않아요오. 병원도 엉망진창이 될 거야! 그 여자는 어디, 안나 슈프렝겔으은?!”

“몰라!! 그보다 또 여기저기 쓰러져 있어. 뭐야, 안나 녀석 뭔가 한 거야?!”

실제로는 공포에 겁을 먹은 학생들이 마술을 쓸 때마다 스스로 상처 입고, 그것은 미사카 미코토로부터 정체불명의 공격을 받고 있기 때문이라고 착각하고 더욱 깊은 공포가 새겨지고, 불식을 위해 다시 마술에 매달린다는, 돼먹지도 못한 악순환에 빠져 있는 것이지만 그것을 증명해줄 사람은 없다.

여기에는 카미조 토우마가 없다.

그래도다.

공중에서 거꾸로 된 미사카 미코토는, 지금 해야 할 일을 똑바로 응시한다.

고함친다.

“쇼쿠호오오

오오오오오오오오오오오오오오오오오오오오오오오오오오오오오
오오오오오오오오오오오오오오오오오오오오오오오오오오!!!!!!”

말로 빰을 얻어맞은 여왕이 퍼뜩 리모컨을 다시 움켜쥐었다.

그렇다.

안나 슈프렝겔이나 미사카 미코토 같은 변칙은 그렇다 쳐도, 보통 사람이 모이는 보통의 군중이라면 ‘멘탈아웃(심리 장악)’이 통용된다.

버튼 하나로 세계가 멈췄다.

보다 정확하게는, 외출 전에 몇 번이나 몇 번이나 문이 잠겼는지를 확인하는 듯한 감각으로 확실하게 수명을 깎는 마술에 매달리려던 소년소녀가, 전원이 한꺼번에 그 자리에 우뚝 멈추어 선 것이다.

마이너스의 스파이럴을 끊어낸다.

그리고 동시에, 그렇게 되면 딱 한 사람 움직이고 있는 작은 그림자가 으스스할 정도로 풍경에서 떠올라 보인다. 그 작은 그림자는 비스듬히 기울어진 덱에서 계단을 내려가 지상으로 향하고 있는 참이었다.

즉,

“안나 슈프렝겔!!!!!!”

9

“어머나, 들켰네. 역시 정신계의 힘이 여러 가지로 놀라워서 재미있어. 궁합이 좋은 걸까.”

셔벗 같은 눈이 얇게 덮인 육교를 내려가 지상의 인파에 섞이면서 안나는 웃는다.

이렇게 사람들로 붐비는 밀집 지대까지 가볍게 불려 나온 것인지, 새빨간 산타 사양의 자전거 아르바이트가 스마트폰과 보온 가방을 안은 채 어쩔 줄 몰라 하며 우왕좌왕하고 있었다. 아무래도 사람을 방패로 삼으면 손을 대기 어려워지는 모양이다. 가엾은 아르바이트 옆을 지나, 슈프렝겔 양은 한동안 그대로 걷는다. 차라리 자전거 같은 것을 이용해보는 것도 재미있을 것 같네, 생각하고 있었다. 열십자의 금속 폴로 만들어진 회전문에 대량의 자전거를 걸어 메탈릭한 질감의 트리를 만든, 계절 한정 같은 대여 사이클 입체 주차장을 발견했기 때문이다.

(이쪽의 목적지 정도는 예측하고 있을 테고, 예정 도착 시각을 당기면 당황해주려나…?)

알몸의 어린 소녀는 붉은 천을 끌어안은 채, 무뚝뚝한 느낌으로 웃는다. 하기야, 슈프렝겔 양의 마음에 드는 것이 얼마나 인생에 위기를 불러들이는지는, 갑작스러운 입맞춤으로 생사의 경계를 헤매는 처지가 된 소년을 떠올리는 것만으로도 지나칠 정도로 충분하게 알 수 있겠지만.

장미의 가시는 가까이 가고 바싹 기댈수록 모든 생명을 상처 입힌다.

그대로 소돔 같은 큰 소동을 보이는 (뭐 아레이스타가 만든 도시라면 당연하기는 하려나) 제15학구를 통째로 횡단해 옆 학구로 접어들었을 때였다.

제7학구.

그 앞에서, 머리 위에서 검은 유성이 떨어졌다.

보다 정확하게는 흔해 빠진 사철을 긁어모아 고속 진동하는 도검의 형태로 가다듬은 '사철의 검'을 든 채, 미사카 미코토가 수직으로 덮쳐든 것이지만.

안나는 작은 손바닥을 내밀었을 뿐이었다.

다만, 보통으로 다섯 손가락을 펼친 것치고는 부자연스럽게 손가락을 교차시켜서.

그것만으로, 장갑 열차를 썰 정도의 일격을 막아낸다.

"그리고 압도적으로 지루해, 미사카 미코토. A.A.A.를 걸치고 과학과 마술의 경계가 모호해졌을 때에는 그럭저럭 괜찮다고 생각했지만, 지금은 안 되겠는데. 그래서는 그냥 스탠더드하게 강할 뿐이잖아. 파라미터는 끌어올려졌지만 움직임 자체는 단조로워. 최강 장비 필수의 이벤트 보스 따위 부르지 않았어. 빨리 퇴장해."

"?!"

클린 히트는 기대하지 않는다.

억지로라도 쳐들어간 순간, 안나 슈프렝겔이 아니라 제15학구에 몇 개인가 있는 금속제 트리를 한꺼번에 무너뜨렸다. 금속 폴에 대량의 자전거를 걸어 나무 모양을 만든, 대여 사이클용 입체 주차장이다.

착탄점을 중심으로 대량의 눈이 지면에서 위로 날아 흩어진다.

안나의 발치를 중심으로 쇠와 콘크리트의 계단 전체에 기분 나쁜 균열이 갔다. 금속 폴을 산산이 끊고, 수많은 자전거의 잔해째로 겉보기 열 살의 어린 소녀를 땅바닥에 패대기친다.

어차피 대여용이라 카본이나 알루미늄 프레임 등의 고품질 소재는 사용하지 않은 것 같다.

쇠라면 자력으로 조종할 수 있다.

(쓰러뜨릴 필요는 없어. 대량의 고철로 뭉개서 움직임을 막아버리면 더 이상의 나쁜 짓은 못 할 거야. 일단 끼워 넣으면, 그 후에는 내 자력으로 사방에서 철저하게 압축해서 이대로 봉인한다!!)

"무의미한데."

목소리가, 소녀의 심장을 꿰뚫었다.

잔해 속에서도 사정없이.

"출력 자랑에 흥미는 없다는 말이야. 그렇다면, 이미 결과는 나와 있는걸."

화산이.

분화한 건가 생각했다.

즈바아!!!!!!

전 방향으로 콘크리트 조각과 날카로운 철근이 날아가 흩어졌다. 미사카 미코토(와 허리에 달라붙어 있던 쇼쿠호 미사키)는 송곳처럼 회전하면서 날아간다. 사각(射角)이 높다. 지면에 떨어지지도 못하고, 가까운 빌딩 측면에 두 다리를 붙이고 수직으로 멈춘다.

"무슨 일이… 일어난 거지?!"

"그게, 저거, 뭐예요오?"

미코토와 쇼쿠호 사이에 미묘하게 의문의 종류가 달랐다.

눈을 깜박거린 미코토가 새삼 응시하니 안나 슈프렝겔 옆에 무언가 반투명한 그림자가 서 있다. 작은 주먹을 머리 위로 치켜들고, 장난스러운 몸짓으로.

저것은… 무엇일까?

정말로 의문밖에 없다.

겉모습은 어른 남성 정도의 키를 가진 사람 모양의 실루엣. 다만 등에는 백조 같은 커다란 날개가 돋아 있고, 머리는 통째로 일그러진 매인지 독수리인지, 어쨌거나 맹금처럼 표변해 있었다. 창백한 플라티나 같은 색채를 내뿜는 그 모든 것이, 분명한 이형(異形). 하지만 그런 불길한 실루엣과 달리, 사람을 잡아먹는 전용 같은 머리에는 빛나는 고리가 둘러져 있었다.

누가 보아도 명확한 기호성.

그림책 속에 나오는 것 같은… 천사.

구더기가 들끓는 부패한 시체가 미인 대회의 우승자로 내걸린 것에 아무도 의문을 품지 않는 장면을 마주친 것 같은, 어떻게 할 수도 없는 위화감과 혐오감과 거부감이 등을 타고 기어오른다.

저것은, 안 된다.

과학과 마술이라느니 영문을 알 수 없는 선 긋기가 아니다. 더 근본적으로, 오컬트 따위는 조금도 모르는 과학 신봉자 미코토도 알 수 있다.

모독.

거기에 있는 것만으로도 사람의 정상적인 가치관을 때려 부수는, 그런 한마디를 체현한 것 같은 존재라는 것을.

"에이와스."

아무렇게나 알몸에 얇은 천을 댄 어린 소녀가 무뚝뚝한 말투로 속삭였다.

그것이… 이름… 일까. 애초에 미코토가 자신의 귀로 올바르게

카메라 P

알아들을 수 있었는지 어떤지도 알 수 없다. 고주파나 저주파를 제대로 기록할 수 있는 음향 장치로 분석하면 전혀 다른 발음일지도 모른다.

어쨌거나, 저것은 격이 다르다. 어쩌면 안나 슈프렝겔이라는 괴물에게 '힘'을 나누어주고 있는 원천이다.

그러나, 반대로 말하면.

미사카 미코토는 억지로라도 포지티브한 흐름을 끌어낸다.

"…끌어냈어. 이건, 언제나 웃고 있는 저 녀석한테서 여유를 한 개 빼앗을 수 있었다는 뜻이겠지."

"저, 저, 저기이, 미사카 씨. 어… 떻게 생각해도 저 매 천사한테 내 '멘탈아웃(심리 장악)'이 효과가 있을 것 같지는 않은데요, 나, 그, 왜, 볼일이 끝났으면 슬슬 그 사람이 기다리고 있는 병실 침대까지 돌아가서 따끈따끈 실컷 어리광이나 부리면 안 될까y

"그렇게 되면 여기가 가장 중요한 장면인가!! 이 길은 틀리지 않았어. 이 방향으로 돌진하면, 안나의 서랍을 차례차례 잡아 뽑아서 텅 비게 만들 수 있을 거야!!"

"이제 돌아가고 싶어!!!!!!"

스윽, 땅바닥의 어린 소녀가 이쪽을 올려다보았다.

방금 전까지와 달리 웃고 있지 않았다.

옆에 이형의 괴물을 거느린 채, 안나 슈프렝겔은 분명히 말했다.

의지할 수 있는 파트너 쪽은 보지 않고.

"멋대로 나오지 말아줘, 우둔한 놈. 흥이 식어버리잖아?"

비등(沸騰).

미사카 미코토는 자신의 시야가 붉은색으로 메워지는 기분이었다.

확실하게 이길 수 있는 수단이 있어도 사용하지 않는다. 끝없이 싸움을 연장해, 피 한 방울까지 쥐어짜듯이 생과 사의 사이에서 우아하게 춤춘다.

없는 것일까.

정말로.

1초도 기다릴 수 없을 정도로 절실한 소원이라든가, 이것이 실패하면 이제 뒤가 없는 긴장이라든가.

자신을 잃어버릴 정도로 격렬한 초조나 증오는. 방법을, 선택지를 취할 수 있는 수단을 얼마든지 고르고 우회할 정도의, 여유 덩어리일 뿐일까.

이쪽은 상관없는 사람이 많이 다치고, 병원에도 더 이상 없을 정도로 명확한 위험이 닥치고, 그 소년의 목숨도 안쪽에서부터 계속 깎이고 있는데.

"슬슬…."

어금니가 부서지지 않을까 싶을 정도로 세게 악물고, 미코토의 미간에 모든 힘이 모인다.

포효.

그러나 그 1초 전에, 한숨마저 쉬며 슈프렝겔 양은 이렇게 단언했다.

"왜냐하면 우둔한 놈, 네가 없어도 즉사니까 말이야."

10

징…!!!!!!

학원도시 전체가 기분 나쁘게 진동했다.

11

공기가 타고 있었다. 움직이는 그림자는 없었다.

마치 시체조차 거두지 못하고 방치된, 싸움터의 자리 같은 불길한 공기.

그런 가운데,

"흠, 흠, 흐흠."

자신의 부드러운 맨살을 얇은 붉은 천으로 감추면서, 어린 소녀가 크리스마스 노래에 맞춰 가락이 어긋난 콧노래를 부르고 있었다.

그녀는 일일이 뒤를 돌아보지 않는다.

이제 방해꾼은 없다. 그 작은 발로 유유히 학구의 경계를 넘는다. 제7학구로 들어간다.

그곳은 홈그라운드.

그 병원이 있는 마지막 학구다.

(…자아, 천진한 정의의 여러분에게 자각은 있을까. 남의 목숨을 걱정한다는 건, 뒤집어보면 자신은 아직 괜찮다, 그때가 아니라고 얕잡아 보고 있는 거겠지만.)

손에 든 스마트폰의 내비를 따라가며, 안나 슈프렝겔은 그저 말했다.

“자신은 특별한 인간이니까 이런 곳에서는 절대로 죽지 않는다, 10대에게 흔히 있는 과대망상이지만… 세상이라는 구조가 그렇게 만만하게 되어 있을 거라고 생각해?”

사람은 언젠가 죽는다.
하지만 많은 경우, 그것이 언제인지 사전에 아는 일은 없다.

행간 2

위장에서 무언가가 치민다.

구토인가 했더니 토혈이었다. 항균 세면대 가득 토마토주스를 뿌린 것 같은 색채에, 카미조 토우마는 비틀거리며 뒤로 물러난다.

어쨌거나 이렇게 많은 환자가 공동생활을 하고 있기 때문에, 옷차림을 가다듬는 거울이나 얼굴을 씻기 위한 수도가 화장실에만 있어서는 긴 줄이 생기고 만다. 그래서 이 병원의 경우, 병동 쪽에는 독립된 세면장도 드물지 않다.

본래 같으면 입원 중에도 세련되고 깔끔하게 하기 위한 장소다.

새파란 얼굴을 하고 절망하기 위한 설비가 아니다.

"중증형 생제르맹… 이라."

어깨의 오티누스가 가만히 숨을 내쉬었다. 세면장에 뿌려진 색채 정도로 동요할 것 같으면 전쟁의 신이라는 이름을 대지 않는다. 거울에 비치는 작은 얼굴에는 그렇게 쓰여 있는 것 같았다.

거만하다는 것은 네거티브하게 받아들여지기 쉽지만, 어려움 속에서도 올바른 지식을 전할 수 있는 인물이라면 주위에 안심을 줄 수도 있다.

"…알겠어, 상태를?"

적어도, 과학 기술 전반의 학원도시에서는 분석하지 못한 미지의 현상이다. 개구리 얼굴의 의사의 실력에 대해서는, 카미조 토우마는 전폭적인 신뢰를 기울이고 있다. 몇 번이나 그의 도움을 받았다. 그러나, 그렇기 때문에 더더욱, 그런 의사마저 애를 먹고 있다는 사실이 무겁게 닥쳐오는 것이다.

그건 그렇고, 토키와다이 중학교의 아가씨들이 들으면 눈을 휘둥그렇게 뜰 만한 음색이었을지도 모른다. 그 카미조 토우마가 이렇게까지 약한 모습을 보이는 것도 드문 일이다.

신장 15센티미터의 외눈의 신, '이해자'인 소녀는 가만히 숨을 내쉬고는, 삐죽삐죽 머리의 어깨에 걸터앉은 채 가느다란 다리를 꼬았다.

"마술사 생제르맹의 본질은 기생 성질을 가진 미생물의 군체야. 아아, 특정 수순을 밟지 않는 한은 2차 감염이 되지 않으니까, 그 점은 안심해도 돼. 생제르맹 자신도 무질서하게 확산됨으로써 자기가 희석되거나 변이를 일으키는 게 두려웠겠지."

"……."

"즉, 생제르맹 자신에게는 마력의 원천이 되는 생명력이 없어. 이런 건 서양보다 동양 쪽이 이미지를 떠올리기 쉬우려나. 오장육부나 혈관 신경을 가진 육체가 없으면 '힘'을 순환시켜 마력을 단련하는 기능을 획득할 수 없는 셈이지. 그래서 생제르맹은 마술을 사용할 때, 우선 숙주의 육체를 이용해서 생명력에서 마력을 정제해. 그건 당연한 일이지만, 학원도시의 능력자에게는 강대한 부작용으로 육체를 파괴하는 체내 공격이나 다름없지."

끈적거리는 입술을 닦으려고 카미조는 손등을 움직인다. 그러나 불쾌한 감촉은 없어지지 않는다. 새삼 살펴보니 더러워진 것은 손등도 마찬가지였다. 피부가 기분 나쁘게 찢어져 검붉은 액체가 배어 나오고 있다.

상처를 확인해도 알기 쉬운 아픔은 없었다.

이제 일일이 개별 상처를 식별하고 있을 만한 여유가 없는 것이리라. 그저 자신의 몸 전체가 곪은 것처럼 뜨겁고, 두 배쯤으로 부푼 것 같은 착각이 든다. 인간의 형태를 취한 아픔 덩어리다.

오티누스는 단언했다.

"수순은 다르지만, 지금 안나 슈프렝겔이 거대 IT의 껍질을 이용해서 광범위하게 하고 있는 일과 다르지 않아. 도시 놈들의 경우에는 인터넷 너머로 뒤집어쓴 마술의 지식이고, 네놈의 경우는 미생물을 사용해서 직접 침범당한 거지. 능력자가 마술을 사용하면 어떻게 되는가 하는 터부를 말이야."

타닥타닥타닥!! 슬라이드 도어 맞은편을 여러 개의 발소리가 당황한 듯이 뛰어가는 것이 들렸다. 아마 너스 콜을 받은 간호사들이 허둥지둥 병실로 가고 있는 것이리라.

학생 기숙사에서, 큰길에서 픽픽 쓰러진 사람들이 무사히 발견되어 병원으로 실려 오는 것만으로도 이 고생이다. 그러나 그걸로 문제가 끝나는 것은 아니다. 앞으로도 R&C 오컬틱스에 의한 희생은 늘어날 것이다. 일정한 선을 넘어버리면 병원 쪽이 기능 정지에 빠질 가능성도 제로는 아니다.

이렇게까지 당해도 안나의 목적은 보이지 않는다.

마술 결사 '로젠크로이츠(장미십자)'는 애초에 학원도시에 파멸적 피해를 가져와서 무엇을 하고 싶은 것일까?

(…어떻게… 하지?)

자문한다.

적어도 단언할 수 있는 것은, 이대로 여기에서 기다리고 있어도 사태는 호전되지 않는다는 것이다. 움직일 수 있을 때 행동에 돌입하지 않으면 길이 닫힌다.

그러나 구체적으로는 어디에서 무엇을 하면 될까?

수도꼭지를 틀어 도자기 세면대에 달라붙은 붉은 색채를 흘려보내고, 수명을 깎아낸 듯한 검붉은 피를 지운다.

어깨의 오티누스는 이렇게 중얼거렸다.

"이제 곧 확실해질 거야."

제3장 제로의 공백 속에서 Contact_6

1

"응급 환자 도착 요청입니다, 외래 3번!!"

"또냐… 이쪽도 처치실은 꽉 찼다고!"

일반 외래와는 또 다른, 주로 구급차를 승인하기 위해 설치된 구급 외래는 오늘이 크리스마스인 것을 잊어버릴 만큼 긴장감에 차 있었다. 이곳에 있는 것은 수술실이 아니라, 그 이전에 간이 검사나 응급 처치를 하기 위한 처치실이다.

모두가 생각했을 것이다, 녹슨 쇠 냄새가 방 바깥까지 희미하게 흘러나오는 것은 아닌가 하고.

물론 실제로는 방과 복도를 드나들 때에는 여러 가지 수단으로 살균 소독하고 있다는 것을 지식으로 알고 있어도, 머리에서 감각이 떠나지 않는다. 그 정도로까지 심한 상황이 이어지고 있었다.

(당연히 그렇게 설계되어 있지만) 사람의 마음을 술렁거리게 하는 사이렌의 폭음이 이쪽으로 다가왔다. 구급대원과 의사들이 다급하게 엇갈린다. 이렇게 되면 바닥 가득 뿌린 트럼프처럼 드나드는 사람들은 셔플된다. 혼란을 틈타 펜형 카메라로 사진을 찍으려던 자칭 잡지 기자를 간호사나 사설 가드맨이 붙잡아 누르고 있었다.

처치실에서 호흡이나 혈압의 저하를 막지 못하는 경우에는 결국

수술실 차례가 된다.

애초에 줄줄이 늘어선 처치실은, 이 제한된 수술실이 펑크나지 않도록 가벼운 처치를 끝내기 위한 방이다. 그러나 지금은 거의 구별이 가지 않았다. 수술실이 비기를 기다리기만 할 수 없는 경우에는, 이쪽 처치실에 의사가 와서 규칙에 저촉되지 않는 아슬아슬한 치료를 한다.

야전병원.

아무도 진짜를 본 적은 없을 텐데, 전원의 머리에 자연스럽게 그런 구절이 떠오른다.

"정말이지, 어떻게 된 거지?"

그중에서도 개구리 얼굴의 의사가 얼굴의 절반을 커다란 마스크로 덮은 채 그렇게 중얼거리고 있었다. 이 남자의 경우, 겉모습이 태연자약해도 본심이 어떤지는 아무도 알 수 없다. 항상 일정한 컨디션인 것이, 하나의 재능을 증명하고 있는 것 같다.

눈에 띄는 외상은 없다.

적어도 바깥에서 칼로 찌르거나 차에 치이거나 한 것은 아니다.

그럼에도 체내에는 확실하게 대미지가 퍼져 있다.

혈관, 신경의 단열.

원인 불명이지만 실제로 희생은 커지고 있고, 아직 죽은 사람이 나오지 않은 것이 이상할 정도였다. 처음에는 독물, 세균, 방사선 등의 가능성도 의심했던 개구리 얼굴의 의사지만, 그가 이렇게 맨얼굴을 드러내고 있는 대로, 그런 리스크도 보이지 않는다.

(하지만 그걸로 제대로 납득할 수 있는 건 올바른 지식을 가진 전문가뿐이야. 그들이 거리에서 쓰러져서 수송되는 모습은 많은 사람

들이 봤을 테지? 이대로 가면 좋지 못한 유언비어의 원천이 될 것 같아서 무섭지만….)

머뭇거리는 기색으로 신입 간호사가 은색 트레이를 내밀었다.

"저어, 이쪽이 환자의 소지품인 것 같은데요…."

어디까지나 그들은 민간 의료 스태프이지 범죄를 단속하는 안티스킬(경비원)이나 저지먼트(선도위원)가 아니지만, 사건성이 의심되는 상처나 위법 약물 등의 흔적을 발견한 경우에는 확실하게 기록하고 신속하게 보고할 의무가 있다.

그런 의미에서 환자의 소지품을 정확하게 파악해두는 것도 중요했다. 특히 상대의 의식이 없는 경우에는 신원 특정부터 시작해야 한다.

"흠."

지갑과 휴대전화 외에 걸리는 것이 있었다.

납작한 합성수지로 만든… 코스터만 한 원반이다. 무언가 의미가 있는 것인지, 여러 개의 색채로 색깔이 나뉘어 있고 몇 가지 기호가 새겨져 있는 것을 알 수 있다.

"3D 프린터로 만든 건가?"

"역시요…."

두려움에 가까운 떨리는 목소리로 간호사는 중얼거렸다.

"이번에도 그랬어요! 작은 해골이나 이상한 무늬가 그려진 카드 다발이나, 그런 것뿐이잖아요?! 대체 무슨 일이 일어나고 있는 걸까요!!"

"……."

신화, 오컬트, 정신세계.

그런 이야기라면, 학생들의 마음에 바깥에서 작용해 능력을 폭발시키는 종류의 효과라도 있는 것일까. 그렇게도 생각한 개구리 얼굴의 의사지만, 아무래도 와 닿지 않는다. 그렇다면 발화에는 발화의, 염동에는 염동의, 각각의 능력에 맞춘 상처가 날 것이다. 이렇게나 일률적으로 같은 증상으로 가득 메워질 거라고는 생각하기 어렵다.

(원인 불명. 이럴 때에는 증상 발현부터 시간을 거슬러 올라가는 형태로 하나하나의 작업을 다시 살펴보는 게 중요한데…. 예를 들면 바로 최근에 새로 시작한 일이라든가, 지금까지 손을 대지 않았던 일이라든가. 그런 걸 일단 그만둬봄으로써, 어디에서 이변이 딱 멈추는지를 확인할 수 있으면 원인을 알 수 있을 것 같은데 말이지.)

그러나 이것도, 역시 인간을 관찰 대상으로 바라볼 수 있는 눈을 가진 일부 특수한 인간밖에 납득할 수 없는 방법이다.

구급 외래 옆, 가드맨의 사무실에 놓여 있던 슬림형 TV에서 여성의 밝은 목소리가 흩뿌려지고 있었다.

『비밀에 대한 걱정은 없으신가요? 나만 오도카니 소외되어 있어서 불안하게 생각하는 일은.』

누구나 무섭다.

무서우니까 매달린다.

바보 같다고 입으로는 말하면서도, 다른 사람의 눈이 없어지면 남몰래.

『하지만 괜찮아요! 보통의 방법에는 한계가 있어도, 진짜 마술을 사용하면 아무것도 아니죠. 알고 싶은 것, 조사하고 싶은 것, 해명하고 싶은 것이 하나라도 있다면 R&C 오컬틱스에 접속하세요. 수많은 점(占)들이 당신을 쓸데없는 불안에서 해방시켜드립니다!!』

그런 불안을 해소하는 행위가 다음 희생자를 확정으로 양산하고 있다는 것도 깨닫지 못하고.

원흉을 알아채지 못하는 한 마이너스의 사이클은 끊을 수 없지만, 그것을 위한 지식이나 데이터를 좌지우지하고 있는 것은 당사자인 R&C 오컬틱스다.

모르면 멈추지 않는다.

자동 운전에 의해 교통사고는 극적으로 줄일 수 있다고 그래프로 보여주며 설명하는 IT 기업이나 자동차 회사가, 사이버 공격에 의한 사고의 발생률에 대해서는 전혀 언급하지 않는 것과 똑같다.

인터넷 쇼핑에 의해 사람들의 생활은 쾌적해진다고 선전하는 통신 판매 회사가, 지역의 가게가 차례차례 망해서 도시나 마을이 고립되면 불편해진다는 이야기는 언급하려고도 하지 않는 것과 마찬가지로.

세계적인 식품 회사가 무첨가 무농약을 주장하면서, 농약이 없어도 기분 나쁠 정도로 깨끗하고 첨가물도 없는데 왠지 썩지 않는 채소나 과일 자체의 설명을 하고 싶어 하지 않는 것과 마찬가지로.

정보를 내놓는 쪽은, 자신에게 불리한 형태로는 서비스를 제공하지 않는다.

겉으로 나오는 정보에는 반드시 어딘가에 기울어짐이 있다.

거대 기업의 기본이라면 기본이었다.

2

"읏…."

카미조 토우마는 신음했다.

한순간, 여기가 어디였는지를 잊었다.

(아아, 맞다. 목이 말라서, 물을 마시려고 복도에 나왔다가….)

아픔… 이 있는지 어떤지는 알 수 없다. 스스로도 자신의 아픔을 잴 수 없다.

다만 몸 전체가 어렴풋이 부어 있는 것 같은 착각이 들었다. 이것이 어떤 의미를 갖고 있는지는 이해할 수 없지만, 뭔가 심상치 않은 일이 일어나고 있는 것만은 확실하다.

새삼 자신의 상황을 바라본다. 아무도 없는 일직선의 복도에서, 차가운 벽에 옆에서 기댄 채 몸이 기역자로 구부러져 있었다. 비틀거리며 벽에서 떨어지려고 하지만 뜻대로 되지 않는다. 몸이 벽을 빨아들이는 것처럼 움직이지 않는다.

"슬슬 한계겠지."

"오티… 누스…?"

"이건 전에도 말했어. 연속적인 아픔 때문에 더 이상 느끼지 못하는지도 모르겠지만 말이야."

품에서 작은 그림자가 얼굴을 내밀었다. 15센티미터 정도의 신, 오티누스다. 웨이브가 진 긴 금발에 안대를 한 소녀는 슬슬 카미조의 어깨까지 올라가더니,

"중증형 생제르맹. 정말로 전설대로의 '로젠크로이츠(장미십자)'가 손을 댄 것이라면, 이곳의 기술로 완치를 바라는 건 지나치게 가

혹해. 어쨌거나 이매진 브레이커(환상을 부수는 자)로 없애는 것보다도 놈의 증식 속도가 더 빠르니까. 인간, 그대로 놔두면 오른손의 안쪽까지 미생물에 잠식당하고 말 거다. 사지에서 도망치기 위해서는 이런 짓을 한 안나 슈프렝겔 자신의 이야기를 들을 필요가 있을 거야."

"……."

그런가.

그럴지도 모른다.

하지만 그 전제로 이야기를 진행하기 전에 확인해둘 것이 있다.

"알고 있었어?"

"뭘."

"……해결을 위해서는 안나 슈프렝겔에게 볼일이 있다. 그 얘기, 나 이외의 누군가에게 가르쳐줬어…?"

아아, 오티누스는 짧게 숨을 내쉬었다.

그녀는 즉시 대답했다.

"바깥의 소동을 보고 듣자 하니, 안나 쪽에서 이쪽 병원으로 접근하고 있는 것 같은데. 이것에 대해서 내가 직접 가르쳐준 건 하나도 없지만, 미사카 미코토와 쇼쿠호 미사키는 스스로 조사해서 알았어. 특별히 말릴 이유도 눈에 띄지 않았고."

탕!! 둔한 소리가 났다.

카미조 토우마의 손바닥에 움켜잡힌 채, 그러나 오티누스의 표정은 조금도 바뀌지 않았다.

"나를 뭉개면 그걸로 만족인가?"

"…오티누스."

"중요한 건 하나야. 말할 것까지도 없이 안나 슈프렝겔은 강해. 생각 없이 정면에서 부딪쳐서 네놈이 이길 수 있는 공산은 제로다."

냉철한 목소리가 그저 이어졌다.

마술, 전쟁 외에 사기를 관장하는 신의 목소리가.

"거기에서, 사전에 안나의 품에서 비장의 패를 꺼내게 하기 위해서는 다른 전력(戰力)을 부딪칠 필요가 있어. 그건 보통의 안티스킬(경비원)이나 저지먼트(선도위원)에게 맡길 수 있는 일인가? 말도 안 되지, 피바다가 펼쳐질 뿐이야. 솔직히 말해서 그 두 사람한테는 기대는 하지 않아. 하지 않지만, 충분히 지고, 그래도 살아서 돌아올 수 있는 가능성이 있는 후보라면 레벨 5(초능력자) 두 사람 정도밖에 떠오르지 않았어. 물론 실패하면 그뿐이지만, 아직 가능성은 있지. 그 외라면 아무리 노력해도 확정으로 죽임을 당했을 거야. 확정으로 말이지."

"오티누스!!!!!!"

고함 소리였다.

논리정연한 말의 나열이… 그걸로 딱 그친다.

잠시 후… 다.

"대미지는 제로로 할 수는 없어, 처음부터. 거기에서 전원이 살아남을 확률이 조금이라도 남아 있는 건, 이 길뿐이었어."

"이건 내 문제야…."

"대뜸 네놈이 찾아갔다면 제일 먼저 맞아 죽었을 거야. 그 후에는 그냥 다 무너지겠지. 지금 싸우고 있는 여자들도 포함해서."

"부탁이야, 오티누스."

신은 몸통 전체를 한 손에 움켜잡히고도 토라진 어린아이 같은 눈으로 카미조를 노려보고 있었다. 오히려 미아처럼 눈동자가 흔들리고 있는 것은 소년 쪽이었다.

"도와줘, 이런 방법 말고. 알고 있어, 내가 주위에 뒤떨어진다는 것 정도는. 이매진 브레이커(환상을 부수는 자)'만'으로는 슬슬 따라갈 수 없게 되었다는 거잖아. 줄곧 그랬어, 임시변통으로 해왔지. 그러니까, 부탁해. 뭔가를 소비할 필요가 있다면, 우선 제일 먼저 나를 다 사용하는 작전을 세워줘. 그거라면 전력을 다해서 올라탈 수 있어."

"거절하겠다고 한다면?"

"당신을 싫어하게 되고 싶지 않아."

이번에야말로 신이 침묵했다.

약간 고개를 숙여, 그 표정이 마녀 같은 모자의 챙에 가려버린다.

모기가 우는 것 같은 목소리가 났다.

"(…필요하다고는 해도, 이렇게까지 당하고도 아직 '되고 싶지 않다'인가. 네놈이 그런 안이한 놈이니까, 다른 누군가가 시비어한 측면을 담당해야 하는 거잖아.)"

카미조가 의문으로 생각하기 전에, 움켜잡혀 있던 오티누스 쪽이 카미조의 엄지를 힘껏 깨물었다. 그걸로 힘이 느슨해지고 만다.

"아얏?!"

"흥, 불손하다. 언제까지 신의 몸을 질척질척 만지고 있을 거야. 허가도 받지 않고."

그 틈에 오티누스는 소년의 손안에서 빠져나와 손목 부근에 걸터앉았다. 가느다란 다리를 꼰 채 그녀는 말한다.

"방침은 이해했지만 이미 손에 넣은 정보를 일부러 파기할 필요도 없겠지. 현재 안나 슈프렝겔에 대해서 알고 있는 걸 이야기하지. 할 수 있는 일부터 시작한다, 결국 뭘 어떻게 해도 네놈이 안나를 이기지 않으면 결판이 나지 않아."

현장에 가는 것은 확정.

이것은 카미조 토우마의 싸움이다. 정면에 서야 하는 인간은 처음부터 정해져 있다.

다만,

"……? 미코토와… 또 한 사람? 어쨌든 그 녀석들은 최전선에 있다 치고, 넌 어떻게 싸우는 모습을 본 거야? 주소 교환이라도 해서, 모바일 렌즈 너머로 라이브 동영상이라도 보고 있었다거나???"

"어딘가의 바보가 가난한 바람에, 지금의 나는 휴대 스마트폰 종류는 갖고 있지 않아. 나한테는 전혀 모바일감은 없고."

매우 미안하긴 하지만, 그렇다면 더더욱 어떻게 한 것일까. 오티누스는 진짜 신이지만, 그러나 현재 혼자서 마술을 쓸 수 있는 몸도 아니다.

그러자 왠지 오티누스는 눈을 옆으로 향했다.

야단맞는 것이 무서워서 피하는 어린아이의 움직임이었다. 유리를 깬 건 누구냐… 로 일단 끝났는데 실은 분재도 깨먹었던 것을 숨기고 있는 어린아이랄까.

땀을 삐질삐질 흘리며, 초고속의 작은 목소리가 났다.

"(…어차피 R&C 오컬틱스의 영향으로 사방에 무의미하게 마술이 사용된다고, 학생들이 시도하는 어중간한 술식에 프로인 신이 약간 손을 대서 '후긴 · 무닌(감시와 전달)'의 효과를 몰래 얻어준 건데, 아니, 뭐, 이건 이야기하지 않는 편이 좋겠지. '마음껏 가져가세요'로 부적이 되는 까마귀의 깃털, 즉 도청 영적 장치를 흩뿌렸다고는 입이 찢어져도. 아니, 개혁하든 안 하든 결국 마술의 부작용 자체는 일어나고 대미지는 증감하지 않지만 이 녀석 틀림없이 화낼 테고.)"

수직이었다.

신(神) 캐처 카미조 토우마가 엄지와 검지로 오티누스의 머리를 위로 집어 올렸다.

벌 실행.

좌우 관자놀이를 압박당한 키 15센티미터의 '이해자'가 한동안 버둥거렸다.

3

"그, 악."

목쉰 울림이 귀에 닿았다.

이것이 열네 살의 목구멍에서 나오는 목소리인가 하고 미사카 미코토는 스스로 놀랐다.

(죽지 않았어?)

자신의 기억이 정상이 아니다. 드문 경험이기는 했지만, 어쨌든 답답하다. 마치 그 뚜껑을 열면 자신의 자아를 스스로 부순다며, 몸 쪽이 강하게 강하게 경고라도 날리고 있는 것 같았다.

대체 무슨 일이 일어난 것일까?

(그게, 뭐가, 안나 녀석, 대체 뭘 해서, 그래서, 어떻게 되었다는 거야…?)

시야가 안정되지 않는다. 무슨 일이 일어난 것인지 이해할 수 없어서 머리가 가벼운 패닉을 일으키고 있다. 눈앞이 깜박거리고 관자놀이 부근에 둔한 아픔이 욱신거리지만, 실제로 무언가가 점멸하고 있는 것은 아니고 눈앞의 광경을 머리가 처리하지 못하기 때문일 것이다. 말하자면 다마시에(주3) 보는 법을 설명으로 듣지 못한 채 코앞에 들이대어진 것에 가깝다.

천천히 몸을 일으키려다가, 그제야 자신의 머리가 부드러운 것에 감싸여 있다는 사실을 깨닫는다.

쇼쿠호 미사키였다.

주저앉은 그녀의 풍만한 가슴에 안겨 있는 모양이다.

마치 어린아이라도 어르듯이.

"살아… 있어요오?"

"……."

미코토는 억지로라도 고개를 흔들어 현실에 핀트를 맞춘다.

"의외… 야. 네 쪽이 먼저 정신을 차렸다니…."

"나도, 설마 미사카 씨를 보살피는 날이 올 거라고는 생각도 안 했지만요오. 하지만 어쩔 수 없잖아요. 직접 전력인 당신을 부추기지 않으면 그를 구할 수 있을 것 같지 않아요. 그렇다면 뭐든지 해주겠어요오, 익숙하지 않은 보살핌력이라도."

이곳은 제15학구다.

안나 슈프렝겔은 없다. 이미 앞으로 갔을 것이다.

탄내가 코를 찔렀다.

그리고 금속질의 반짝임도.

구깃구깃하게 찌그러진 쇳덩어리였다. 다만 사륜 자동차나 주 날

주3) 다마시에: 보기에 따라 여러 개의 그림이 보이도록 그린 그림.

개와 꼬리날개로 실루엣을 가다듬은 비행기 같은 것은 아니다. 오징어나 문어 같은 촉완에, 질척하게 도로에 넘쳐나는 특수 도료. 점착질에, 액상에, 어딘가 생물의 썩은 사체를 생각나게 하는 테크놀로지다.

미코토는 꿀꺽 목을 울린다.

(뭐야, 이거. 기계…?)

"파이브오버, 아웃사이더(OS). 모델 케이스 · 멘탈아웃…."

직경 몇 미터 정도의, 찢어진 비닐공 같은 덩어리. 그 그늘에 소녀들은 몸을 숨기고 있었던 것이다.

이 추위 속에서 땀을 흘리면서도, 축 늘어진 미코토를 안은 쇼쿠호는 왠지 한 손을 살짝 들고 있었다.

마치 꼭두각시 인형이라도 움직이듯이, 그 손끝이 꿈틀거린다.

아마 양손에 낀 글러브에서 동작이라도 읽어내고 있는 것이겠지만.

"미사카 씨도, 제3위의 사마귀 정도는 본 적 없어요오? 그것의 제5위판… 의 또 아종이라고 할까요. 일단 이래 봬도, 학원도시 제5위에 필적하는 학술 가치가 있다는 말을 들었던 '어두운 부분'제를 주워 온 거예요오? 그걸, 단 한 번 목숨을 건지기 위해 쓰고 버리는 처지가 되다니…."

어쨌든 먼저 간 안나를 따라잡아야 한다.

미코토는 숨을 가다듬고, 한겨울의 깃털 이불처럼 저항하기 어려운 온기에서 억지로라도 머리를 빼내려고 한다. 그러나 현실의 몸이 어리광에서 빠져나가지 못한다. 더 이상은 정말로 죽는다고, 마음보다도 먼저 몸 쪽이 두려움에 잠식되어 있다.

그대로 숨을 내쉬며 미코토는 물었다.

"어떻게, 할 거야?"

"뻔하잖아요. 그를 구할 거예요. 그걸 위한 방법력을 흑막 본인한테서 끌어내겠어요, 반드시. 그걸 위해서라면, 비장의 패 따위 어른스럽지 못하게 연발할 거예요. 다른 하나도 써버릴 테니까아!!"

탕!! 둔한 소리와 함께 금속의 광채가 옆에서 뛰어 들어왔다.

이번에는 승용차 사이즈의, 기생벌 비슷한 이형의 실루엣이었다. 고철 안쪽에 숨어 있던 쇼쿠호 미사키를 두 개의 앞다리로 끌어안는다. 미코토는 지켜보다가, 자칫하면 자신이 뒤에 남겨지겠다는 것을 깨닫고 허둥지둥 강화 유리의 배에 매달렸다. 찌그러진 기계는 지면을 미끄러지면서 네 장의 얇은 날개를 고속 진동시켜, 움직임을 멈추지 않고 그대로 단숨에 날아오른다.

이번에는 아종이 아니다. 진짜… 다.

파이브오버 · 모델 케이스 멘탈아웃.

(정말이지, 그때 확실하게 부쉈을 텐데, 다시 조사해보니 스페어 부품 한 세트가 제대로 갖추어져 있었으니 방심할 수 없다니까, 이 도시는!!)

빨간 펜으로 오답을 잘라내는 듯한, 기세 넘치는 V자를 그리며 여왕벌 모양의 군용 무기가 공중에서 춤춘다.

상대 속도 때문인지, 단숨에 눈이 옆에서 때리듯이 흩날리는 것 같은 기분이 들었다.

미코토는 당황한 듯이 외친다.

"안나가 어디에 있는지 아는 거야?! 상대는 내비로 추천 루트를 걷고 있으니까, 여기에서 막지 못하면 병원으로 일직선이야. 여기에서는 걸어서 30분도 안 걸려!!"

"그런 기계적인 도시형 검색은 미사카 씨한테 맡기겠어요오. 방범 카메라든 스마트폰이든 가로채서 놈이 있는 곳을 알아내세요오!!"

기세에 맡기고 그냥 움직였을 뿐인가. 무슨 일에든 차갑고 합리적인 주제에, 이런 점은 어딘가의 누군가를 닮은 듯하다. 미코토는 휴대전화를 꺼냈지만, 혀를 찼다. 안나는 그렇게 쉽게 발견되지 않는다. 다만,

"…부자연스럽게 영상의 프레임을 겹쳐서 사람 그림자가 지워진 구획이 있어?"

"그게 어디예요오?"

"이대로 동쪽으로 곧장. 결국 미행 따위 신경 쓰지 않고 내비대로, 그 병원까지 최단 코스로 일직선인가!!"

더욱 가속을 붙여 난다.

미리 거리를 알아두지 않았다면 이대로 추월해버렸을지도 모른다.

미코토는 오락실 코인을 꺼낸다.

이제 제7학구다.

안나가 설정한 목적지가 소녀들이 짐작한 대로라면, 잠시의 유예도 없다.

"자세와 속도는 그대로! 공폭 간다!!"

덜컹.

거기에서 갑자기 거대한 벌이 속도를 잃었다. 상대 속도에 지탱되던 옆으로 후려치는 듯한 맹렬한 눈보라 또한 모습을 바꾼다. 꼭

두각시 인형의 실을 가위로 자른 듯한, 똑바른 낙하다. 매달려 있는 미코토가 눈을 부릅뜨며,

"뭐야, 고장?!"

"아니, 아니에요오, 이건…."

기계적인 얇은 날개는 이러고 있는 지금도 잔상을 그릴 기세로 고속 진동을 계속하고 있다. 비행 기관에 상처는 없고 출력도 최적. 그럼에도, 실제로 최신예 군용 무기가 균형을 잃고 지면으로 향하고 있다.

쳐다보니, 땅바닥에서는 안나 슈프렝겔이 희미하게 웃고 있었다.

웃으면서 작은 손바닥을 상공으로 내밀고 있었다.

그것만으로,

"대기나 기압 자체를 움켜쥐었다?!"

가령 비행기나 헬리콥터는 어디나 자유롭게 날 수 있는 것은 아니다. 한계 속도라는 것이 존재한다. 이것은 공기를 찢으며 나는 기계는 일정 이하까지 공기가 옅어지면 그 힘을 발휘할 수 없기 때문이다.

고오 하는 둔한 소리가 뒤늦게 울렸다.

국소적인 회오리바람이 학원도시 상공을 덮치고, 전구 장식 간판이나 크리스마스트리를 쥐어뜯어 우주 엘리베이터처럼 날려 올린다. 삼켜진 파이브오버는 비행 환경 자체를 잃고 그저 떨어질 수밖에 없었다.

"아악!!"

추락.

쌓이기 시작한 하얀 눈 덩어리가 뜯겨 날아오른다.

파이브오버급의 초무기를 두 개나 투입해놓고, 안나에게 대미지 다운 대미지는 없다. 서커스 텐트 같은 두꺼운 비닐로 만든 거대한 가설 창고—아마 크리스마스 세일을 위해 준비한 택배 드론의 집하 기지일 것이다—를 몇 개 사이에 두고 있기는 하지만, 직선거리로 말하면 200미터도 되지 않는다.

"…뭐, 이렇게 되는 게 당연한가."

지면에서 몸을 일으키면서 미코토는 멍하니 중얼거렸다.

언제까지나 결판을 내는 것을 뒤로 미루고 싶어 하는 로봇 애니메이션에서는 중요 인물이 작은 일에 금방 후퇴해 재기를 꾀하지만, 본래 적의 추적을 따돌리고 싸움터에서 도망칠 수 있는 것은 질적으로나 양적으로나 모두 이기고 있는 쪽뿐이다. 부족한 쪽이 섣불리 등을 보여도 보시다시피, 그저 명중당할 뿐이다.

안나 슈프렝겔은 이쪽으로 올까.

아니면 처치하지 못한 사냥감을 무시하고 묵묵히 병원으로 걸음을 옮길까.

가만히 숨을 내쉬고 미사카 미코토는 말을 걸었다.

"쇼쿠호, 이봐, 군살. 체중 덩어리."

"왜요오, 맛이라곤 제로인 닭갈비 보디."

"난 지금부터 다시 한번 안나에게 덤빌 거야. 그러니까 넌 그동안에 이곳을 떠나. 병원으로 돌아가줘."

"…그건 보통은 반대 아니에요오? 나를 곧 앞에 둬도 할 수 있는 일은 아무것도 없어요오. '멘탈아웃(심리 장악)'은 안나한테 통하지 않는다는 건 잘 알고 있고오."

"그렇겠지. 그러니까 그대로 그 바보를 데리고 나가. 전화로 말하면 그 바보는 오히려 이쪽으로 올 것 같고. 여기는 이미 제7학구 안, 그 병원까지 걸어가도 20분 정도밖에 안 걸려."

미코토는 빠른 말투로 재촉한다.

그녀 자신도 자신의 입으로 제안하는 이 결단에 납득 자체는 하지 않았을 것이다.

"직접적인 싸움은 어떨지 몰라도, 권력이나 음모나 뭐가 뭔지 알 수 없는 세계라면 네가 더 잘 알잖아. 뭐든 좋으니까 어쨌든 안나의 손이 닿지 않는 곳까지 그 녀석을 데려가서 숨겨. 백신인지 특효약인지는 내가 반드시 빼앗을게. 반드시. 그러니까 넌 어쨌든 그 바보를 피난시켜. 뭣하면 학원도시 바깥까지 데리고 나가도 상관없으니까."

"당신은 괜찮아요, 미사카 씨?"

"괜찮을 리 없잖아."

내뱉는 듯한 즉답이었다.

그러고 나서 덧붙이듯이,

"…그래도 그 녀석은 분명 슬퍼할 거야. 자기 때문에 평화로운 병원이 엉망진창이 되고, 의사 선생님이나 환자나 많은 사람들이 눈앞에서 상처를 입는다면. 그러니까 그렇게 되기 전에 빨리."

이것은 이기기 위한 싸움이 아니다.

진다 해도 최소한 뒤끝을 좋게 한다. 이미 최선의 위치가 거기까지 내려갔다.

인정하자.

안나 슈프렝겔은 시대를 바꿀 정도의 괴물이다.

"미사카 씨이."

쇼쿠호 미사키는 가만히 숨을 내쉬고,

"당신에 대해서는, 일주일 정도는 잊지 않을게요오."

"어머나, 7일은 의외로 길다? 그만큼 있으면, 세계 따위 멸망했을지도."

주먹과 주먹을 가볍게 마주하고, 그리고 두 아가씨는 동시에 움직였다.

미사카 미코토는 허리를 낮게 낮춘 채 빌딩 벽으로, 쇼쿠호 미사키는 여왕벌 모양의 전투 기계에 지시를 내려 자기 자신을 껴안게 한다.

그러나 그녀들은 한 가지를 잊고 있었다.

변칙적인 실속으로 불시착했기 때문에 장소를 자세히 파악할 여유가 없었던 것도 어쩔 수 없다. 그만한 상황에서 슈퍼나 할인 매장에 얼굴을 내밀고 아직 크리스마스인데 벌써 새해에 먹을 국수나 정월용 떡 찧기 기계를 사기 위해 달리고 있는 소년과 소녀를 실수로 밟아 뭉개지 않은 것만으로도 충분히 칭찬할 만하다.

즉… 이다.

우연히 안나의 현재 위치에서 병원까지의 최단 거리, 하나의 라인 위에 떨어져 있었을 경우, 무슨 일이 일어날까.

쿠방???!!!

사이에 있던 가설 창고를 한꺼번에 관통하며, 무언가 처절한 빛 덩어리가 덮쳐왔다.

무심코… 였다.

2~3미터 정도의 금속으로 된 구체에서 꺼낸, 세계에서 가장 오래된 어쩌고만으로도 위협이었지만, 그 후 미사카 일행은 또 다른 공격을 받았다. 저 '빛'에 대해서는 전혀 생각하지 못했다. 이능과 이능의 부딪침에서 이해 불가능한 공백을 그냥 두다니 자살 행위에도 정도가 있다.

무슨 일이 일어났는지 일일이 분석하고 있을 정도의 여유조차 없다. 마술사에게 압도되는 관객처럼, 같은 공간에 있어도 사물의 본질을 볼 수가 없다.

이미.

자신의 시야를 유지하는 것조차 어려웠다.

그때, 쇼쿠호 미사키가 생존할 수 있었던 것은 여왕벌 모양의 파이브오버가 그녀의 제어를 떠나 오토메이션으로 유저(주인)를 감쌌기 때문일 것이다. 스스로 찌그러지고, 뭉개지고, 충격을 죽이면서도 뒤로 미끄러진다. 하마터면 두꺼운 방패가 인간을 뭉갤 뻔했다. 엉덩방아를 찧고 뒷걸음질 치는 여왕의 뺨에, 뜯겨 나간 금속 조각이 스쳐 지나간다. 칼에 베인 것 같은 상처가 생긴다.

여왕벌의 실루엣이 망가졌다.

비행은 고사하고, 최소한의 보행조차 의심스러운 상황이다.

그러나 쇼쿠호에게는 신경 쓸 여유도 없었다. 더 곤란한 상황이 되었다. 우선 이곳이 뭉개져버리면 '지고 있는 쪽의 전쟁'조차 작전이 완전히 불가능해진다… 는 가장 굵은 기둥. 그것이 뚝 부러진 것을 보고 말았다.

가까이에 병원이 있기 때문인지, 요란한 사이렌을 울리는 구급차가 길가에 쓰러진 '장애물'을 구불구불하게 나아가면서 허둥지둥 피한다.

즉,

"미… 사카… 씨이?"

뭉개진 금속 안쪽에서, 주저앉은 채 쇼쿠호가 중얼거린다.

대답은 없다.

차에 치인 고양이 같았다. 옆으로 쓰러진 소녀의 그림자는 고개를 이쪽으로 향하지조차 않는다. 그저 12월의 차가운 바람을 맞으며 밤색 쇼트헤어가 힘없이 흔들리고 있을 뿐이었다. 사락사락, 그 위로 하얀 눈이 떨어진다. 평등하게, 냉혹하게.

이러고 있는 지금도 작은 발소리는 들리고 있다.

놈이 온다.

"미사카 씨이!!"

목소리는 없다.

백신이니 특효약이니 방호 수단을 반드시 빼앗겠다고 말했던 소녀는 쓰러지고, 여기에서 길이 끊긴다.

기분 나쁜 사이렌만이 쇼쿠호의 심장을 움켜쥔다.

4

"흠, 흠, 흠흠…."

병원 복도에 작은 콧노래가 있었다.

잔물결 같은 기분 나쁜 진동은 여기까지 전해지는데도.

깁스로 한 팔을 매달고, 오른쪽 눈에는 의료용의 네모난 안대. 투명한 링거 병을 매단 금속 스탠드를 끌고 가는 자그마한 소녀다.

입원 환자인지, 파자마 차림의 단발 소녀가 슬리퍼를 신은 채 타박 타박 걷고 있다. 소녀의 얼굴이 모퉁이에서 다른 남자와 부딪친다.

푹.

카미조 토우마의 가슴팍에 이마를 갖다 댄 채, 마이도노 호시미라는 이름의 소녀는 조용히 중얼거렸다.

"(…하나 드리죠. 뭘 하려는 건지는 모르겠지만, 비상구 문을 그냥 여는 것만으로는 너스 스테이션에 경보가 갈 뿐이에요. 안전하게 탈주하고 싶다면 프로의 손을 빌리는 게 제일이라고 생각하는데요.)"

"……."

12월 24일, 크리스마스이브의 격전에서는 서로 부상을 입었지만, 그렇다 해도 마이도노는 자신의 상처를 마구 쌓아 올리고 있다. 여자를 진심으로 때린 순간부터 길티는 길티겠지만, 적어도 팔을 부러뜨리거나 한쪽 눈을 뭉갰다고는 생각하지 않는다.

TPO를 읽어낸 후, 항상 가장 눈에 띄는 모습을 함으로써 누구의 머리에도 맨얼굴이 남지 않도록 목격자의 머릿속을 조작하는, 지극히 화려한 색채의 위장. '얼핏 보아 입원 환자라는 것을 알 수 있는' 이외의 세부를 전부 뭉갠 '어두운 부분'의 처리사.

마이도노 호시미.

애초에 본명마저 알 수 없는 소녀는, 범죄 용의자로서 창에 쇠창살이 달린 병실에 갇혀 있었을 것이다. 그녀가 자유롭게 복도를 걷고 있는 것 자체가 이미 비상사태라고 부를 수 있다.

"(당신한테는 빚이 있어.)"

조용히 단발 소녀는 속삭였다.

“(재판이 시작되기 전에 갚아두는 것도 나쁘지는 않다는 생각이 들어서요. 어차피 여죄는 잔뜩 있는 상태니까, 이제 와서 죄가 한두 개 늘어난다고 해서 신경 쓸 필요는 없어요. 뭔가 할 일이 있는 거겠죠. 탈주, 도와드릴게요.)”

고맙다… 고 카미조는 생각한다.

차례차례 급한 환자가 실려 오고 있어서, 병원은 극심한 혼란에 빠져 있다. 그래도 이렇게까지 명백하게 너덜너덜한 환자를 보면 의사도, 간호사도 당황해서 불러 세울 것이다. 바깥으로 나가려고 하면 꼼짝달싹 못 하게 붙들어서라도 병실로 돌려보낼 것이다. 정면에서 빠져나가는 것은 어려우니 비상구를 이용할 수밖에 없지만, 마이도노의 이야기로는 그쪽 루트도 리스크가 따르는 모양이다.

그러나.

카미조 토우마는 파자마 소녀의 작은 어깨에 가만히 양손을 올려놓았다.

그대로 천천히 떼어낸다.

“괜찮아.”

“…의미를 모르겠는데요.”

“이제 그만둘 거잖아, ‘어두운 부분’ 관련은.”

시선의 높이를 맞추며 삐죽삐죽 머리 소년은 말한다.

“다이어트랑 마찬가지야. 이런 건 그만두겠다고 결심했으면 쓰지 않는 습관을 들여야 해. 지금은 어쩔 수 없다, 오늘만 예외, 그렇게 자기 룰로 스위치를 바꿔가면서 왔다 갔다 하면, 아무도 믿어주지 않게 된다고. 내일부터, 다음 주부터라고 하면서 계속 살인을 멈추지 못하는 살인마나 마찬가지잖아.”

"……."

"알겠어? 이건 네 인생이야."

원인 불명의 출혈은 지금도 이어지고 있다.

방심하면 핏덩어리라도 토할 것 같다.

그래도.

카미조 토우마는 내밀어진 손을 잡지 않았다.

"네 힘은 너만을 위해서 써. 누군가의 사정으로 자신의 손을 더럽히는 건 질색이라고, 그렇게 생각했지? 젓가락 잡는 법 같은 거 모른다. 그래도 평범한 생활은 할 수 있다고 믿고, 다시 한번 앞으로 나아갈 각오를 다진 거잖아. 그렇다면, 안 돼. '어두운 부분'으로 도망치지 마, 마이도노. 성실하게 산다는 건 그야말로 괴로운 일이야. 세상에는 부조리하고 견딜 수 없는 일이 아주 많아. 치트키를 알고 있다면 써버리는 편이 훨씬 편해. 하지만 그렇게 하지 않겠다고 결심한 거잖아? 자신의 의지로. 그렇다면 그대로 살아. 자신을 제일 우선시하고 모두가 인정하는 룰 속에서 힘껏 노력하는 게, 네 인생이야."

마이도노의 얼굴이 잔뜩 일그러졌다.

넓은 유원지에서 어머니가 잡고 있던 손을 놓아버린 어린아이처럼.

"처음으로."

시간이 있었다.

마이도노는 그동안, 호흡을 멈추고 있는 것 같았다.

"…처음으로, 모시는 게 재미있을 것 같은 사람을 만날 수 있었는데. 감옥에 들어가기 전에 한 번 정도는 더 날뛰어도 좋다고."

"말했잖아. 세상에는 부조리하고 견딜 수 없는 일 따위 아주 많아. '그러니까'로 뭐든지 허용되는 게 아니야. 여기에서 공부하고 가, 참는 방법을."

카미조는 웃으며 소녀의 눈물을 엄지로 닦았다.

이 아이는 이제 괜찮을 거라고 생각했다.

그리고 이러고 있는 지금도 안나 슈프렝겔이 똑바로 카미조를 노린다면, 이 병원은 더 이상 끌어들일 수 없다.

마이도노에게는 마이도노의 인생이 있는 것처럼 카미조에게도 카미조의 삶이 있다.

왜 가지고 있는 건지도 기억나지 않는 호루라기를 움켜쥐고.

소년은 확실하게 말했다.

비상구 문을 어깨로 밀어 열면서,

"다녀올게."

5

폭음이 있었다.

비상구와 연동되어 있는 화재경보기가 일제히 울려 퍼진 것이다. 카미조 토우마는 거의 굴러떨어지듯이 계단을 뛰어 내려간다. 일단 아직 실내지만, 역시 난방은 약하다. 기분 나쁜 냉기는, 눈에 보이지 않는 죽음의 기척이 자신의 심장을 향해 숨어드는 것 같았다.

여기서부터는 발견되는 대로 구속된다.

그것은 선의에서 오는 행동일지도 모르지만, 병원에 머물러 있으면 안나 슈프렝겔을 불러들일 뿐이다. 그렇게 되면 R&C 오컬틱스 때문에 빈사의 상태로 실려 들어온 급한 환자들은 모처럼 건진 생명을 다시 안나에게 짓밟히게 된다.

그것만은 반드시 피한다.

그러나 통각마저 부족한 몸에, 주위에는 감각을 어그러뜨리는 벨의 폭음, 게다가 몇 번이나 몇 번이나 되풀이되는, 내려가는 보람이 없는 계단이다. 그러다가 둥실둥실 구름을 밟는 것 같은 착각이 카미조의 온몸을 감싸왔다. 빛이 흐려지고 소리가 늘어진다. 지금 여기가 몇 층인지도 알 수 없게 되었다.

그때였다.

목소리가 났다.

『힘들어 보이네요.』

방금 전까지 아무도 없었다.

그것만은 단언할 수 있을… 터였는데.

낭랑한 소프라노 목소리였다. 새된 아이의 목소리는, 그 때문에 남자인지 여자인지 알기 어렵다. 어쩌면 그렇게 가공이라도 한 것일까. 당연한 일이지만 카미조에게는 짐작 가는 데가 없었다. 새삼 얼굴을 들어도, 계단 층계참의 벽에 등을 기대고 있는 누군가는 보이지 않는다. 그저 흐릿한 윤곽이 있을 뿐이다.

정신이 들고 보니 그렇게 요란했던 소리가 사라지고 없었다.

화재경보기도, 바깥에서 울리는 기분 나쁜 진동도.

동작이 멈춘 것일까, 오감이 날아간 것일까. 그것조차도 카미조는 알 수 없다. 여기에는 귀가 아파질 것 같은 정적밖에 없다.

적어도, 상대에게 카미조 토우마를 붙잡을 생각은 없는 모양이다.

그 옆을 빠져나가 계단을 내려가자, 같은 그림자가 또 기다리고 있었다.

이것은 현실이 아닐지도 모른다.

층수를 나타내는 표시는 눈에 보인다. 분명히 시야에 들어오고 있을 텐데, 숫자의 의미가 머릿속에 퍼져주지 않는다.

『마이도노 호시미를 끌어들일 수는 없다. 확실히 납득은 가지만, 지금 이대로는 당신은 살 수 없다는 사실이 뒤집히는 건 아니잖아요.』

카미조 토우마는 자신의 머리 옆에 오른손을 댔다.

그림자는 쿡쿡 웃고 있는 것 같았다.

『생제르맹은 아니에요.』

카미조는 다시 한번 계단을 내려간다.

역시 그림자는 기다리고 있다. 이 계단은 영원히 이어지고 있고, 그(?)의 허가를 얻지 않으면 나선의 감옥에서 도망칠 수는 없는 게 아닐까. 그런 불안마저 밀려오는 상황이다.

간신히 걸음을 멈추고 카미조는 질문했다.

"…당신은…?"

『실례, 맨얼굴은 아무런 증명도 되지 않았군요. 이름 정도는 들은 적이 있을지도 모르지만, 그런 전제는 좋지 않아요. 다시 자기소개를 해둘까요.』

정면에서 보아도 빛이 흔들린다.

핀트가 어긋난 비디오카메라처럼, 윤곽마저 확실하지 않다.

다만, 상대의 존재를 인정하자 더욱 화려한 색채로 이세계가 넓어지는 것을 알 수 있다. 환자를 불쾌하게 만들지 않도록 차분한 색채로 정돈되어 있었을 벽이나 바닥이 번쩍번쩍 알록달록하게 점멸하고, 규칙적인 계단이 웃는 입술처럼 직선을 잃고 파도친다. 발치에 빈틈은 없다. 있을 리가 없다. 일그러져 보이는 것은 그저 착각이다. 하지만 발을 잘못 디뎌 칠흑의 틈새에 빠지면, 그대로 현세에서 사라져버릴 것만 같았다.

몽상이 멈추지 않는다.

폭주하고 있는 것은 오감이 아니라 사고(思考) 쪽일까?

『아이하나 에츠, 학원도시 제6위라고 불리는 초능력자예요.』

"……."

심장이… 꽉 조인다.

본인일까, 아니면 그 외의 누군가일까.

"뭘 하러 왔지?"

『평소와 같은 일을. 나한테는요.』

왠지 모르게, 그 한마디만으로 질(質)이 증명된 기분이 들었다.

제1위의 액셀러레이터(일방통행), 제3위의 미사카 미코토. 소위 레벨 5(초능력자)라고 불리는 사람들은 혼자서 하나의 세계를 가지고 있다. 감각적인 이야기일지도 모르지만, 카미조는 그렇게 생각한다. 그들의 격돌은 액션 영화와 서스펜스 영화를 부딪쳐 서로 다투는 듯한, 그런 압력이 느껴진다.

『자, 바라는 능력은? 나라면 쓸 수 있게는 할 수 있어요. 만든다고는 부를 수 없다는 점에서 자랑은 안 되지만요.』

마음을 강하게 먹지 않으면 삼켜진다.

전쟁 영화나 서스펜스 영화가 사람의 목숨마저 휴지 조각처럼 소

비하는 것과 마찬가지로, 세계에 삼켜지면 의문조차 가질 수 없게 된다.

아이하나 에츠 쪽은 쓴웃음을 짓고 있는 것 같았다.

이목구비가 보이는 것은 아니다. 그래도 기척으로 왠지 모르게 알 수 있다.

『별로 대단한 일을 할 수 있는 건 아니에요. 능력의 성질상, 나는 혼자서 정의를 이룰 수 있는 건 아니에요. 그래서 누구 편을 들면 선인이 이길 수 있는지를 항상 생각하죠. 아이하나 에츠라는 이름을 여기저기에서 빌려주고 있는 것도 그 일환이고요.』

“무, 슨?”

『당신은 선인이 아니야.』

확실하게 단언하는 말이었다.

『그래서 지금까지는 접촉을 삼가고 있었지만, 이 자리에서의 최선은 당신의 등을 떠미는 일인 것 같았으니까요. R&C 오컬틱스. 과학 안에서 태어난 돌연변이는, 신속하게 학원도시를 중심으로 한 하나의 세계를 먹어 치울 거예요. 대항하려면 카미조 토우마에게 주력하는 것 말고는 방법이 없을 것 같더군요. 내가 갖고 있는 힘으로.』

학원도시, 제6위.

이 도시가 인정한 진짜 레벨 5(초능력자). 그 힘이 있으면.

『자, 원하는 자신의 이미지를 떠올려주세요. 종횡무진으로 활약하는 이상적인 모습을.』

덧칠하는 자의 목소리가 구웅 하고 울렸다.

어떤 의미에서 시대가 요구하는 힘이기는 할지도 모른다. 예를 들어 시간 단축과 가성비가 무엇보다도 우선시되는 지금 이 시대에, 담력 시험이나 폐허 탐험은 자신의 다리를 사용해 숨어들 필요 따위 없다. 동영상 사이트의 구독 서비스라도 이용하면 업로더의 모험을 안전하게 후체험하는 일은 누구나 가능하다. 누군가 한 사람이 카메라를 한 손에 들고 사지로 돌격하면, 그 후에는 수백만 명이나 되는 사람들이 완전히 똑같은 스릴이나 카타르시스를 안전하게 공유할 수 있는 시대인 것이다. 그런 것이 요구되고 있다.

노력 따위 필요 없다.

리스크 따위 옆에 놔둬.

가장 짧고 빠르게 결과만을 제공해주는 서비스가 있다면.

『그건 그대로 실행됩니다. 자, 아이하나 에츠를 빌려드리죠.』

"……."

『가령.』

슥.

눈앞에 있는데도 얼굴도 보이지 않는 누군가는 그 검지로 가리켰다.

카미조 토우마의 가슴 한가운데를.

『그 호루라기에 어떤 의미가 있는지 알고 싶지는 않나요? 잃어버린 기억을 원래대로 되돌리는 데에 흥미는? 가능해요, 이 도시에 그걸 위한 조건만 갖추어져 있다면.』

웃고 있다.

제6위가 웃고 있는 것만은 알 수 있다.

『본래 나는 이런 힌트 따위는 주지 않지만요. 이쪽에서 권하면 상상의 폭을 좁혀버리니까요. 다만, 뭐, 일전의 렌사보다는 편리한 힘이라고 약속드립니다. 이것뿐만 아니라, 당신은 부족을 느끼고 있을 거예요. 그 오른손 하나로는 사태를 따라잡을 수 없다, 슬슬 그걸 알게 되었을 테죠. 역부족인 채로 돌진하면 자신은 죽는다는 걸.』

누구나 인스턴트로 주인공이 될 수 있다. 거기에 귀찮은 수행도, 레벨업도 필요 없다.

카미조 토우마는 숨을 멈추고, 그리고 고개를 가로저었다.

"거절하겠어."

『왜요?』

"여기는 당신이 나설 무대가 아니야."

『애초에 이건 내 결정이에요. 당신에게 거절할 자격이 있기라도 할까 봐?』

그 말투에, 카미조는 저도 모르게 쓴웃음을 지을 뻔했다.

역시 선택된 레벨 5(초능력자). 이런 부분에서, 옳은 일에 대해서는 철저하게 오만하다. 제3위가 자신의 클론을 지키기 위해 수많은 연구소를 쳐부숴온 것처럼, 제1위가 '어두운 부분'의 일소를 혼자서 결정해버린 것처럼.

"있잖아."

『뭐죠?』

"…당신은 타인의 손으로 궁지에 몰려 있던 마이도노 호시미가 아니야. 자신의 인생을 한껏 즐기고 있는 것 같아, 그러니까 일일이 내 사정에 끌어들이는 걸 걱정하는 건 착각일지도 몰라."

길을 잃은 소녀에게는 보여주지 않는 얼굴로 카미조는 말했다.

내뱉듯이… 다.

"하지만 슬슬 짜증 난다고. 어차피 너 따위가 해결할 수는 없겠지… 라고 시작하기 전부터 빼앗으려고 하는 그 자세. 당사자를 제쳐두고 상자 정원을 들여다보며 한숨을 쉬는, 깔보는 시선의 덩어리. …나쁜 쪽의 레벨 5(초능력자) 그 자체라는 느낌이군, 당신. 본인이 선의로 보내주고 있다고 생각하는 게 더욱 처리하기 곤란해."

『…….』

"이건 우리들의 사건이야. 제3자인 당신을 즐겁게 해주기 위해서 싸우고 있는 게 아니야."

역설이었다.

마이도노 호시미에게 이야기한 것과 같은 내용이라도, 보고 있는 방향이 완전히 반대.

누군가의 사정으로 인생에 힘이 쏟아부어지는 것을 알면, 우선 이렇게 화내야 할 거라는 본보기. 이런 생각이 있기 때문에 카미조 토우마는 마이도노의 협력을 거절할 수 있었다. 사용하면 사용할수록 편리하다는 것을 잘 알고 있는데도 굳이 손을 끊은 것은 이런 생각이 있었기 때문이다.

"거기에 카메라를 달고 참견하고, 동영상 사이트에서 압축된 편집본만 보고… 그런 걸로 자신의 인생이 대성공한 것처럼 보이게 하려는 게 아니야, 구경꾼. 아이하나 에츠를 빌려준다고? 웃기지 마. 세상을 바꾸고 싶으면 스스로 움직여. 능력의 궁합 같은 게 아니야. 레벨 0(무능력자)이든 능력 없는 선생이든, 모두 그렇게 해서 눈앞의 부조리와 싸우고 있어. 상처 입은 것을 두려워하지 않는 인간만이 세계를 바꿀 수 있어. 하지만 당신은 그렇지 않아."

카미조는 비틀거리고 있었다.

'살짝 손으로 밀면' 정도가 아니라 바깥에서 지탱해주지 않으면 서 있는 것조차 이상한 상황이었다. 그 이전에, 설령 만전의 상태라 해도 학원도시에서 일곱 명밖에 없는 레벨 5(초능력자)에게 정면에서 반항하는 것은 자살 행위로밖에 보이지 않을 것이다.

하지만 말했다.

카미조 토우마는 확실하게 선언했다. 오른쪽 주먹을 정면으로 내밀며.

"…여기까지 말해도 아직 모르겠으면, 당신은 이미 그냥 벽이야. 뚫고라도 앞으로 나아가야겠어, 아이하나 에츠."

『죽을 거예요.』

알고 있어, 카미조 토우마의 입술은 움직였다.

왠지, 여기만은 제6위의 음색이 약간 달라졌다.

마치 몇 번이나 보아온 실패의 역사를 떠올리듯이.

『이대로 나아가면 당신은 죽어요, 확실하게. 당신은 싸움터에 나가도, 이 자리에 멈춰 서서 웅크려도, 어느 쪽이든 버티지 못해. 이건 뭘 골라도 마지막에는 흑막이 웃도록, 미리 설정된 파멸의 상황이니까요.』

"그게 뭐…."

죽는 것은 무섭다. 어떻게 할 수도 없이.

다른 사람들 앞에서는 들키지 않도록 계속 웃고, 누구에게도 상의하지 못하고, 혼자서 의사에게 토로한 말은 거짓이 아니다. 무섭다고 말한 것은 카미조 본인이다.

하지만.

그것과 이것과는 이야기가 다르다.

『나는 지금, 본래 같으면 절대로 하지 않을 선택지를 골라서 찾아왔어요. 분명히 말하죠, 나는 당신 같은 어중간한 위선자한테 관여해서는 안 되는 인물이에요. 그래도 이렇게 여기에 있는 건, 자신을 굽혀서라도 움직여야 한다고 결단할 만한 근거가 있기 때문입니다. 그럼에도 당신은 평소의 자신을 관철하려고 하고 있어요. 입으로는 성선설을 말하면서 주먹의 폭력을 버리지 못하는, 모순의 극치인 당신의 길을. 그건 화산 분화로 용암이 산기슭의 마을에 밀어닥치는 가운데, 피난도 하지 않고 시계만 보면서 시간대로 통학로를 걷고 있는 거나 마찬가지예요. 그래서 당신은 죽을 겁니다. 같은 짓을 되풀이하기만 해서는.』

"내 인생을 빼앗고 싶으면 스스로 주먹을 쥐어, 아이하나 에츠. 안전지대에서 하는 그럴듯한 말 따위 누구의 귀에도 닿지 않아."

칫 하는 작게 혀 차는 소리가 났다.

양쪽 다 '납득'할 방법은 없다는 것을 제6위 쪽도 깨달았기 때문일까. 지금까지의 성별 불명의 소프라노 보이스에서, 무섭도록 낮은 무언가로 음색이 단숨에 떨어졌다.

그(?)는 주먹을 쥔 것이다.

말했다.

"…말귀를 못 알아듣는군. 그렇게 불행을 추구하고 싶다면, 일찍 죽도록 해."

쿵!!!!!!

둔한 소리와 함께 어느 쪽인가가 무너지고, 다른 한쪽이 계단을 천천히 내려갔다. 이제 무한하게 이어지는 나선은 어디에도 없다. 계단 수를 세면서 내려가자, 놀랄 정도로 간단히 지상까지 다다랐다.

가만히 숨을 내쉰다.

그리고 승자는 혼자서 중얼거렸다.

"하면 할 수 있잖아, 아이하나 에츠."

여기에서 지면, 이제 카미조 토우마를 막을 사람은 없어진다.

그것을 알면서도, 그래도 '납득'을 얻기 위해 익숙하지 않은 주먹을 쥔 누군가가 있었다.

즉 이것은 그런 의식.

자신이 질 것을 알면서도 싸움으로써, 카미조를 앞으로 나아가게 하기 위한 의식이다. 안전지대의 엘리트가 자신의 방식에서 한 발짝 옆으로 벗어나서라도. 제6위의 레벨 5(초능력)는, 본인이 직접 싸우는 데에는 맞지 않는다고 처음부터 말한 것은 아이하나 자신이다.

웃을 수밖에 없었다.

누군가의 방식을 부정하고, 누군가의 걱정을 짓밟고서라도 카미조 토우마는 바깥으로 나갔다.

찢을 듯한 냉기. 앞길을 가로막는 하얀 눈의 커튼. 전문적인 지식을 가진 프로 의사들이 고개를 저으며 서포트할 수 없다고 선언하는 바깥의 필드. 그래도 여기에는 스스로 선택한 자유가 있다.

이것은 자신의 인생이다.

이렇게 되면 이기는 것 이외의 선택지는 어디에도 없다.

6

쇼쿠호 미사키는 그늘에서 얼굴을 찌푸리고 있었다.

신음하며 벌꿀색의 긴 머리카락을 흔든다. 그녀는 엉덩방아를 찧은 콘크리트의 벽에 등을 기대고 있었다. 추위로 맨살이 들러붙을지도 모르는, 그런 어린아이라도 알 수 있는 리스크조차 머리에 들어오지 않는다.

미사카 미코토, 완전 이탈.

이걸로 이제 직접 전력은 없다. 막혔다는 것을 깨달았는데 다시 시작할 수가 없다.

쇼쿠호는 자신이 기대어 있는 벽에 등을 붙인 채 위를 올려다본다. 아무래도 백화점 같다. 쇼쿠호가 이용하는 고급 백화점이 아니라, 조금 큼직한 지하철역과 연결되어 있는 역 건물 같다. 세로로 뻗은 마트… 라고 하는 쪽이 가까울지도 모른다.

벽은 또 하나 있다.

쇼쿠호는 반쯤 고철이 된 초무기의 그늘에 바싹 기대었다.

파이브오버 · 모델 케이스 멘탈아웃. 옆으로 쓰러진 여왕벌 모양의 기재 뒤에서, 쇼쿠호 미사키는 자신의 숨을 죽이고 생각에 몰입한다. 소리도, 열도, 하얀 색채도 지금은 전부 무섭다. 어쨌거나 안 나는 이론을 알 수가 없는 것이다. 예를 들어 저놈은 이산화탄소를 감지하지 못한다고 누가 말할 수 있을까?

(앞으로, 5분….)

작전 따위 없었다.

여기에서도 병원 지붕은 보인다. 삐죽삐죽 머리에 치료 중인 클론 소녀들. 그 외에도 많은 환자와 직원들. 저기에 괴물이 쳐들어가 모든 것을 엉망진창으로 만드는 선택지만은 없다.

특효약이나 백신을 움켜쥔다 해도, 안전하게.

이 안전에는 쇼쿠호나 카미조 외에 상관없는 사람들도 포함된다. 솔직하게 말하면 토키와다이의 여왕은 그렇게까지 박애라고는 생각하지 않지만, 오늘만은 소년의 룰에 따른다. 이것이 대전제다.

(걸어도 병원까지 5분 정도밖에 안 돼. 지금부터 그 사람을 데리고 나와도 최악의 경우 그 등을 안나에게 보여서 쫓겨 다닐지도. 눈에 남을 발자국도 무섭고오….)

거기에서.

우선 첫째로, 안나 슈프렝겔은 강하다. 어떻게 할 수도 없는 레벨로. 스스로 말하는 것은 분하지만, 제5위의 '멘탈아웃(심리 장악)'만으로 뚫고 나갈 수 있는 상대가 아니다. 이기는 것은 물론이고 도망치는 것조차.

이것은 절대적인 조건이다.

아무리 기도해도 쇼쿠호 쪽에서 이것을 바꿀 수는 없다.

거기에서… 다.

잘 알고 있었다. 다시 시작하려면 쇼쿠호 미사키 이외의 힘이 필요해진다.

제일 먼저 떠오르는 것은 그녀가 방패로 삼고 있는 이것이다.

(…오늘 처음 만졌는데도 엄청 매끄럽게 따라주는 게 무섭죠오. 머릿속을 주무르는 서포트 기구라도 들어 있는 게 아닐까요, 이 슈트.)

쇼쿠호는 오른손의 리모컨과는 반대쪽 손으로, 보이지 않는 꼭두각시 인형에게 지시라도 내리듯이 다섯 손가락을 움직인다. 각각의 손가락은 이렇게 매끄럽게 독립적으로 움직였던가 하고 고개를 갸웃거릴 정도였다.

그러나 무기 본체는 이미 반쯤 고철.

지금부터 소녀를 안고 전속력으로 날아오를 수는 없다. 고작해야, 찌그러져서 원형을 잃은 덩어리를 질질 끌다시피 하며 달리는 정도가 다일 것이다. 어떻게 생각해도 안나에게 저격당할 것은 뻔하다.

(그렇게 되면….)

"……."

거친 숨을 토하면서 쇼쿠호는 손거울을 꺼내 그늘에서 상황을 살핀다.

미사카 미코토는 움직이지 않는다.

여전히 옆으로 쓰러진 채, 밤색 앞머리와 짧은 스커트가 차가운 바람을 맞는 것을 방치하고 있다. 이쪽에서는 얼굴도 보이지 않아서 의식이 있는지 어떤지도 확실하지 않다.

서로의 거리는 겨우 몇 미터.

하지만 이 경우, 어떠한 엄폐도 없는 몇 미터란 죽음의 영역 그 자체다.

발을 내디디면 죽는다.

1밀리고 1킬로고 없다. 한 발짝이라도 쓸데없이 삐져나가면 즉시 죽음의 커다란 아가리에 잡아먹혀 죽는, 그런 벼랑에 서 있다고 생각해야 한다.

저쪽은 이미 피안.

산 채로는 도달할 수 없다.

(에에잇, 한참 아래의 미사카 씨가 머리를 숙이고 이쪽 산하로 들어오세요. 그러면 나는 노 리스크인데! 미사카 씨의 의식이 있다면 저쪽이 '아름다운 여왕님께 모든 것을 바친다'는 인식력을 발휘함으로써 두터운 가드는 무시하고 조종할 수 있는데. 어중간하게 무의식 상태면 커맨드가 튕겨 나가잖아!)

작은 발소리가 났다.

그것이 구체적으로 무엇인지 확인하기 전에, 쇼쿠호는 허둥지둥 손거울을 집어넣는다.

당연한 일이지만 상대는 눈치챘을 것이다.

피안의 왕.

산 자를 보면 다짜고짜 자신의 어둠으로 끌어당기는 사신(死神).

즉 안나 슈프렝겔. 그녀가 그늘에 숨어 숨을 죽인 정도로 사냥감을 놓칠 거라고는 생각하지 않는다. 애초에 안나는 병원으로 향하는 자신을 방해하는 존재만을 철저하게 사냥해왔다. 불시에 미코토와 쇼쿠호가 공격당한 것은 레벨 5(초능력자)가 어떻다거나 하는 것과는 상관없다. 즉 '우연히' 안나와 병원을 연결하는 직선 코스에 올라타버렸을 뿐이다.

어디에 누가 서 있든, 안나는 온다.

"시간이, 없어어…."

이미 어째서 살아 있는 건지 그쪽이 더 이상할 정도의 상황이다. 상대의 흥미가 자신에게 없는 이상, 잠자코 떠나면 안나는 무시할 것이다. 그러나 '것이다' 정도로는 안심할 수 없다. 안나가 이쪽도 보지 않은 채, 변덕스럽게 도망치는 등에 작은 손바닥을 향하면 거기에서 디 엔드다.

뭔가 한 수가 필요하다.

한순간이라도 안나 슈프렝겔의 눈을 돌리게 하고, 그 틈에 달아난다. 그러기 위한 한 수가.

여기에서 반쯤 고철이 된 파이브오버를 돌진하게 하는 것은 어리석기 짝이 없는 일이다. 거의 방어에는 도움이 되지 않는다고 해도 스스로 방패를 버리는 것이 되고, 애초에 다리의 개수조차 부족한 지금의 여왕벌을 부딪치려고 해도 그 속도는 제한된다. 안나는 콧노래를 부르며 옆으로 한 발짝 피하는 것만으로도 피할 수 있고, 마음만 먹으면 일격에 날려 보낼 수 있다. …관통하면, 안에 있는 쇼쿠호째 뚫을 수 있다.

(그렇게 되면.)

쇼쿠호 미사키의 두 눈의 온도가 뚝 떨어진다.

눈보다도 차갑게.

토키와다이 중학교 최대 파벌의 여왕. 수많은 라이벌들을 걷어차 떨어뜨려온, 깨끗한 말로는 포장할 수 없는 권력의 세계를 지배하는 자의 얼굴이 나타난다.

이성은 냉혹하게 말하고 있었다.

(…미사카 씨를 사용하는 게 가장 쉽고 확실… 하기는 하죠오. 실제로.)

안나는 '그' 삐죽삐죽 머리의 고등학생이 아니면 흥미가 없다.

흥미는 없지만, 어느 정도는 경계하고 있을 것이다. 물리 바보인 제3위를. 실제로 몇 번인가 방어나 영격하는 자세를 보였고. 안나 본인에게 자각이 있는지는 제쳐두고, 어쨌든 전부 효과가 없는 제5

위보다는 의식을 차지하고 있을 것이다.

전기를 다루는 제3위에게는 정신을 다루는 제5위의 힘은 통하지 않는다.

통하지 않지만, 커맨드가 튕겨나가는 타이밍에 두통 같은 리액션을 취한다는 것은 알고 있었다.

그늘에 달라붙은 채, 쇼쿠호는 손안에서 리모컨을 빙글빙글 돌린다.

(전력으로 때려 박으면 의식이 없어도 몸 정도는 튀어오를 테지?)

망설임 없이 이 선택지를 테이블에 늘어놓을 수 있기 때문에, 여왕은 여왕인 것이다.

인간의 아이디어는 점과 점이 아니라 하나의 흐름이 있다. 실제로 고르기 전부터 금기나 양식으로 선택지를 좁혀버리면, 거기에서 인스피레이션이 끊기고 만다. 사람이 할 수 없는 일을 하는 인간은 대개 모두 머릿속이 엉망진창이다. 지금까지 몇 명이나 되는 몬스터(성공자)의 내용물을 들여다보아온 그녀는 그것을 잘 알고 있다. 누구보다도.

(…거기에서 안나가 땅바닥의 미사카 씨한테 시선을 돌린 타이밍에, 파이브오버와 함께 전력으로 도망친다. 방어력에는 기대하지 않아. 안나의 일격이 금속과 실리콘 덩어리를 꿰뚫는 순간에, 기내에서 공격을 조금이라도 기역자로 구부려서 유일한 회피 찬스로 연결한다. 이게 '최선'이려나아?)

생명이 없는 무인기라면, 스펙으로 져도 이렇게 사용할 수 있다.

생명을 가진 인간이라도, 윤리만 버리면 살아남기 위해 이용할 수 있다.

"……."

주저앉은 채 고철에 등을 기대고, 사람의 마음을 뿌리치는 듯한 하얀 하늘을 올려다본다.

토키와다이 중학교의 여왕은 천천히 심호흡했다.

수십 개의 선택지가 머릿속에서 난무했지만 이것 이상으로 생존율이 높은 것은 발견되지 않았다.

(…왠지, 진지하게 고집을 부리는 게 갑자기 바보 같아졌어어. 어떤 논리인지 아직 이해할 수 없지만, 적은 엄청 치트잖아.)

갑자기 힘이 빠졌다.

힘을 뺀 주제에, 몹시 몸이 무겁다.

(애초에 그렇게까지 미사카 씨의 편을 들면서 죄책감을 가질 이유는 뭐죠? 우리는 그렇게 사이가 좋았던가요? 같은 파벌의 아이인 것도 아니고, 까놓고 말해서 일일이 돌봐줄 의리력도 없죠오. 등을 웅크리고 도망치면 금방 병원이고오, 그 사람을 데리고 도망치면 우선 병원이 휘말릴 걱정은 없어지잖아요오…?)

백신이든 특효약이든, 방호 수단을 손에 넣지 못하면 도망쳐봐야 카미조 토우마의 목숨은 끝난다.

이쪽에 대해서는 승산은 상당히 낮다.

낮지만, 전혀 없다는 것은 아니다.

(망가지는 파이브오버를 움직일 수 있는 건, 아마 다음 한 번이 마지막.)

토키와다이 중학교의 여왕.

그 차가운 부분이 얼굴을 내민다.

(그렇다면, 쓰러진 미사카 씨는 구하지 말고 방치하고 일단 떠나야 해요. 사디스트인 안나 슈프렝겔이 안심하고 저항하지 않는 미사카 씨를 물어뜯었을 때, 옆에서 파이브오버로 들이받으면, 어쩌면….)

미사카 미코토를 무리해서 구하려고 해도, 아무도 살지 못한다.

확정으로 전멸이다.

하지만 그녀를 버리면 어느 정도는 구제할 수 있을지도 모른다.

"이럴 때…."

당연한 일이지만 쇼쿠호 미사키에게도 지켜야 할 일선은 있다.

예를 들어 그녀는 눈 덮인 겨울 산에서 조난한다 해도 절대로 합성물투성이의 햄버거는 입에 대지 않는다. 그와 마찬가지로 반드시 지켜야 하는 룰이 몇 개 가슴속에 새겨져 있다. 전제에도 반하는, 오늘은 그의 룰을 따르는 것이 아니었던가.

다만,

"…무엇을 어떻게 해도 반드시 그 사람의 기억에서 사라져버린다는 건, 짜증 나지만 이득이네요오. 설령 어떤 결과를 가져오든, 절대로 책망받거나 미움받지도 않는다는 거니까요오."

노면의 눈을 밟으며, 발소리가 다가온다.

의기양양한 데먼스트레이션도, 자비 깊은 최후통첩도 없다. 안나 슈프렝겔은 화물 열차다. 그저 다가와서 그대로 지나쳐갈 뿐. 제3위든 제5위든, 사이에 있는 것 따위 돌아보지도 않고, 튕겨내고 간다.

거리는 가깝다.

더 이상 가까이 왔을 경우, 양동 작전도 쓸 수 없게 된다. 유력자와 미끼는 서로 다른 방향으로 도망친다는 조건을 채워야 하므로, 한 번에 전원을 쓸어서 죽일 수 있는 거리는 바람직하지 않다.

지금이라면 도망칠 수 있다.

바로 저기에 백화점과 다른 빌딩 사이에 낀 틈새 같은 골목길이 있다. 파이브오버에 가리는 위치에서 슬쩍 들어가면 안나한테는 들키지 않고 도망칠 수 있다.

"미사카 씨."

합리성을 극한까지 추구했다.

쇼쿠호 미사키의 음색은 기계보다도 차가워져 있었다.

오른손은 리모컨, 왼손은 파이브오버의 컨트롤. 자신이 가진 선택지를 머리에 떠올리고, 그리고 머릿속에서 의도적으로 노이즈를 제거한다.

책임… 이라는 말이 뇌리에 떠올랐다.

삼키고, 토키와다이 중학교의 여왕은 결단했다.

"당신에 대해서는, 일주일 정도는 잊지 않을게요."

바칭!! 전기가 스파크를 튀기는 듯한 소리가 폭력적으로 울렸다.

무언가가 움직인다.

안나 슈프렝겔의 시선이 아주 약간 목적지에서 다른 곳으로 어긋난다.

"어머나."

즐거운 듯한 목소리가 났다.

그 직후에… 다.

반쯤 형태가 무너진 파이브오버 · 모델 케이스 멘탈아웃이 망설이지 않고 슈프렝겔 양에게 돌진했다.

"칫!! 어쩔 수가, 없네요오!!"

쇼쿠호 미사키는 고함치면서, 달린다기보다 날아든다. 자동차 사고보다 심한 파쇄음이 났다. 중량 몇 톤의 덩어리는, 겉모습 열 살 정도의 작은 몸에는 아무런 의미도 없다.

빛이 뿜어 나오고 녹은 치즈처럼 날아가기까지 1초.

강화 슈트로 운동 기능을 보조하고 있다고는 해도, 지금부터 미사카 미코토를 양손으로 공주님처럼 안고 다른 빌딩의 옥상까지 날아오르기에는 압도적으로 시간이 너무 부족하다.

그래서 쇼쿠호 미사키는 오른손의 리모컨에 모든 의식을 집약했다.

말뚝처럼 움켜쥐고, 옆으로 쓰러진 채 움직이지 않는, 하얀 눈에 살짝 덮이기 시작한 미사카 미코토의 오른쪽 관자놀이에 때려 박는다.

고함친다.

"슬슬, 일어나세요! 미사카 씨이!!!!!!"

미코토 측의 승인이 없는 한, 쇼쿠호의 '멘탈아웃(심리 장악)'은 제3위의 뇌에는 닿지 않는다. 닿지 않지만, 전 단계로서 심한 두통 같은 것에 덮쳐지는 것은 알고 있다.

만일.

그걸로 미코토의 의식을 흔들어서 깨어나게 할 수 있다면.

근거 따위 아무것도 없다.

이런 것은 단 하나의 인스피레이션에 의지한 불리한 도박. 아니,

그저 희망적 관측에 근거해, 시비어한 선택에서 도망친 결과나 다름없다.

"악?!"

신음 소리가 있었다.

미사카 미코토에게서가 아니었다.

위를 덮다시피 하고 있던 제5위 여왕의 옆구리에, 둔한 충격이 스친다. 권총 총알 정도라면 막을 수 있는 강화 슈트의 방탄막 따위 아랑곳하지 않고, 쇼쿠호의 호흡이 멈춘다. 그대로 시야가 빙글 돌았다. 낙법도 취하지 못하고 차가운 아스팔트 위를 몇 번이나 구른다.

옆구리를… 걷어차였다.

그런 단순한 사실을 깨닫기까지 이미 몇 초나 되는 시간이 필요했다. 대체 무엇을 어떻게 한 것인지, 안나 슈프렝겔은 옆으로 쓰러진 미코토 바로 옆에 서 있다. 파이브오버가 어떻게 되었는지는 일일이 확인할 여유도 없었다. 호흡 곤란에 빠져 콜록콜록 격렬하게 기침하는 쇼쿠호가 팔다리를 움직이려고 해도 움찔움찔 가늘게 경련할 뿐이다. 도저히 저 작은 몸에서 나온 일격이라고는 생각되지 않는다.

"생명력의 순환을 이용한 권법이라고 하면 어쨌든 동양계가 유명하지만."

장난스러운 말투였다.

아마 동작만으로 말하자면 축구공을 차는 것 같은 액션이었을 것이다.

"서양의 세피로트의 나무도 인체 각 부위에 대응하고 있지. 조금

응용하면 구체와 구체를 연결하는 채널을 의식해서, 힘의 흐름을 가로막도록 주먹이나 발길질을 할 수도 있거든? 아뵤오☆"

"컥, 하…!!"

호흡이 멈춘다. 관자놀이 부근에서 혈관이 움찔움찔 떨린다. 그러나 본질적으로는 그런 것이 아니다. 더 중요한, 눈에 보이지 않는 순환이 저해되고 있는 것을 감각으로 알 수 있다.

안나 슈프렝겔은 무슨 놀이처럼 쳐들고 있던 작은 발을 그냥 내렸다.

옆으로 쓰러진 미사카 미코토의, 오른쪽 관자놀이로.

삐걱삐걱 하는 소리는, 아니, 설마, 그럴 리는 없다.

두개골이 삐걱거리는 소리 따위 바깥에서 들리는 것이 아닐 것이다. 그런데.

실패했다.

내기에 졌다.

혼신의 힘을 담아 '멘탈아웃(심리 장악)'을 쏘아도, 기절한 미사카 미코토의 의식을 흔들어 깨울 수는 없었다.

그것이 아니다.

"…아, 카…."

옆으로 쓰러진 채, 머리를 짓밟혀.

그러나 미사카 미코토의 눈꺼풀은 살짝 뜨여 있었다. 아무것도 하지 못한 채, 그녀는 똑같이 쓰러져 있는 쇼쿠호 미사키 쪽으로 시선을 던지고 있었다.

"망, 쳐… 도망, 쳐. 빨리."

"읏."

"너는, 어디를 봐도 마음에 안 드는 복흑의 여왕답게 그 바보를 병원에서 데리고 나가서 숨는 역할… 이잖아? 그럼 이런 곳에서 열혈 같은 거 하지 마. 얼른 나를 버리고 도망치면 돼. 백신이나 특효약의 강탈은 네가 알아서 어떻게든 해. 나보다 쓸 만한 능력자라도 조종해서. 나랑 너는 원래 그런 역할이고, 서로 납득하고 있었으니까…."

삐걱삐걱이 끼익끼익으로 음계를 바꾸었다.

관자놀이에 쇠말뚝이라도 박힌 것 같은 얼굴로, 그러나 미코토는 피를 토하듯이 외친다.

"그러니까, 빨리 일어서. 일어서서 도망쳐, 쇼쿠호오!!"

그 말을 듣고.

슬슬 화가 났다.

쇼쿠호 미사키는 온몸이 떨려서 일어서지도 못한 채, 그러나 이를 악물고 리모컨을 다시 움켜쥔다. 엉성한 포복 전진처럼, 손의 힘만을 이용해 억지로 기어간다.

도망치기 위해서가 아니다.

짓밟힌 미사카 미코토 쪽을 향해서… 다.

"기, 지, 말아요오. 미사카 씨이…."

어째서 이런 간단한 것을 모르는 것일까, 쇼쿠호는 초조해진다. 어디까지 가도 견원지간이다. 어차피 같은 말을 나누고 있어도 서로 이해할 수 있을 리도 없나.

"확실히, 나한테는 당신을 구할 의무 같은 건 없어요. 평범하게 생각하면 당신을 버리고 도망치는 게 제일 효율적이고, 합리적이고, 나 혼자 행복해질 수 있는 가장 좋은 선택이겠죠."

안나는 아무것도 하지 않는다.

시간을 주고 있다… 는 느낌도 없이, 단순히 흥미가 없는 것이리라. 그래도 상관없다. 땅을 기어 부조리에 도전하는 데에, 누군가의 허락을 받을 필요는 없으니까.

"…하지만요, 그러면 그가 슬퍼해요."

그래서 내뱉었다.

누가 듣고 있는지는 상관없었다.

"방해꾼이 하나 없어져서 내가 속 시원해도, 그를 독점할 수 있어서 가장 행복한 미래가 기다리고 있어도!! 그래도 그는 반드시 슬퍼할 거예요, 당신이 여기에서 머리가 뭉개져서 리타이어한다면!! 네, 네. 이런 건 화가 나서 견딜 수가 없어요. 하지만, 지금은 내 사정 같은 건 상관없어요. 설령 그가 나 따위 전부 잊어버려도, 못 본 척한 죄를 화낼 자격도, 미워할 권리도 사라져버린다고 해도! 그래도 나만은 자신이 한 짓을 반드시 기억하고 있어요!! 이제 더 이상, 그에게 비밀을 늘리면서 살아가는 건 질색이에요오!!!!!!"

기고, 기고, 기고.

그리고 쇼쿠호 미사키는 안나 슈프렝겔의 발에 매달렸다. 겉모습은 열 살 정도의 작은 몸인데, 건설 중기의 볼링 머신처럼 흔들리지 않는다.

"어머나, 어머나, 당신은 그런 사람이 아니잖아? 오히려 속성으로는 나에 가깝지."

"알고 있어요오…."

비웃는 듯한 목소리에, 눈과 진흙으로 범벅이 된 쇼쿠호도 작게 웃었다.

자조도 담아 내뱉는다.

"나는 악인이라는 거. 목적을 위해서라면 태연하게 룰을 깨고, 이 능력으로 깬 것마저 얼버무리는 빌어먹을 놈이라는 거. 말했죠오, 나는 목적을 위해서라면 태연하게 룰을 깬다고."

"……."

"그러니까, 그를 위해서라면 뭐든지 할 거고."

힘이.

아주 조금이지만, 담긴다.

떠올리면, 아직 움직일 수 있다.

"그러니까, 그가 울 만한 짓은 절대로 안 해요. 생명의 은인이 웃으며 살 수 있는 세계를 만들 거야. 그게 나의, 선이니 악이니 이전에 있는 첫 번째 룰이에요오!!!!!!"

토키와다이의 퀸 자신도, 그걸로 안나를 1밀리라도 움직일 수 있을 거라고는 생각하지 않는다.

오른손으로.

리모컨을 움켜쥐고 다시 한번 미사카 미코토의 머리를 노린다.

"의식이 있다면, '승인'하세요…."

이를 악물고.

외친다.

"그를 구하기 위해 싸우고 싶다면, 힘을 빌려줘요오!!!!!!"

통각 제거, 호흡 정돈, 수분이나 지방 등 체내 잉여 자재의 긴급 소비, 공포심에서 오는 행동 제어의 배제, 근력 리미터의 해제, 성공 체험의 반복, 오감의 처리 능력 확장, 일시적인 기억 증진과 분석 능력 강화….

소위 임사(臨死) 전후에 볼 수 있는 화재 현장의 바보력, 슬로모션, 유체 이탈, 주마등 등의 뇌과학 에러를 모조리 담아, 리모컨을 통해 미사카 미코토의 뇌 속에 때려 박는다.

구체적 행동은 명령하지 않는다.

단순한 전투 센스로만 생각하면 쇼쿠호보다 미코토 쪽이 위이기 때문이다.

움찔.

옆으로 쓰러져 있던 미코토의 오른손이 부자연스러울 정도로 튀어 오른다. 정체를 알 수 없는 저주처럼 달라붙어 있던 서벗 같은 눈이 떨어져 나간다. 완만하게 쥔 주먹 같지만, 아니다. 엄지손톱 위에 오락실 코인이 놓여 있다.

밑에서 위로, 턱에 내미는 어퍼컷 같은 일격.

제로 거리 사격에서의 레일건(초전자포)이 번갯불을 내뿜으며 발사의 때를 기다린다.

"엇차."

거기에서 안나가 작게 중얼거렸다.

쇼쿠호의 몸이 들려 올라간다. 미코토의 관자놀이에서 작은 발이 떨어지고, 매달려 있던 벌꿀색 소녀의 상반신까지 떠오른 것이다.

된다.

안나 슈프렝겔이 의식을 나누었다. 조금이라도 경계했다. 반대로 생각하면 그녀 자신이 인정한 거나 마찬가지다. 이건 효과가 있다고.

그리고,

"방해돼."

한순간.

하지만 확실하게, 늦었다.

쿵. 수직 낙하에, 매달려 있던 쇼쿠호의 시야가 흔들린다. 잠시 후, 그것이 무엇을 의미하는 것인지 여왕의 머리가 뒤늦게 이해하게 되었다.

무자비의 극치였다. 안나는 띄운 자신의 발을 사용해, 위로 쳐든 미코토의 오른손을 짓밟은 것이다.

거의 없던 힘을 빼앗기고, 차가운 지면에 소녀의 손목이 붙박인다. 오락실 코인이 딱딱한 소리를 내며 아스팔트 위를 튀어간다.

부족하다.

마음만으로는, 현실의 위협을 부정하기에는 아직 부족하다.

삐걱거리는 둔한 소리가, 짓밟힌 오른쪽 손목에서 들려왔다.

"불규칙하게 방향을 바꿨군."

눈보라치는 겨울 산에서 살아남기 위해 사력을 쥐어짜면서, 실제로는 끝없이 같은 장소를 빙글빙글 도는 어리석은 자를 바라보는 듯한 목소리였다.

"체스든 경마든, 게임에 승리하는 첫 번째 조건은 우선 전술을 통일해서 도전하는 거야. 열세에 선 정도로 작전을 바꿔버리면 흔들릴 뿐이지. 그건 예상외의 결과는 되지 않아. 예상될 수 있는 범위에서 나쁜 방향으로 흘러갈 뿐이라고."

"…당신은, 몰라요."

저주 같은 말을 한다.

쇼쿠호 미사키는 어린 다리에 매달린다기보다는 걸려 있는 것에 가까웠다. 겨울날 코트나 스커트에 낙엽이 달라붙듯이.

그래도 분명하게 말했다.

"일관성이라면 있어요, 처음부터. 자신이 제일, 그것밖에 가질 수 없는 당신에게는 절대로 보이지 않는 거겠지만요오."

"어머나, 부러워라. 이게 10대의 미숙한 감성일까."

쿵!! 둔한 소리가 났다.

어린아이의 작은 발일 것이다. 그런데도 축구공처럼 걷어차인 쇼쿠호의 몸이 공중을 춤춘다. 특수한 슈트를 입고 있지 않았다면 내장은 물론이고 등뼈까지 부서졌을지도 모른다. 데굴데굴 구르는 벌꿀색 소녀는, 거기에서 격통이나 산소 결핍 이외의 이유로 숨을 삼켰다.

거기는 이미 골(goal)이었다.

어느 병원, 그 부지의 정면 게이트다.

『남은 시간 0분, 목적지 주변입니다.』

안나가 든 스마트폰이 기계적으로, 무자비하게 카운트다운의 끝을 알린다.

어린 소녀는 쿡 웃으며,

"다른 사람과의 관계에 아직도 꿈을 갖고 있군. …나는 완전히 식었어, 그런 거."

실질적으로 그것이 마지막 선고였다.

시계의 초침을 멈출 수는 없었다. 안나의 흥미를 끌지 못했다. 그렇다면 그녀는 정해진 대로 걸음을 옮기고, 사이에 있는 모든 것을 짓밟고 치어 죽일 것이다. 차단기는 내려가 있는데도 선로 옆으로 물러나지 않은 어리석은 자가 어떻게 되는지는 말할 것까지도 없다.

허약한 인간의 몸으로 정면에서 화물 열차에 도전했다.

그 결과가 이렇다.

그런데도.

이상하다… 고 제일 먼저 생각한 것은 누구였을까?

쇼쿠호 미사키일까, 미사카 미코토일까. …아니면 안나 슈프렝겔일까.

예상하고 있던 충격은 아무리 시간이 지나도 오지 않았다.

겉모습만이라면 열 살 정도인 어린 소녀는, 작은 발을 든 채 어딘가 다른 곳을 보고 있었다.

그러나 전제가 이상하다.

안나 슈프렝겔은 정해진 대로 움직이고 있다. 사이에 있는 것은 전부 죽는다. 만일 그 흐름을 막을 수 있다면 안나의 흥미를 끄는 자밖에 없지만, 아마 이 지구상에서 그럴 수 있는 인간은 한 명밖에 없을 것이다.

이곳에 있어서는 안 될 사람이었다.

애초에 그것을 피하기 위해 소녀들은 자신의 목숨을 깎으며 싸워

온 것이다.

호루라기.

전혀 무의미한 선물.

하지만 이번에는 제5위 쪽이 그를 구할 생각으로 선물한 것이었다. 예전에, 지금에 와서는 쇼쿠호 미사키 쪽밖에 기억하지 못하지만. 그래도 그 소년이 목숨을 걸고 해내준 것과 마찬가지로.

고독은 죽일 수 있다.

누군가가 손을 내밀면 구할 수 있다.

그렇게 가르쳐준 것을 언젠가 반드시 갚겠다고 생각했고, 그것이 오늘이라고 생각하고 있었다.

그런데.

"여어."

확실히, 목소리가 있었다.

너덜너덜하고, 서 있는 것이 이상할 정도고.

어차피 벌꿀색 소녀 따위는 잊은 것조차 생각나지 않을 것 같은 모습인데.

그래도, 몇 번이라도, 그는 온다.

이것이 소년과 소녀의 절대적인 위치라는 것을 보여주듯이.

"…그 애한테서, 손을 떼. 안나 슈프렝겔."

"아."

쇼쿠호 미사키는 제대로 몸을 움직이지 못한 채 고개를 향한다.

소리 없는 눈.

거기에. 그 너머에.

"아아…."

모든 것을 망치는 광경이 펼쳐져 있었다.

화내야 한다.

얼굴을 새빨갛게 붉히고, 목구멍이 찢어질 정도로 절규하고, 팔다리를 마구 휘둘러도 상관없을 것이다. 왜냐하면, 이것을 허락하면 지금까지의 희생은 뭐였단 말인가. 흐른 피는, 고통이나 공포는? 아직 안나에게서 백신이나 특효약은 빼앗지 못했다. 여기에서 배턴 터치를 해버리면, 눈에 떠오른다. 저 소년을 구할 방법 따위 손에 들어오지 않으리라는 것이. 왜냐하면 그는 자신 따위 조금도 우선시하지 않고, 쓰러진 소녀들을 구하려고 할 것이 뻔하니까. 하지만 그렇다면 전부, 지금까지 있었던 전부가 헛것이 되어버리지 않는가!

하지만.

(어째서.)

학원도시 제5위의 레벨 5(초능력자)에게는 분노 따위 솟아오르지 않았다. 토키와다이 중학교의 여왕에게는, 망쳐졌다는 헛수고의 느낌 따위 없었다.

평범한 소녀는.

분명 이렇게 될 거라고, 마음 어디에선가 인정하고 있었다.

(어째서, 전부 망쳐졌는데 기쁘다고 생각해버리는 거야아. 나는 바보야아!!)

논리 따위, 하나도 없었다.

거기에 카미조 토우마는 서 있었다.

7

"흠?"

안나 슈프렝겔 또한, 작게 고개를 갸웃거리고 있었다.

발치에 달라붙는 눈을 가볍게 턴다. 흥미 없는 것에 흥미는 없다. 내버려두고, 한 발짝 앞으로 나간다.

삐죽삐죽 머리 고등학생, 카미조 토우마 쪽으로.

"에이와스."

일격이었다.

그 한 마디만으로, 제3위나 제5위와 놀고 있었던 때와는 살인의 룰이 달라진 것을 깨닫게 된다. 겉모습 열 살 정도의 어린 소녀 옆에 서 있는 것은 반투명한 그림자. 맹금의 머리에 백조의 날개를 가진 이형의 천사 그 자체다.

슈프렝겔 양은 정면을 응시하고 있었다.

그 두 눈으로 한 인간을 바라보고 있다. 예전에 세계 최대의 마술 결사 '황금'은 이것만을 원해서 영국에서 멀리 독일까지 방대한 서한을 보냈다. 그 눈빛이 얼마나 무서운 것인지도 이해하지 못한 채.

아직 잘록해지기 전의 허리에 한 손을 대고, 작게 웃으며 안나는 질문한다.

"그래, 뭘 하러 왔지? 내가 준 생제르맹은 슬슬 당신 안에서 자아를 녹이고 있을 무렵일 텐데."

"……."

카미조 토우마는 대답하지 않았다.

몸이 비스듬히 기운 채, 그저 오른쪽 주먹을 움켜쥐었다.

실망의 한숨이 하얗게 넘쳤다.

(아레이스타가 손을 대기 전의 상태로, 당신을 되돌리겠어.)

안나 슈프렝겔의 눈동자에 알기 쉬운 분노는 없었다.

무(無).

하나의 생명에 대한 흥미가 바닥을 친, 그런 눈동자다.

(그러고 나서, 극한까지 피폐해진 카미조 토우마의 어느 측면이 이능의 힘과 이어질지를 관찰한다. 설명에는 이미 지쳤어, 질의응답 따위 아무런 의미도 없어. 말의 릴레이는 그저 진실을 일그러뜨리고 무가치한 파손 정보를 흩뿌릴 뿐. 그러니까 혼자서 습득해줘. 사람은, 사전 지식 제로로 이능에 닿았을 경우 무엇을 어디까지 이해할 수 있는지. 그걸 알고 싶었는데….)

"…격통 덩어리가 되고, 기억의 연결도, 중심이 되는 자아도 잃고, 그리고 마지막에 남은 건 그저 사람을 구하는 장치인가. 재미없는 결론이네. 그런 곡예는 2,000년 전쯤 봤어."

최적화, 그 결과는 이랬다.

결과. 그럼 이것이 답일까?

안나 슈프렝겔은 고개를 저었다.

이제 한 발짝은 없었다.

흥미는 지속되지 않았다. 그저 작은 손끝을 탁 튕긴다.

노리는 것은 카미조 토우마지만, 주위에 신경을 쓰는 기색도 없다. 소년의 뒤에 있는 병원이 한꺼번에 날아가도 전혀 상관하지 않는다, 그런 안색이었다.

"죽어라, 힘에 휘둘리는 약한 영혼이여. 흥미가 없는 건 제로니까 용서하지. 하지만 나를 실망시키는 건 마이너스야. 그건 죽어 마땅해."

성 수호천사가 울부짖었다.

피아의 거리 따위 상관없다. 그 날카로운 매의 발톱을 갖춘 양팔이 닫히면 카미조 토우마의 육체 따위는 구깃구깃하게 구겨질 것이고, 그것을 오른손의 힘으로 튕겨내봐야 한층 더 커다란 천사의 날개가 날갯짓하면 끝이다. 크고 작은 두 개의 거대한 가위가, 보이지 않는 죽음의 영역을 닫는다. 이매진 브레이커(환상을 부수는 자)는 유용하지만, 한 번에 여러 개의 공격을 동시에 받으면 대처 불능이 되는 것은 분명했다.

그리고.

그러나.

파직!!!!!!

성 수호천사 에이와스의 공격이, 둘 다 크게 튕겨나간다.

눈이, 춤춘다.

또는 천사의 날개도.

"?"

그… 다.

그 안나 슈프렝겔의 눈썹이 의아한 듯이 움직였다. 조금이기는 하지만, 그녀가 예상하고 있던 영역 밖으로 상황이 움직인다. 거대한 화물 열차는 모든 것을 뭉개고 앞으로 나아갈 터였는데, 탈선이 시작된다.

(뭐…?)

복수 동시 공격의 경우, 오른손의 이매진 브레이커(환상을 부수는 자)는 하나에밖에 대처할 수 없다.

맹금의 발톱과 백조의 날개. 어느 한쪽을 영격하려고 하면 다른 한쪽에 끼어 물어뜯긴다. 그런 예정조화였을 터였다.

(뭐야, 방금 그거. 부러진 검의 날을 창끝에 부딪치다시피 해서, 이매진 브레이커(환상을 부수는 자)에 의한 마술의 파괴에 다른 한쪽을 끌어들였나? 아니, 아니야….)

"설마, 당신."

그럼에도 커다란 턱과 천사의 날개, 두 개의 공격이 동시에 튕겨 나갔다.

뚝, 카미조 토우마의 입 끝에서 검붉은 줄기가 흘렀다.

원래부터 자신의 출혈 따위 신경 쓰는 기색은 없다. 하지만 그 원인이 문제였다.

만일.

카미조 토우마가 바둑판에 있는 모든 인간을 바라보며 일에 임하고 있다면.

지금까지의 행보를 보면 알 수 있다, 이중으로 겹치는 공격의 정체를. 이 소년을 적으로 돌렸을 경우, 가장 무서운 것은 오른손의 이능도, 고등학생답지 않은 전투의 인스피레이션도 아니다.

안나 슈프렝겔은 한 소년에게서 뒷받침된 모든 것을 깎아낸 끝에 대체 무엇이 남을까 하는 '최적화'를 시험하고 있었다.

과연 본질은 나타났다.

즉.

이 경우, 이중 공격의 정체란,

"마술을 쓰고 있는 거야?! 내가 심은 생제르맹을 동료로 끌어들여서!!"

8

사실, 카미조 토우마는 눈앞의 광경을 절반 정도밖에 인식하지 못하고 있었다.

이곳에 오기까지의 동안에도… 다.

"하아, 하아."

병원의 비상계단을 내려가 안뜰로 나간다.

비틀거리며 쓰러진다.

눈 위를 미끄러진 호루라기를 떨리는 손끝으로 움켜쥔다.

언제부터 있었던 것인지는 기억나지 않는다. 스스로 고른 것인지, 누가 준 것인지조차. 하지만 이것을 움켜쥐면 왠지 몸 안쪽에서 힘이 솟아나는 것 같았다. 차가운 겨울 공기에 저항할 수 있는, 따뜻한 원동력이다.

카미조 토우마의 이매진 브레이커(환상을 부수는 자)는 선악 따위 생각하지 않고 모든 이능을 죽여버릴 텐데.

"……."

다시 한번.

소년은 가로등 기둥에 매달려 비틀비틀 일어난다.

눈에 발이 미끄러지고, 그래도 다시 걷기 시작한다.

눈으로 보고 귀로 들어봐야, 머리에 들어오지 않는다. 온몸은 빈틈없이 격통 덩어리고, 전부 다 뜨겁다. 마치 자신의 몸이 두 배 정도로 크게 부푼 것 같은 착각에 시달리고 있었다.

"있지."

그렇기 때문에… 일까.

가는 길에, 이곳에 오기까지, 그의 의식은 안쪽을 향하고 있었다.

"지금은 그런 모습이 되어버렸을지도 몰라… 자신의 몸을 잃고, 미생물 덩어리가 되고, 불로불사의 약이라고 속여서 사람의 입에 들어가지 않으면 활동하지 못하는. 그런, 인간이라기보다 현상 같은 존재가 돼버렸는지도 몰라."

낮게.

하지만 확실한 부름이 있다.

여기에는 소년밖에 없다. 화재경보기의 알림을 듣고 탈주자를 찾는 간호사나 가드맨도 없다. 하지만 아무도 듣고 있지 않은 것은 아니다.

알고 있다.

카미조 토우마의 안쪽에서, 듣는 사람은 확실히 기다리고 있다.

"…하지만 너도 마술사지."

그렇다, 카미조 토우마는 줄곧 싸우고 있었다.

상처의 아픔과… 가 아니다. 병원에 있을 때부터 쭉 대화를 계속해온 것이다.

오랫동안 상처 입고 괴로워해 온 누군가의 문을 열기 위해.

마이도노 호시미는 거절했다. 아이하나 에츠는 때려눕혔다.

이것은 우리들의 사건이고, 제3자를 끌어들일 이유는 없다고.

그렇다면.

단순한 무대 장치가 아니다. 또 한 사람, 운명을 함께하는 등장인물이 있었을 것이다.

싸움으로써 자신의 길을 개척할 누군가가.

"가슴에 마법명인가 하는 걸 새기고, 자신의 목적을 위해 이 길에 한 발짝을 내디딘, 한 사람의 마법사였을 거야. …그렇다면, 제일 처음 뭘 하고 싶었어? 도와줘, 생제르맹. 시시한 놀이는 이제 끝이야. 만일 이루고 싶은 바람이 있다면, 내 몸을 빌려줄 테니까 해봐."

생제르맹은 확실히 몸 안쪽에서부터 카미조 토우마를 부숴갔다. 무언가 안나의 꿍꿍이대로다. 여기에 대해서는 부정할 수 없는 사실이다.

하지만.

거기에 생제르맹의 악의나 목적은 있었을까? 뭔가 검은 감정은 받아들였을까? 답은 노다. 안나 슈프렝겔의 악의는 있지만, 생제르맹이라는 한 인간의 의지 따위는 느껴지지 않는다.

만일 거기에 있는 것만으로 사람을 상처 입히고 만다면. 거기에 생제르맹이라는 마술사의 생각 따위 하나도 없었다면.

생제르맹은 정말로 대립해야 하는 인물일까?

답 따위 나오지 않는다.

모른다면 물어보면 된다.

『…….』

대답하는 것은 분명, 공기를 떨리게 하는 육성이 아니었다.

신경일까, 아니면 뇌세포일까. 전신을 좀먹는 중증형 생제르맹은, 이미 그런 영역까지 잠식을 진행하고 있는 것이리라.

어쨌든 하나의 의사가 있었다.

카미조 토우마와는 전혀 별개의 신념을 갖고, 짓눌린 누군가의 목소리가.

『…나는.』

고뇌, 체념, 좌절.

그런 것이 배어 나오는, 인간 이외에는 있을 수 없는 의사.

『꿈을 주고 싶었어. 현실의 이익이나 마술사로서의 명성이 아니야. 다만 도시에 나타나 작은 여흥으로 모두를 놀라게 하고, 그것만 있으면 충분했어. 거짓에서 시작된 기술을 누군가가 좇고, 언젠가 꿈꾸던 이상의 위업을 달성하는 누군가가 나타날 계기가 된다면.』

실제로는, 그대로는 되지 않았을 것이다.

아무도 스스로 도전하려고 하지 않았다. 그저 모든 것을 주는 생제르맹에게 매달렸다.

안이하게.

방종하게.

황금, 다이아몬드, 불로불사의 비약. 모든 신기에 정통했다고 큰소리치던 마술사의 주위에는 귀족이나 대부호 등 복마전의 이매망량이 몰려들었다. 원치 않게 사교계의 중심으로 떠밀린 생제르맹은 물러나려야 물러날 수 없게 되었다. 그리고 현실의 이익이나 명성에밖에 흥미가 없는 욕망의 집단을 완전히 속일 수 없게 되어, 단죄를 받고 자신의 육체를 버리는 처지가 되었다.

하지만 이 마술사에게도 시작은 있었다.

그저 도구는 아니다. 분명히 살아있는 인간이었다.

그렇다면.

카미조 토우마는 그 중심을 망설이지 않고 응시한다. 적으로 돌리면 가장 무서운 힘을 행사한다.

소년의 본질인 한마디를 끼워 넣는다.

"그렇다면 해, 생제르맹."

『…….』

적과 아군?

생명을 위협하는 타임리밋?

전부, 알 바 아니다.

그런 것은 안나 슈프렝겔이 일방적으로 설정한 게임의 룰이다. 성실하게 따르며 싸워봐야 기뻐하는 것은 안나뿐. 카미조 토우마는 애초에 그런 시시한 선 긋기 따위 하지 않는다.

언젠가 올 죽음은 무섭다. 어떻게 할 수도 없이. 하지만 아직 살아 있다면 할 수 있는 일도 있다. 카미조 토우마밖에 할 수 없는 일이 있을 것이다.

전 세계가 누군가를 버렸을 때, 그 녀석은 악이라고 불리는 무언가가 된다.

한때 신이었던 소녀가 말했다. 실제로 그 말이 맞는다고 생각한다.

반대로 말하면.

아무리 최악의 성질을 갖고 있어도, 단 한 사람이라도 포기하지 않으면.

말을 나누는 것을 멈추지 않으면.

분명히.

아니, 단연코.

"다른 사람에게 꿈을 주는 마술을 쓰고 싶었던 거지. 아이들의 눈물을 멈추고, 싸우는 어른들을 웃는 얼굴로 만들고, 단단히 굳은 노인의 생각을 부드럽게 풀고, 오직 그것만을 추구하고 싶었던 거지. ……그렇다면 지금이 그때야. 망설일 필요 따위 하나도 없어. 이건 네 인생이야. 마술사라고 자칭한다면, 다른 데를 보지 마. 내 몸 따위는 주지. 이쯤에서 스스로 정한 길을 철저하게 추구해봐, 생제르맹!!"

두둑두둑두둑, 둔한 소리가 체내에서 들려왔다.

혈관인지, 신경인지, 근육인지, 장기인지, 골격인지. 무엇이 부서지는 소리인지는 모른다.

생제르맹이 마술을 사용하면 능력자의 육체는 버티지 못하고, 이매진 브레이커(환상을 부수는 자)가 있는 한 마술에 지탱되는 생제르맹은 점점 깎여나간다.

궁합은 최악.

평범하게 생각하면, 어떻게 계산해도 서로 손을 잡지 말아야 할 두 사람.

그러나.

그래도 망설임 없이 카미조 토우마는 말했다.

"하고 싶은 걸 말해봐."

『…….』

"내 몸으로 이뤄줄게, 그러니까 이제 와서 부끄러워하지 마!! 그런 모습이 되었어도 이 세계에 매달려 있다는 건, 미련이 많아서 잊을 수 없는 거겠지. 그렇다면 말해봐, 말해!! 이룬다면 지금이야!!"

『꿈을 지키고 싶어. 이 세계에 좌절이나 체념의 눈물 따위 필요 없어!!』

9

명확한 폭발이 있었다.

그것은 어느 마술사가 실현한 가능성의 빛.

만인의 꿈을 지키는 힘.

한 소년이 오른손의 주먹으로 보이지 않는 커다란 턱을 부수고, 피투성이가 된 왼손에서 쏜 마술의 빛으로 천사의 날개를 튕겨낸 순간이었다.

적과 아군?

웃기지 마, 카미조 토우마에게 그런 선 긋기 따위 통하지 않아.

이매진 브레이커(환상을 부수는 자)가 아니다, 날카로운 감이나 쌓아온 전투 경험도 아니다.

벽을 부수고, 손을 잡는 힘.

내민 손이 뿌리쳐지고, 노려봄을 당하고, 그래도 실패를 두려워하지 않고 내딛는 힘.

그것이 마지막에 남은 그의 체질이고, 충돌하는 자에게는 가장 무서운 특성이다.

행간 3

생제르맹 백작.

마술 측에서도 수수께끼가 많은 존재.

공식적으로 처음 그 모습이 확인된 것은 1750년대, 파리의 사교계. 여러 개의 언어를 능숙하게 구사하고, 신비로운 매력이 넘치고, 처음 만나도 다른 사람과의 거리를 교묘하게 좁히는 화술의 달인이었다고 한다. 과학과 마술의 구별이 모호했던 당시, 지식인의 교양으로 대강의 오컬트를 배웠고, 그중에서도 약품이나 다이아몬드의 조작으로 인기가 높았다.

우여곡절 끝에 1784년 독일에서 병으로 의한 공식 사망, 매장했다는 기록이 있지만, 그 후에도 종종 자칭 생제르맹이 목격되었다.

그가 직접 만든 환약과 귀리 이외에는 전혀 입에 대지 않는다는 전설도 맞물려, 당시의 귀족이나 대부호 사이에서는 불로불사의 비약 제조에 성공한 마술사라는 소문이 그럴싸하게 퍼져 있었다.

일부, 다이아몬드의 취급이나 백작의 별명 때문에 마리 앙투아네트를 끌어들인 '다이아몬드 목걸이 사건'에 관련된 칼리오스트로와 혼동되는지, 오랜 역사 속에서의 완전 사망설, 소멸설도 간간이 보인다. 그러나 실제로는 20세기 말, 컬러 TV가 일반 가정에 보급되는 시대가 되어도 목격담이 끊이지 않는 괴인이었다. 덧붙여 말하자면 진위는 제쳐두고, 해외의 TV에서는 컬러 방송 중에 자칭 생제르맹이 (그런 역할이 아니라 본인으로) 출연한 적도 있다. …당시의 영국 청교도나 학원도시가 특별히 방송 중지를 위해 움직이지 않았다면, 신빙성에 대해서는 미루어 짐작해야겠지만.

그 오컬트의 보증으로, 오래된 마술 결사 '로젠크로이츠(장미십자)'와의 관련도 지적된다.

다만 시조 CRC나 그 제자들의 전설에 그 이름이 나오는 일은 없다. 후세에 합류한, 소위 말하는 후예였으리라 추측된다.

실제로는 자신의 육체를 분해해 일종의 미생물의 집합체가 되었다.

평소에는 건조 상태로 오래 보존되어 있다가, 숙주가 '검은 환약'을 입에 머금음으로써 타액과 그 외의 수분을 얻어 활성화, 신속하게 육체를 빼앗아 생제르맹으로서 활동한다. 따라서, 외길의 역사에서 바라보면 시대마다 단편적으로 목격되는 불로불사의 존재처럼 보이고 만다.

특기로 하는 것은 다이아몬드를 중심으로 하는 탄소의 조작.

한때 학원도시의 랜드마크인 고층 빌딩, 다이아노이드 내부에서 복수의 생제르맹이 동시에 출몰하는 사건이 확인되었다.

마술사 안나 슈프렝겔은 당대의 생제르맹을 보고 순도가 떨어졌다고 평가했다.

위계로서는 말석.

독일 제1성당에 대한 접촉은 확인되지 않는다.

다만 허구라도 좋으니 대중에게 꿈을 준다는 발상은, 지식인을 약으로 보고 교양을 퍼뜨림으로써 불완전한 사회를 최적화하는 행위를 '세계의 병소를 제거한다'고 생각하는 '로젠크로이츠(장미십자)'의 의도와 겹치는 부분도 있고, 이 결사를 이해하는 데에는 검증 가치가 있다고 볼 수 있다.

생제르맹의 목적은 수수께끼이고, 다이아몬드 조작의 연구 지원을 명목으로 한 사기나 장난으로 정재계를 어지럽힌 과대망상의 소유자로 일컬어지는 경우가 많다.

그러나 생제르맹도 어엿한 마술사였던 이상, 세계나 세계를 다스리는 신의 톱니바퀴에 절망해 '자신의 손으로 기적의 구조를 건드리는' 마술의 길로 달리게 된 계기가 있었을 것이다.

기록에는 남지 않는다.

그 편이 좋다며 자신의 손으로 모든 것을 봉인한 남자가, 확실히.

제4장 카미조 토우마라는 현상 Not_Right_Hand

1

2대 2… 였다.

“흐음.”

작은 소녀가 웃고 있다.

오직 일직선으로 돌진하고, 사이에 있는 모든 것을 파괴하고, 제멋대로 나아가던 괴물이.

“조금은 재미있어졌나. 그 예상외, 제대로 키워서 나한테 부딪쳐 보겠어?”

한쪽은 카미조 토우마와 생제르맹.

한쪽은 안나 슈프렝겔과 성 수호천사 에이와스.

“한 발짝.”

겉모습만이라면 열 살 정도인 알몸의 어린 소녀는 쏟아지는 눈 아래에서 얇은 붉은 천을 자신의 맨살에 대고, 옆에 이형의 천사를 거느린 채 여유 있는 웃음을 무너뜨리지 않았다.

징!!

병원 부지 정면 게이트, 일종의 경계를 위협하듯이.

그 불면 날아갈 듯한 용모에서는 믿을 수 없을 정도로 강하게, 그녀 쪽에서 걸음이 시작된다. 비유 표현이 아니라 정말로 발치의 눈이 불려 날아가고, 아스팔트의 지면이 약간 가라앉고, 주위에 균열이 간다.

“큰소리를 칠 거면 이 한 발짝을 막아봐. R&C 오컬틱스란 세계의 조류(潮流) 그 자체야. …고작해야 세계의 흐름 정도도 밀어내지 못할 것 같으면 실망할 거야. 그게 뭘 의미하는지는 그쪽에서 답을 내줘.”

“…….”

카미조 토우마는 말없이 오른쪽 주먹을 움켜쥐었다.

그러나 그것만이 아니다.

그는 반대쪽 손바닥을 자신의 가슴 한가운데에 댔다. 그리고 안쪽을 향해 속삭인다.

“생제르맹, 할 수 있어?”

『누구한테 하는 말이냐. 지맥의 지뢰라면 나한테 맡겨. 넌 눈에 보이는 위협과 싸우기만 해도 돼.』

같은 입에서 두 개의 말이 넘쳐난다.

안나 슈프렝겔이 살짝 눈썹을 움직이는 것을 카미조는 확인한다.

이 목소리는 밖에도 들리는 목소리로, 말과 함께 하얀 숨결도 새어나온다.

그리고 지금 주먹을 쥐고 있는 것은 카미조 토우마. 정면에 선 적대자가 어떤 모습을 하고 있어도 인정사정없다. 아니, 그의 안의 무언가가 말하고 있다. 저만한 것이, 저런 작은 몸에 들어가버린 것이 더 상식을 벗어나 있다고.

R&C 오컬틱스의 행동은 무시할 수 없다. 카미조 토우마를 위해 일어서준 소녀들이 이렇게 쓰러져 있는 것도.

이 녀석을 이해하는 것은, 때려눕히고 결판을 짓고 나서다.
아직 거리는 떨어져 있었다.
카미조 쪽에서 전력으로 달려들어도, 다섯 걸음은 필요한 거리가 있었다.
그러나,
"에이와스."
노래한다.
그 어린 입술이 속삭인 순간, 안나 옆에 대기하고 있었을 천사가 사라졌다.
아니다. 확실히 안나 슈프렝겔은 작은 손을 쥐었다 펴고, 부채로 부치듯이 가볍게 옆으로 휘둘렀다.
그리고 선고했다.

"게부라(Gevurah)에서 호드(Hod)로의 진입로를 개방, 내 오른팔에 깃들라."

쿵!!!!!!
거리 따위 상관없었다. 그것만으로 아득히 멀리, 풍경의 중요한 한 모퉁이를 차지하고 있던 고층 건축이 다섯 개의 참격에 찢겨 나가고, 실패한 다루마오토시처럼 지면으로 떨어진다. 창다운 창이 없는 것을 보면, 아마 한 달에 20번 이상 수확할 수 있다나 하는 자동화 농업 빌딩일 것이다.
작은 입이 자아낸다.
"…'스트럭처 브레이커(구조 파괴)'."

예측 불가의 거대한 화력.

본래 같으면 그것이 무엇이었는지 알기 전에 죽는… 반칙.

그럼에도, 실제로 카미조 토우마는 살아 있다.

"!!"

바로 아래로 떨어졌다.

카미조는 엎드려서 큰 대자를 그리듯이 몸을 숙이고, 양쪽 팔다리로 까끌거리는 지면을 정확하게 움켜쥐고, 그리고 짐승이나 무언가처럼 낮은 위치에서 단숨에 안나 슈프렝겔에게 덮쳐든다.

오른손과 오른손, 그 격돌.

물론.

실제의 파괴력 이상으로, '로젠크로이츠(장미십자)'를 통솔하는 중진이 끌고 온 기호성은 치명적이다.

『바꿀까? 망설임이 있으면 죽음으로 내몰린다, 능력자!!』

"아직!!"

안나는 안나대로, 거리를 벌려 탄막으로 깎아 죽일 생각은 없는 모양이다. 지금의 어설픈 공격 자체가, 눈에 띄는 무기를 갖고 있지 않은 카미조가 거품을 물고 접근하도록 유도했을 가능성도 있다.

테니스 라켓을 휘두르는 듯한, 가벼운 손바닥의 왕복.

그것만으로, 거리도 소재도 상관없이 공간이 사정없이 절단된다. 손바닥에 닿는 것만으로, 거기에 있는 것을 차원이나 공간째 깎아낸다. 세계를 빈틈없이 없앤다. 머리 뒤를 서서히 태우는 듯한 초조감에 휩싸이지만, 지금은 1미터 이내에서 기다리는 안나 슈프렝겔이 먼저다.

밑에서 도려내듯이, 그 작은 턱을 노린다.

"오오앗!!"

모든 마술사를 평범한 인간으로 되돌리는 주먹. 잔혹한 세계에 대한 대항 수단을 빼앗고, 알몸인 상태로 황야로 추방하는 일격. 그러나 치명적인 한 발에 대해, 안나는 태연한 얼굴로 오히려 한 발짝 앞으로 나아갔다. 그것만으로 거리가 무너진다.

남자의 가슴팍에 살며시 기대듯이.

당연하지만, 팔을 휘두르는 길이보다 안쪽으로 숨어들 수 있다면 주먹은 맞지 않는다.

그리고.

반대쪽 손. 안나 슈프렝겔의 왼손에는 흔해 빠진 사람을 죽이는 칼이 들려 있다.

모든 이능을 없애는 카미조 토우마도, 단지 길이 10센티미터의 살상력은 방어할 수 없다.

"쿡."

"읏, 생제르맹!!"

새된 소리가 났다.

그러나 풍경을 다지는 어린 소녀의 단검에는, 그런 소리를 울리는 기능은 붙어 있지 않았다.

그렇다면 지금 그것은,

"다이아몬드. 영원의 광채는 납골당을 비추는 램프의 변종인가?"

『…….』

바뀌어 있었다.

보이지 않는 배턴이라도 넘기듯이.

순간 삐죽삐죽 머리 소년이 의지하는 무기가, 오른손의 주먹에서 왼쪽의 마술로 치환된다.

구체적으로는… 이다.

소년의 가슴팍과 부드러운 피부를 드러낸 괴물의 손바닥 사이, 겨우 몇 밀리의 틈새였다. 무언가 반짝반짝 빛나는 입자가 흩어져 있었다.

다이아몬드는 지나치게 단단하기 때문에 쉽게 깨져버린다는 설도 있지만, 그래도 부딪친 칼 쪽도 상처가 없을 수는 없다. 돌을 깬 나이프의 끝은 부러지고, 분명하게 이가 빠진 것을 눈으로 알 수 있었다.

"단단함으로 막을 생각은 처음부터 없어. 투우사의 망토 같은 걸까. 그 광채로 눈을 흐려지게 하고, 일부러 파괴시킴으로써 파괴의 진행 속도나 벡터를 약간 어긋나게 한다. 그렇다 해도 대기를 조작해서 다이아몬드를 만들어내다니, 역시 공기가 더럽네. 학원도시."

『그렇다면?』

생제르맹의 마술에 특수한 검이나 카드는 필요 없다.

다만, 흔해 빠진 탄소만 있으면 만사는 제대로 돌아간다.

"비효율이다 싶어서. 그 몸으로 마술을 쓰는 이상, 온몸에서 생명력을 순환시켜서 마력으로 정제하는 거잖아? 모처럼 만든 마력도 모조리 깎여나가는 게 고작이야."

『확실히. 이 소년의 오른손은 절대적이에요. 허가를 받았다고 해서 내가 완전히 다룰 수 있는 건 아니지.』

생제르맹은 이매진 브레이커(환상을 부수는 자)는 쓸 수 없고.

카미조 토우마는 다이아몬드의 마술은 쓸 수 없다.

어디까지나 서로의 영역에서 힘을 제공해 싸울 수밖에 없다.

따라서 눈앞 가득 펼쳐지는 맹렬한 불길에 대해, 상황에 따라 이면성을 바꾸며 싸워나가는 것이 정답. 한쪽에는 치명적이어도 다른 한쪽이라면 타개할 수 있는 기회가 있다. 겉으로 안으로, 고속 시합에서 테니스 라켓을 되받아치는 듯한 감각으로. 편리한 것 같지만, 상대는 저 안나 슈프렝겔. 판단을 틀리면 한 발에 생존의 공을 놓치고, 게임을 빼앗긴다.

『다만 생명의 나무의 세피라나 채널이 인체 각 부위에 대응하고 있다 해도, 상처를 입거나 병에 걸린 사람이 마술을 쓸 수 없다는 얘기는 없습니다. 부족을 보충하고 소원을 이루는 게 마술의 본질인 이상, 오히려 그게 계기가 되어 마술의 세계에 발을 들여놓는 학생도 많죠.』

"잘라내고 우회하면, 어떻게든 되기라도 한다고?"

공포와 경의.

말에 마음을 담으면서, 그러나 생제르맹은 이를 드러낸다.

『어차피, 나는 RC 두 글자에 들어가지 않고 생제르맹이라는 개인의 이름을 사교계에 새기려고 했던 비속한 마술사. 우회에 따른 대폭적인 손실은 부정할 수 없지만, 헛걸음에는 익숙하기 때문에 다이아몬드를 다루는 내 술식은 무너지지 않았습니다. 당신이 만들어주신 중증형은 생각한 이상으로 뛰어난 것 같은데요?』

쌍방이 말을 나누는 동안에도 소년의 몸이 왼쪽으로 어긋난다.

그러나 뭔가 대책이 있었던 것은 아니다.

끈적거리는 소리가 지면에서 튀었다. 노면을 채색하는 색채는 붉은색이다.

"쿨, 럭!!"

"부작용. 앞으로 몇 번… 이라는 매듭에 의미는 없지. 러시안 룰렛처럼, 죽을 때에는 단번에 죽고."

씨익, 가까운 거리에서 어린 소녀는 악질적인 웃음을 띠며,

"그럼, 그렇게 될 때까지 힘으로 밀어붙일까."

안나는 작은 손바닥을 휘두르지만, 노리는 것은 오컬트한 치명상이 아니다. 다섯 손가락이 찢은 것은 가까운 벽을 달리는 가스관이다.

피지컬한 살상력에는 생제르맹이 대처할 수밖에 없다.

그것을 줄곧 계속하면 카미조가 나설 차례는 없어진다. 단순한 마술사와 마술사의 싸움으로 시종 계속되어버리면, 생제르맹과 안나 슈프렝겔 중 어느 쪽이 이길지는 불을 보는 것보다 뻔하다.

『칫!!』

그래도 물리라면 누구나 알고 있는 교과서의 룰에 준거한다. 생제르맹은 다이아몬드로 만든 우산보다도 얇은 판을 두 장 구축했다. 공격도, 방어도 아니다. 빌딩 바람처럼, 장애물을 두면 풍향은 바뀐다. 풍향이 바뀌면 눈에 보이지 않는 가연성 가스는 다른 곳으로 흘러간다.

쿨럭.

폭파를 피해도, 안쪽에서의 상처에 피를 토한다.

『…시간을 벌어서 숨을 가다듬게 해줄 생각이었는데, 오히려 말을 너무 많이 했나. 더 움직여, 능력자. 돌려준다!!』

휘융, 바람을 도려내는 소리가 나부꼈다.

이능이라면, 그가 나설 차례다.

다시 삐죽삐죽 머리의 눈동자에 강렬한 빛이 돌아온다. 위에서

아래로 휘둘러 내리는 작은 손바닥에 대해, 카미조 토우마는 비스듬히 기운 채 다시 전력을 다해 옆으로 뛴다. 지면에 쓰러지는 움직임이다. 보통으로 생각하면, 이어지는 옆으로 후려치는 일격을 완전히 피하지 못하고 카미조는 썰려 나갔을 것이다.

그러나 실제로는 그렇게 되지 않았다.

둔한 소리가 나는가 싶더니, 옆으로 쓰러졌을 카미조가 머리 위로 몇 미터나 도약한 것이다.

"생제르맹, 맡긴다!!"

『상관없지만, 교대로 랠리를 계속하면 수명을 깎게 돼. 돌려준다!!』

그것은 두 다리를 이용해 점프한다기보다는, 차에 치여 날아간 것 같은 움직임에 가깝다. 쿵, 바로 아래에서 찔러 올린 것은 다이아몬드의 육각기둥. 3미터 정도 수직으로 쳐올려진 카미조를 놓치고, 안나의 다섯 손가락이 인간의 몸통보다도 굵은 다이아몬드 덩어리를 한꺼번에 썬다.

오른쪽과 왼쪽, 축을 바꾸어 하나의 몸을 두 사람으로 바꾼다.

역시 이렇게 하면 뛰어넘을 수 있다. 카미조의 이매진 브레이커(환상을 부수는 자)는 복수 동시 공격에 약하지만 생제르맹의 다이아몬드가 있으면 한꺼번에 방어할 수 있고, 생제르맹의 마술은 위력으로 밀어붙이는 공격을 완전히 받아낼 수 없지만 카미조의 오른손이라면 강제로 날려 보낼 수 있다.

"오옷아!!"

오른쪽 주먹을 세게 움켜쥔다.

이것은 명확하게 카미조 토우마다.

이번에는 공중에서 흔해 빠진 소년이 노릴 차례였다.

핏덩어리를 입안에서 밀어 누르면서, 카미조는 새삼 주먹을 강하게 쥔다. 아무렇게나, 옆으로 손바닥을 휘두르고 있는 중인 안나는 대처할 수 없을 것이다.

시선만 들고서, 어린 소녀는 작게 웃고 있었다.

갈고리처럼 완만하게 구부리고 있던 다섯 손가락을 그저 팽팽하게 편다. 휘두르는 기세는 바꿀 수 없어도, 죽음의 부채의 각도를 크게 펼친다.

결과, 이렇게 되었다.

발치의 눈과 아스팔트의 지면이 한꺼번에 크게 말려 올라가고, 지하를 향해 쏟아져 들어간 것이다. 안나 슈프렝겔 자신도 끌어들여서.

지면까지의 높이가 달라져 버리면, 공중에서 노리는 카미조의 눈대중은 크게 어그러진다.

바로 아래는 지하철 플랫폼인 것 같았다.

실내… 이기는 하겠지만 냉기는 한층 심해진다.

가까이에 출입구 계단이 있었던 기억은 없다. 아무래도 상당히 복잡한 지하 구조인 모양이다. 아니면 '그 병원'의 지하와 그대로 이어져 있는 등, 뭔가 비밀이라도 품고 있는 것일까.

"악?!"

착지에 실패해 건물 잔해투성이의 바닥을 구르는 카미조지만, 온몸의 아픔에 몸부림치고 있을 여유 따위는 없다. 입안에서 피를 내뱉으면서 투명한 커버가 깨진 주스 자판기 뒤로 뛰어 들어간다.

전투에는 따라갈 수 있다. 그러나 아직 이쪽에서 덮칠 정도의 역전으로는 이어지지 않는다.

이미 안나는 오른쪽 손바닥을 옆으로 휘두르고 있었다.

"어머나."

거기에서 감탄한 듯한 목소리가 있었다.

약간의 예상외.

어린 소녀가 이끌리듯이 커다란 네모난 금속 덩어리를 자른 직후, 마이너스 수십 도로 유지되고 있던 화학 냉매가 상온의 대기에 닿는다. 한순간 늦게… 였다. 그야말로 연막탄이라도 작렬한 것처럼, 전 방위로 뭉게구름과 비슷한 하얀 김이 일제히 부풀기 시작했다.

알기 쉬운 눈가림.

덮친다, 도망친다, 숨는다, 쉰다, 생각한다.

흐름을 끊는 것은, 그것을 시도한 쪽에 수많은 선택지를 준다.

2

마침내 상황이 일선을 넘었다.

ICU나 수술실은 고사하고, 구급 외래용 처치실조차 펑크 나고 만 것이다.

구급차로 수송되어 들어오는 환자의 수가 너무 많다.

"물러나요!! 일반인은 물러나 주세요!!"

"빨리 추가 시트 가져와! 주위의 시선을 가려! 스마트폰 렌즈 같은 것에 노출시킬 수는 없다고!!"

고함과 비명 같은 큰 목소리의 응수에, 크리스마스 분위기 일색이었던 정면 로비 쪽에까지 긴장의 술렁거림이 퍼진다.

이래도 나은 편이라고 한다.

애초에 다른 병원이 완전히 기능 정지까지 몰렸기 때문에, 얼마쯤 인원이나 물자가 정리된 이 병원에 도움을 청하며 많은 구급차가 오는 것이다. 지금 인수를 거부당하면 환자가 어떻게 될지. 현장에서 1초를 다투는 구급대원들도 이해하고 있을 것이다. 다른 병원으로 계속 돌리는 것이 허용될 만한 상황이 아니라는 것을.

그러나 근본적인 해결을 하지 않는 한 도울 수가 없다.

닥치는 대로 상처를 막고 지혈을 해봐야, 새로운 상처를 내는 행위를 멈추지 않는 한은 같은 일의 반복이다.

"마취는 국소야. 의식이 날아가게 하지 마. 지금 의식이 없어지면 돌이킬 수 없게 돼!!"

"바깥의 진동은 대체 뭘까요…."

"알 게 뭐야. 환자가 들것에서 떨어지지만 않으면 뭐든 상관없어. 이상한 흔들림이 있으니까 링거 바늘에만 신경 써. 혈관에 상처 내지 마!"

전쟁터 같은 엘리베이터 홀, 그러나 작은 발소리가 살며시 끼어들었다.

모두가 부산스럽게 오가는 가운데, 왠지 아무도 주의를 기울이지 않는 하얀 수녀가.

"이봐, 뭐야?"

나중에야 돌아보았지만 거기에는 이미 아무도 없다.

그리고 젊은 의사는 들것 위에 실려 있는 환자를 보고, 그러고 나서 옆에 놓여 있던 의료 기기 모니터를 응시하고,

"어째서 지금 바이털이 안정됐지? 대체 무슨 일이 일어난 거야!!"

그런 목소리를 들으면서, 한 소녀는 다른 들것을 향해 간다.

마도서 도서관 인덱스다.

"흠, 흠, 과연, 흠."

"그러니까 반대잖아. 전제 정보를 모르고서는 무리도 아니지만."

수녀의 어깨에 올라타고 있는 15센티미터의 신은 인덱스의 머리 위에 자리 잡고 있는 삼색 고양이를 어딘가 경계하면서도,

"의식을 잃게 하지 않으면 불안이 사라지지 않는다, 불안이 사라지지 않으면 마술을 그만두지 않는다, 마술을 그만두지 않으면 상처는 사라지지 않는다. 그 후에는 이 반복이야."

몇 번이나 몇 번이나 얼굴을 씻지 않으면 안심할 수 없는 사람이, 쓸려서 피투성이가 된 자신의 얼굴을 거울로 보고 더럽다, 더러워졌다고 되풀이해서 중얼거리는 것과 같다.

가장 간단한 마술은 애초에 도구도, 장소도 필요 없다.

무서워서, 무서워서 견딜 수가 없다. 그래서 주술이나 점을 계속 하지 않으면 안심할 수 없다.

그것이 능력자의 몸을 모르는 사이에 부숴간다.

거기에서 그만두면 좋을 텐데, 원인을 알아낼 수 없는 학생들은 '알고 싶어서 또 사용한다', '여기서 그만두면 더 심해진다'로 또 되풀이한다.

내버려두면 언젠가 목숨이 다할 때까지.

"가라앉아가는 배에서 아무리 양동이로 물을 퍼내도, 차례차례 배 밑바닥에 구멍이 뚫린다면 대처할 수가 없어. 이건 의사의 실력과는 상관없지. 환자 측이 치료에 협조하지 않는 한 어떤 상처나 병

도 고칠 수가 없어. 웃기는 얼굴인 주제에 꽤 쓸 만하군. 오히려 저 녀석의 지시가 없었다면 벌써 죽었을 거야….”

“호흡에 독특한 리듬이 있네. 생명력에서 마력을 정제하고 있는 증거야.”

“우선은 품에 숨기고 있는 영적 장치를 빼앗아. 하지만 가장 간단한 마술이라면 도구에 의지할 필요조차 없지. 역시 적당히 재워서 의식적인 호흡을 고르는 데서부터 시작하지 않으면 멈추지 않겠군, 이건.”

“계속 재워두면 쇠약해져.”

“마력 정제에 사용하는 호흡의 리듬만 무너뜨려버리면 돼. 적당한 이유를 붙여서 인공호흡기라도 달아둬.”

과학 전성인 학원도시에서, 실제로 마술이 유행하고 있다.

마술을 적절히 관리하는 영국 청교도 수녀도 확실하게 알 수 있을 정도의 이상 사태였다. 이 정도의 확산은 들은 적이 없다. 그러나 인덱스나 오티누스는 소동의 중심지에는 가지 않았다.

소녀들이 이 병원에 머물러 있는 이유는 분명했다.

“싸워서 안나를 무찌르는 것만으로는, 그 인간은 승리했다고는 생각하지 않을 거야. 그 과정에서 많은 일반인이 목숨을 잃는다면, 전부 끌어안는 건 그 인간이야. 자신도 일반인인 주제에.”

“…….”

“특대 바보가 뛰쳐나간 것도 자신의 목숨을 지키기 위해서는 아닐 거야. 무섭다, 무섭다 하면서도, 결국은 자신의 목숨보다 병원이나 우리가 당하는 게 더 싫은 거지. 저런 차원의 괴물을 상대로 사망자 제로가 아니면 용서할 수 없다는 게 특대의 불손이지만, 이번만은 저 바보가 옳아. 상황이 절망적이라고 해서 최선의 라인을 물린다면 그저 삼켜질 뿐이야. 타협안, 현실을 바라본 대응, 현인의 의견, 전부 엿이나 먹으라지. 사람이 죽는다는 건 어떻게 생각해도 분명 이상해. 그런 걸 당연하게 외칠 수 없게 되었을 때, 정말로 진흙탕 싸움이 모든 걸 삼키는 거지."

물론, 제7학구의 이 병원만으로 학원도시 전역의 희생자를 다 거둘 수 있는 것은 아니다. 인덱스도, 오티누스도 풍부한 지식을 갖고 있지만, 혼자 힘으로 편리한 회복 마술을 쓸 수 있는 것도 아니다.

그래도다.

할 수 없으니까 아무것도 하지 않는다는 것은, 틀림없이 잘못되었다.

"능력자는 마술을 쓸 수 없다, 이건 매뉴얼만 있으면 누구나 대처할 수 있는 문제야. 우리가 만들어서 이 병원에서 배포한다. 성공 예를 보여주면, 이론은 몰라도 달려들 거야. 그걸로 도시 전체의 공회전은 막을 수 있어."

"애초에 이 도시의 사람들이 마술의 존재를 공식적으로 인정해줄 거라는 보장은 없지만…."

그리고 비공식이어도 퍼지는 의식이라는 것도 존재한다.

이 나라의 경우는, 분신사바라도 떠올리면 알기 쉽다. 그것은 어른들의 조직이 애초에 분신사바의 존재 자체를 인정하는 데 시간이 걸렸기 때문에 대응이 늦어져 집단 히스테리 등의 다발적 피해를 허용하고 만 사례다.

"소스라면 있어."

그러나 오티누스는 웃으며 즉시 대답했다.

학원도시의 일그러진 현재 상황을 이해한 후, 사기의 신은 이렇게 말한다.

"…R&C 오컬틱스. 놈들이 스스로 흩뿌린 정보가 마술의 위험성을 가르쳐주는 근거가 될 거야. 우리의 말은 수상하다고 튕겨낸다 해도, 누구나 알고 있는 거대 IT의 공식 정보라면 세속 일반에 대한 신빙성이 다르지. 그 메이저성을 역으로 이용한다. 사용하기 위해서가 아니라, 리스크를 이해하고 다가가지 않기 위한 자료로 말이야."

"그러니까."

"그 후에는 중개로, 우리 손으로 만들면 돼. 능력자가 마술을 사용했을 경우에는 어떤 폐해가 생기는가 하는 플러스 원의 텍스트를."

할 수 있다면 인덱스나 오티누스도 최전선에 서고 싶다.

일이 마술이라면 그녀들의 전매특허다. 반드시 도움이 될 자신이 있다.

하지만.

그 유혹을 강하게 끊어낸다.

함께 싸우기로 결정했다면, 각자가 자신이 발견한 문제에 전력으로 부딪쳐야 한다. 그 소년이 너덜너덜한 몸을 끌고 돌아왔는데 나중이 되어서 전부 실패였다는 것을 깨닫는다니, 그런 최악의 말로를 막기 위해서라도.

"알겠어? 아무도 죽게 하지 않는다."

"응."

지키는 것이다.

학원도시를, 거기에서 사는 사람들을, 그가 돌아올 장소를.

"이 병원은 성역이야. 우선은 여기에서 퍼뜨리고, 방법론을 확립하고, 학원도시 전역을 지켜낸다. 그 안이한 인간을 위해서라도, 반드시."

"알고 있어!"

따라서 이것은 싸움이었다.

장소는 달라도, 종류는 달라도, 소녀들도 카미조 토우마와 함께 사력을 다하고 있다.

3

제7학구의 지하철역, 그 플랫폼이었다.

잡아 찢는 듯한 추위 속.

안나의 시야를 새하얗게 막은 타이밍에, 카미조는 바닥을 굴러 부서진 플랫폼 도어를 통해 한 단 낮은 선로에 스스로 떨어졌다. 둔한 아픔이 또 늘어났지만, 솔직히 말하면 이제 상처의 수를 세고 있을 만한 상황도 아니다.

언 발에 오줌 누기지만, 수십 초라도 시간을 벌 수 있으면 거기에는 보석보다도 비싼 가치가 생겨난다.

오른손을 쥐었다 편다.

지금은 카미조 토우마의 차례다.

『이미 알고 있을 거라고 생각하지만.』

"걱정하지 마. 한 개도 이해하지 못하고 있어."

『안나 슈프렝겔의 술식은, 순수한 장미의 것이 아니야.』

실로 금언(金言).

몇 개나 되는 의미를 내포한, 중요한 의미를 가진 한 마디였다.

푸슈욱!! 뜨거운 철판에 물방울을 떨어뜨리는 것 같은 소리가 울려 퍼진다. 하이드로플루오르카본으로 만들어진 하얀 김의 커튼이 부자연스럽게 불타고, 종이 사진을 뒷면부터 태운 것처럼 벌레 먹은 자국이 넓어지고, 일그러진 풍경이 바로잡히기 시작한다.

한 단 위의 플랫폼 위에서 불타는 오른손을 천천히 펴는 안나 슈프렝겔이 웃고 있었다.

또 하나의 오른손의 소유자가.

"찾았다☆"

"!!"

달려서 선로 위를 도망치지만, 어떻게도 되지 않는다.

두 개의 손가락을 옆으로 해서 부드러운 입술에 댄다. 손가락 피리나 무언가처럼 숨을 분 직후, 공기가 폭발적으로 부풀었다. 마치 그림책에 나오는 드래곤처럼, 한 단 낮은 선로 위를 끈적거리는 오렌지색 불꽃이 가득 메운다.

평범한 불꽃이라고는 생각되지 않았다. 화염방사기나 네이팜 탄(彈)이 끈적거리는 액체 같은 움직임을 보이는 것과 마찬가지다. 게릴라 호우로 배수로나 용수로가 메워지듯, 열차를 통과시키기 위한 선로가 빈틈없이 채워진다.

"우오오앗?!"

『오른손이다, 능력자.』

당연한 것을 생제르맹은 말했다.

갖지 않은 쪽에서, 올려다보는 쪽에서, 갈망하는 쪽에서.

레벨 0(무능력자) 소년을 독려한다.

『당황하든, 뭘 하든 그것밖에 할 수 없잖아. 그렇다면 끝까지 해!! 이 내가 다이아몬드나 탄소 조작에 집중한 것과 마찬가지로… 말이다!!』

마구잡이로 오른손을 휘두르고, 살아남기 위해 발버둥을 칠 수밖에 없다. 콘크리트 벽에서 도약하고, 한 단 낮은 선로의 고랑을 덧그리는 형태로 덮쳐오는 방대한 불바다를 없앤다.

오른손으로 만들어진 힘을 오른손으로 소멸시킨다.

여유 따위 없었다.

(방금 전까지와 달라?!)

"에이와스."

짧은 부름과 함께, 안나는 작은 손가락을 튕겼다.

"이건 뭐라고 부를까. '아티클 브레이커(자원 파괴)'… 라든가?"

미처 착화하지 못한 전기 라이터처럼 희푸른 불꽃이 튄다. 그러나 덧없는 깜박임이 사라지지 않는다. 바지직!! 용접 같은 섬광으로까지 부푼 직후, 액정 간판, 조명 기구, 공조 설비, 열차의 고압 전선, 어쨌든 전기가 흐르는 기계가 모조리 폭탄이 되었다.

빈틈없이, 클러스터 폭탄이라도 던진 것처럼.

게다가 카미조의 바지 주머니에는 휴대전화가 들어 있다.

"가악?!"

더욱 달려, 플랫폼에서 터널로 머리를 집어넣었을 때였다.

허벅지 뼈까지 울리는 격통이 소년의 의식을 흔들었다.

『아직이다, 능력자. 뼈는 부러지지 않았어. 부러졌다 해도 다이

아몬드의 외골격으로 지탱하면 속행할 수 있어!』

그러나 더욱 곤란한 것은 여기가 지하철 구내라는 것이다. 모든 전기 제품이 죽어버리면 코앞도 알 수 없는 암흑의 베일이 내려오고 만다.

농밀한 검정 속에 노래하는 듯한 목소리가 있었다.

"우후후, 장악."

"?!"

이 어둠 속에서도 작은 손바닥을 내밀어 정확하게 이쪽을 노린다.

다음은 '이스케이프 브레이커(도망 파괴)'일까, 또는 '실드 브레이커(엄폐 파괴)'일까.

어쨌든 그런 식으로 오른손을 바꾸며.

어디까지나 주먹으로 싸울 수밖에 없는 카미조에게는 이 어둠에서 대처하기 위한 방법이 없다.

놈이 온다.

선로로 뛰어내려, 천천히 터널 안으로 향한다.

징!!

손바닥이 가볍게 휘둘러진 직후, 무언가가 절단되었다. 그것은 번갯불을 흩뿌리며 미친 듯이 춤추는 고압 전선이다.

피지컬 공격.

"생제르맹, 부탁해!!"

왼손을 축으로 무언가가 뒤집혔다.

파지직!! 처절한 소리와 함께 카메라 플래시 같은 섬광이 터널을 메운다. 하지만 소년은 살아남았다.

탄소는 전기를 통과시킨다.

샤프펜의 심도, 다이아몬드도 전기를 유도하는 피뢰침으로 사용할 수 있다.

게다가….

『창을 여기에. 일곱 개의 벽의 밀실은 120년 비밀을 지키고, 허가 없는 자의 침입을 인정하지 않는다!!』

삐죽삐죽 머리 소년의 몸이 비틀거리며 터널 벽에 등을 기댄 직후, 새된 소리가 났다. 안나의 작은 손바닥이 짓눌리고 있다. 삐걱, 뽀각, 단단한 것에 균열이 가는 듯한 소리는 울려 퍼지지만, 그뿐이다. 등을 기댄 콘크리트의 벽을 뚫고, 소년의 어깨와 머리를 추월하는 형태로 투명한 창이 튀어나와 있었다. 그 수는 일곱.

『땅 밑은 내 영역.』

보이지 않는 스틱이라도 움켜쥐는 듯한 몸짓을 하면서, 백작이라고 불렸던 누군가가 말한다.

경의와 적시로.

『생제르맹은 다이아몬드를 조작한다. 아무리 독일 제1성당의 주인이라고 해도, 여기에서는 궁합 문제가 있겠지요. 커다란 의식 전에는, 별이나 지형에 신경을 쓰는 건 필수. 걱정 마십시오. 이 불손한 결과를 가져온 건 당신의 실력이 아닙니다.』

"잘도 지껄이는군. 자신의 증명을 위해 오래된 결사의 이름을 빌릴 뿐이었던 사기꾼이. 다이아몬드의 조작? 정말로 진짜 '장미'가 속세의 가격표와 비교하면서 돌멩이 따위에 흥미를 가질 거라고 생각했나?"

지금 여기에 있는 자는 알 수 없는 감정의 교차가 있었다.

숨을 들이마시고 음식을 먹고, 손을 움직이고 읽고 쓰고 자신의 다리로 걷는다. 그것만으로 전설이 된 자끼리가 아니면 알 수 없는 대화가.

『왜 현혹하십니까, 프로일라인.』

"조각 모음, 최적화 작업이야."

『어떤 구조인지는 모릅니다. 하지만 당신의 오른손은, 분명히 카미조 토우마와는 다른 것이잖아요.』

분명하게, 생제르맹은 단언했다.

그러고서,

『자신의 손을 움직이지도 않고, 입으로 말하는 건 생제르맹의 방식입니다. 당신에게는 어울리지 않아요. 신에 가장 가까이 있으면서 신 자체는 되지 않고, 사람의 정을 유지한 채 초인적 존재 시크릿 치프와 자유자재로 콘택트를 취할 권한을 획득한 안나 슈프렝겔을 모두가 동경했어! 자신의 기억이나 사상조차 자유롭게 바꾸어 가지고 노는, 이런 마술사의 말 따위 믿을 수 없을지도 모르지. 하지만 이건 생제르맹 한 사람의 생각이 아니야. 황금도, 신지(神智)도, 마녀도. 실제로 머릿속에 그린 곳에는 신이 아니라 당신이 있었어!!』

"…하지만."

낮게.

어딘가 건조한 어투로 어린 소녀의 입술에서 무언가가 넘쳤다.

"내 말을 올바르게 받아들인 결사 따위 한 개도 나타나지 않았어. 모두가 자신을 위해 왜곡했지."

무언가를 깨달은 생제르맹이, 한순간 전술을 잊었다. 비를 맞고

흠뻑 젖은 어린아이를 발견하고 말았을 때처럼 저도 모르게 더욱 깊이 발을 들여놓으려고 했을 때, 바로 옆에서 경적이 울려 퍼졌다.

화물 열차다.

크리스마스 수요에 맞춘 무인 열차.

"그러니까 당신도 몰라. 나에 대해서는, 영원히…!!!!!!"

『웃. 테트락티스, 그것은 10을 이루는 숫자의 삼각. 그 완전성으로 나를 상승시켜라!』

좌우 열 손가락에서 탄소 섬유의 실을 둘러치며 달리는 쇳덩어리의 지붕까지 뛰어오른 생제르맹에 비해, 안나는 정면에서 화물 열차의 선두 부분에 작은 오른손을 집어넣었다.

징!!!!!!! 공간 자체가 삐걱거리고, 선두 차량이 뭉개져 솟아오르고, 흐름이 막힌 8량 편성의 쇳덩어리가 지그재그로 부러져 접힌다.

비스듬히 위로 튀어 오른 선두 차량이 쌓이기 시작한 눈의 층째 대도시의 노면을 부수고, 눈이 춤추는 하얗고 차가운 하늘 아래로 튀어나간다.

다른 장소로 나왔다.

그 병원의 주변이기는 할 것이다. 안내판을 보아하니 몇 개의 노선과 연결된 커다란 지하철역과 세트인 역 빌딩이 보인다.

이미 사람은 없다. 혹시 지하에 있는 사이에 대규모 테러나 약품 공장 관련으로 파멸적인 화학 화재가 일어났을 때 등을 대상으로 한, 코드 레드(제1급 경보)라도 발령된 것일까.

(역시, 이 몸은 어려워.)

오른팔을 우회해 억지로 생명력을 순환시켜서 마력을 정제하고 있기 때문에, 술식의 준비가 완료되기까지 속도가 느리다. 완성된다 해도 마력의 소모가 지나치게 심하다. 연료 유출로 부품이 툭툭 떨어지는 비행기를 억지로 날리는 것 같은 불안정감을 씻을 수가 없다.

그러나 한편으로, 아무런 능력도 없는 어른의 몸을 빼앗아 완전한 마술을 휘둘렀다면 어떻게 되었을까. 그것도 생제르맹은 숙지하고 있었다.

즉사다.

저 안나를 상대로, 생각 없이 마술끼리 부딪쳐봐야 이야기가 안 된다. 그것은 산더미처럼 많은 탄도 미사일을 안고 기뻐서 어쩔 줄 모르는 군인이 태양에 승부를 내자고 도전하는 것과 다름없다.

빛에 빛으로 대항하는 식의 방법으로는 안 된다.

완전한 별종. 태양을 이기고 싶으면, 빛조차 삼키는 블랙홀이 있다.

『…….』

자신의 하얀 숨을 보면서 의도적으로 호흡을 가다듬고, 찌그러진 지붕 위에서 큰길로 뛰어내린 삐죽삐죽 머리는, 이 결과보다도 자신의 손바닥을 바라보고 있었다.

붉은색과 검은색으로 더러워졌다.

(…상처를 너무 벌렸나. 더 이상은 능력자의 몸이 버티지 못해.)

여기에서 내주는 것은 잔혹하다고 생각하지만, 생제르맹 자신이 이 소년의 몸을 안쪽에서 갈기갈기 찢어버려서는 의미가 없다.

『돌려준다, 능력자. 배턴을 받을 준비는 됐나?』

"아앗, 콜록!"

주격은 왼손에서 오른손으로. 삐죽삐죽 머리 소년은 검붉은 기침을 되풀이하면서도 다시 주먹을 세게 움켜쥔다.

"생제르맹, 소독 비누로 문지른 정도로 뒈질 미생물 덩어리가. 잘난 척 말하는군. 어차피 거기에서 듣고 있겠지…?"

뚜벅.

지금까지와는 다른, 어딘가 난폭한 발소리가 났다. 비스듬히 튀어나온 채 움직임을 멈춘 열차 안을 터널처럼 걸어, 작은 그림자가 지상으로 기어 나온 것이다.

"…처음부터 힘은 있었어. 하지만 목적은?"

낮게.

저주 같은 말을 천천히 토해내면서.

"사람을 구한다? 질렸어. 학문을 추구한다? 답 따위 가까이에 있지. 세계를 원망하고 파괴한다? 처음부터 부서져 있어. 욕망을 채운다? 실컷 했어."

절대적인 오른손을 아무렇게나 내리고. 그 작은 몸을 좌우로 흔들고.

두 눈을 번쩍번쩍 빛내고, 입가에 찢어진 듯한 웃음을 띠고, 놈이 온다.

"채워지기만 하는 인생 따위 시시해."

무기질적이고.

건조하고.

"나는 오히려 사람들이 나를 지탱해주기를 원해."

영겁의 감옥.

실현한 불로불사조차 지루한 감옥이라고 바꿔 말하는 듯한, 궁극의 낭비.

그러나 불손의 극치인 말 속에 얼마쯤의 진실이 흩어져 있을 것이다.

"하지만 거기에 있는 것만으로 룰을 일그러뜨리는, 게임을 파탄시키는 '힘'은 어떤 방향성을 얻지? 창조, 파괴, 증강, 감량, 우애, 거절, 악식(惡食), 절제. 산다는 건 결국 뭐야? 나는 무엇을 목표로 살아가면 되지? 어떻게 하면 채워질 수 있어?"

발소리가 멈춘다.

마지막 한 발짝을 내디뎌, 안나 슈프렝겔도 지상으로 나온다.

찢는 듯한 눈 아래, 같은 높이에 선다.

"말의 릴레이는 되풀이할수록 진실을 일그러뜨릴 뿐. 말은 필요 없어. 사람이 직감으로 무엇을 어디까지 이해할 수 있는지를 알고 싶어. 그걸 위한 '최적화'야. 카미조 토우마, 카미조(神淨)의 토우마(討魔). 모든 걸 빼앗은 끝에 드러난 당신에게 뭐가 남는지. 사전 지식 없이 이능에 접했을 경우, 가장 활성화되는 측면은 어디인지. 그걸 내게 보여봐."

"……."

카미조는 잠시 말이 없었다.

좌우의 어깨 높이가 맞지 않는 것조차 그는 스스로 알고 있을까.

"왠지 모르게… 말이야."

"?"

"…당신이 채워지지 않는 이유라는 걸 알게 된 것 같아."

"내가 당신을 알 수는 있어도, 당신이 나를 알 기회는 없어. 어쨌거나 용량이 지나치게 다르거든."

"아직도 미리 방패막이를 하나? 체면도 다 버리고, 이만큼 싸워놓고."

내뱉듯이 카미조가 말했다.

"자신이 채워지는 것보다 주위가 채워주었으면 좋겠다? 바보 같은 소리, 어차피 이것저것 참견하면서 멈추지 않을 거면서. 단언하는데, 당신은 자신의 인생에 손을 놓고 편하게 지내려고 해도 그 감각에서 도망칠 수 없어. 평범하게 분함을 느끼고, 평범하게 미워하고, 평범하게 복수해서 상대를 너덜너덜하게 만들어도 납득하지 않아. 오히려 지탱해줬으면 좋겠다고? 갑자기 상대가 손을 놓는 공포를 느끼지 못하는 말이로군, 마음만 먹으면 자신 혼자서 체중을 지탱할 수 있으니까 배신이 무섭지 않은 거야. 서로 지탱한다고 말하지만, 당신은 자신의 몫은 스스로 확보를 끝냈어."

"잠깐."

"즉."

"잠깐만."

"그러니까."

내가 나를 관찰하기 위해, 이렇게 안나는 말했었다.

그대로 되었다.

"자신의 특기의 비결 따위 누구에게도 가르쳐주지 않는다, 하지만 자신만의 이능은 과시하고 싶다. 전혀 특별한 이야기가 아니야. 그런 건 누구나 매일 생각하는 당연한 감성이야."

쿵!!!!!!

둔한 소리가 작렬했다.

"…정말이지, 바보일수록 부탁하지도 않은 머리를 쓰고 싶어 한다니까."

지금까지의 정체불명의 기쁨과는 다른, 분명한 초조함이 엿보인다.

"멋대로 나를 이해한 기분이 되지 마, 애송이."

다음은 그래비티 브레이커(중력 파괴)라고나 불러야 할까.

안나 슈프렝겔이 손가락 하나를 세우고 빙글 돌렸다. 그것만으로도 보이지 않는 무언가가 어린 소녀의 주위를 빙글 돌고, 금속 쓰레기통이나 청소 로봇이나 가로등이나 풍력 발전 프로펠러를 차례차례 뭉쳐 커다란 덩어리로 만들어서, 원심력을 듬뿍 담아 카미조 토우마에게 처넣었다. 보이지 않는 사슬로 묶어서 때려 박듯이.

"읏."

이매진 브레이커(상상을 부수는 자)로는 완전히 막을 수 없다.

오른손과 왼손으로는… 이쪽이 진다.

하지만 생제르맹으로는 바꾸지 않았다.

이능의 힘만을 무효화해도, 힘을 축적한 고철의 산에 뭉개진다. 그러나 반대로 말하면 물리는 물리다. 옆으로 돌릴 큼직한 궤도는 이미 보인다.

그리고 아까 안나 자신이 가르쳐주었다. 회전 반경보다 안쪽으로 파고든다면, 바깥에서 휘두르는 궤도의 타격은 맞지 않는다는 것을.

앞으로 내딛기만 하면 된다.

오른쪽 주먹을 바위처럼 움켜쥐고, 어린 소녀의 품으로. 모닝스

타는 이제 무시해도 상관없다. 그 후에는 체격 차이 따위 신경 쓰지 않고, 이번의 이번에야말로 모든 체중을 실은 주먹을 사정없이 작은 얼굴에 똑바로 때려 박는다.

둔한 소리가 있었다.

하지만 클린 히트는 되지 않았다. 도중에 가로막혔다.

그 정체는,

"왼손."

"읏."

작은 손바닥 전체로 감싸는 듯한 방어였지만, 확실히 카미조의 주먹은 멈추었다.

다만 지금까지의 통일이 무너진다.

거기에 중요한 정의가 있었다. 그래서 카미조 토우마는 호전적으로 웃고 있었다.

"이번에는 어쩌고저쩌고 브레이커냐. 시시해. 몇 번이나 남발해서 자기 쪽에서 싸구려로 만들어버리니까 이렇게 의문으로 생각하게 되는 거야. 어차피 여봐란 듯이 소개했던 에이와스인가 하는 것도 쓰지 않았잖아, 왼손. 자기 룰을 굽혀서라도 억지로 막았다는 건, 전설의 마술사든 뭐든 얻어맞으면 아픈 거냐? 안나 슈프렝겔."

"누구의 허가를 얻고."

이번에는 오른쪽 손바닥이 소년의 배를 누른다.

주먹은 이미 휘둘렀고, 상대는 받아냈다. 카미조 토우마도 무방비했다.

자존심에 상처를 입은 어린 소녀는 한계까지 두 눈을 크게 뜨며 말했다.

"신났군, 이미 죽었어야 할 놈이."

제로 거리에서 기관총 총알이라도 뒤집어쓴 것처럼, 인간 1인분의 중량이 뒤로 날아간다.

『능력자!!』

"…시끄러워, 생제르맹. 킵이다. 아직 할 수 있…."

『그게 아니야. 빨리 일어나. 다음이 온다!!』

눈에 파묻히다시피 대자로 쓰러질 여유조차 없었다.

차가운 아스팔트 위를 구른 카미조는 시야에서 두 가지를 포착한다.

빠각, 삐걱, 뽀각, 끼걱.

골격이 삐걱거리는 듯한 소리가 여기까지 울리고 있었다. 안나 슈프렝겔이… 변하고 있었다. 열 살 정도의 건드리기만 해도 부서질 것 같은 어린 소녀에서 요염한 독부(毒婦)로.

오른손의 검지와 중지를 오므리는 가위 같은 몸짓이 있었다.

"브레이크, 브레이커, 으… 음, 하아. 이제 귀찮아졌어. 싫어라. 여자란 이렇게 화장기를 잃게 되는 걸까?"

안나는 오른손에 이름을 붙이는 것을 포기했다.

하지만 파괴의 힘은 줄지 않는다.

"모처럼의 크리스마스지. 후하게 대접해주겠어."

그리고 또 하나는 하얗고 차가운 하늘 위를 천천히 횡단해 지나가는 비행선.

럭비공 모양의 몸체가 찢어져 오렌지색 유성이 된다. 고층 빌딩의 벽면을 드득드득 깎으면서 똑바로 이쪽으로 다가온다.

아이러니하게도, 유성처럼 떨어지는 커다란 액정 화면에는 썰매를 탄 하얀 수염의 산타클로스가 커다랗게 떠 있었다. 지상으로 떨어지는 거대한 웃는 얼굴을 보며 안나가 속삭인다.

"메리 크리스마스☆"

(빌어먹을…!!)

비틀비틀 일어나 가까운 빌딩으로 향한다. 유리문을 어깨로 밀어 열고 안으로 굴러 들어간다. 부왁!! 두꺼운 강화 유리를 사이에 두고 바깥 세계가 불꽃과 열로 가득 메워진다.

백화점이라고 해도 고급은 아니다.

크리스마스 대목에 맞춰 억지로 고급스러운 느낌을 내려고 한 것이 오히려 서민의 냄새를 자아내고 있다. 카미조도 혼자서 마음 편히 들어갈 수 있는 느낌의 백화점이었다.

온도를 느끼는 감각이 망가져버린 것일까.

난방은 되고 있을 텐데 조금도 안도감이 없다. 아니면 이 손끝의 떨림은 추위 때문이 아닌 걸까.

1층에서는 보석, 안경, 악기 등을 취급하는 것 같다. 온화한 실내 음악에 유리 쇼케이스가 줄줄이 놓여 있는 이 내부는, 어딘가 박물관이나 미술관을 연상시킨다.

화물 열차가 지면에서 튀어나오고, 비행선이 불꽃에 휩싸여 떨어졌다. 이미 당연하게 사람은 없다. 손님은 물론이고 점원이나 가드맨도.

부드러운 실내 음악만이 뒤에 남겨져 있는 것 같았다.

다행이다, 카미조는 생각했다.

여기에서 보석이나 매상금 같은 것에 매달려 있는 사람이 있다면, 목숨은 보장할 수 없었다.

"……."

아직 안나가 무엇을 하고 있는지는 모른다.

하지만 무언가가 다르다고는 생각하고 있었다.

바깥에서 힘을 끌어들이고 몸 안에서 자유자재로 변환해 바꾸고 나서 다시 쏘아낸다. 죽음이나 파괴의 이미지가 강한 안나의 공격 방법이지만, 새삼 생각해보면 상당히 생산적이다.

예전에 이 오른손을 둘러싸고 카미조는 많은 마술사와 싸웠다. 어쩌면 그런 흐름은 지금도 이어지고 있는 것인지도 모른다. 그들은 각자 자신의 견해를 이야기했다. 그런 가운데 이런 말이 되풀이 되었을 것이다. 카미조 토우마의 이매진 브레이커(환상을 부수는 자)는 세계의 기준점이라고. 모든 것이 옮겨가고 바뀌어버리는 마술을 다루는 자는, 결코 무너뜨릴 수 없는 부동의 한 점을 응시하며 안심을 얻는 거라고. 그렇게 되면, 무언가를 채우거나 쌓는다는 사고방식은 몹시 답지 않다.

맞물리지 않는다.

아마 안나 슈프렝겔의 방식은 '정답'은 아닐 것이다.

그렇다면,

(…마술.)

마음속으로 살며시 축을 옮겼다.

생제르맹도 말했었다. 안나가 사용하는 것은 순수한 장미의 술식이 아니라고.

(그런 방식으로 신비나 기적을 다루고 있을 뿐. 오른손 따위 기점에 현혹되지 마. 저건, 방법만 알고 있으면 스테일도, 칸자키도 할 수 있는 일반 기술에 지나지 않아!!)

그러나 이곳에는 10만 3001권 이상의 마도서를 완전 기억하는 인덱스나, 형태는 바꾸었어도 진짜 신인 오티누스 등은 없다. 그렇게 짐작을 해봐도 답을 맞힐 수 있는 것은 아니다.

왼손도 겸임할 수 있었던 건도 있다. 우선 오른손의 힘은 아닌 것 같지만, 그렇다고 해서 그럼 구체적으로 무엇을 하고 있는지까지는 파악할 수 없다. 이 감각은 의사의 말에 의문을 가져도 스스로 치료를 할 수 있는 것은 아니라는 데에 가까울까?

그럴 터였다.

그러나.

"……."

카미조 토우마의 움직임이 딱 멈추었다.

그는 무언가를 보고 있었다.

고급스러운 백화점 안에서도 한층 더 쇼케이스의 수가 많은 쪽이었다. 보석 매장. 크리스마스 당일이라 점원도 기합을 넣었을 것이다. 데이트 손님을 노리는 것인지, 유리 케이스 안에는 반짝반짝 빛나는 상품 이외에도 손으로 만든 팝 카드가 몇 개 서 있었다.

거기에는 이렇게 되어 있었다.

12월은 게마트리아 특집☆

가까이 있는 점원이 당신의 이름을 숫자로 분해해서 지금 가장 필요한 보석을 확인해드립니다. 상담 무료! 연인 사이에 부족한 속성을 보충한다면 더욱 깊이 맺어질 거예요!!

오싹했다.

마술이란, 이런 것이었나?

『순금 반지에 마음에 드는 룬을 새기자! 실제로 금화나 잔에 성스러운 문자를 새겨 부를 얻거나 독을 피하는 문화가 있는….』

『늘 가는 요가 레슨에 악센트를 더해보지 않으시겠어요? 자신만의 향로를 사용함으로써 몸 안을 이동하는 호흡을 강하게 이미지로 떠올릴 수 있어서….』

『파워 스톤은 서양만의 것이 아니다! 친숙한 아이템, 염주가 핫!! 수정 외에도 여러 가지 돌을 고를 수 있어서….』

물론 탄생석이나 파워 스톤 등, 보석 매장의 점원이 광고 문구로 '이런 것'을 취급하는 것은 카미조도 어렴풋이 이해하고 있었다.

그렇다고 해도 너무 깊다. 이런 종류의 전문 용어나 계산식은 본래 낡은 도서관이나 하얀 수녀의 머릿속에 엄중하게 보관되어야 하는 예지다. 두꺼운 종이를 잘라 사인펜으로 만든 광고 팝 카드에 아무렇지도 않게 실려 있어도 될 만한 정보가 아니다.

왜 이렇게 된 것일까.

물론 답은 정해져 있다.

"R&C 오컬틱스. 벌써 이런 데까지 물든 건가…?!"

파삭!! 바깥에 면해 있는 강화 유리 쪽에서 새된 소리가 울렸다. 오렌지색 불꽃으로 가득 메워져 있었을 큰길이 새하얗게 얼어붙고, 온도차를 견디지 못하게 된 두꺼운 유리의 벽이 가늘게 깨져 폭포처럼 떨어졌다.

글래머 미녀가 한 발짝, 백화점 안으로 발을 내디딘다.

자신이 만들어낸 유리의 바다 따위 신경 쓰는 기색도 없다. 그리고 이 이상으로 보석이나 악기에 둘러싸이는 것이 어울리는 미녀도 없다.

카미조는 말없이 오른쪽 주먹을 다시 움켜쥐었다.

"무언가로…."

꿀꺽 숨을 삼키고.

그래도 소년은 지나치게 명확한 위협에 맞선다.

"무언가로 '힘'을 바꿔서 사용하고 있어…? 네 그건, 내 오른손과는 다른 것. 스탠더드하게 여러 가지 이능을 제어하는, 바깥 세계의 마술이지!!"

"장미와 십자가야."

팔랑팔랑 오른손을 흔들며, 잔인한 웃음을 띠었다.

글래머 요녀는 말한다.

온다.

"말해도 모를 거라고 생각하지만."

4

휴대전화가 망가진 것은 뼈아팠다.

답은 세계 어디에나 굴러다니고 있다. 그것도 실수로 문외한이 손을 대고 말 정도로 알기 쉽게. 다만 지금의 카미조 토우마는 그 사이트에 접속할 수는 없다.

"칫!!"

"쿡."

글래머 미녀의 긴 손이 아무렇게나 휘둘러질 때마다 폭발의 바람이 휘몰아치고, 강산(强酸)이 아메바처럼 퍼지고, 섬광이 번쩍였다.

그 움직임은 주먹 같은 둔기라기보다도 유연한 채찍을 연상시킨다. 잔학한 자의 웃음을 띠고, 요염한 마술사가 죽음의 왕복 따귀를 사정없이 계속 퍼붓는다.

노리는 것은 오컬트로 죽이는 것이 아니라, 피지컬. 안나는 유리 쇼케이스를 부수고, 옆에서 후려치는 듯한 비로 죽이려고 한다.

이렇게 되면 주먹'만'으로는 대처할 수 없다.

"생제르맹, 교대다!!"

『맡겨둬. 목숨은 부지하지.』

뒤집는다.

그리고 당연하지만, 생제르맹만으로 안나를 압도할 수 있는 것도 아니다.

따라서 교대로 반격했다.

서로 등을 맞댄 파트너의 이름을 부른다. 폭발의 바람 덩어리를 오른손으로 튕겨내고, 비스듬히 바닥을 뚫고 나온 다이아몬드 기둥이 강산의 바다를 막고, 가파른 언덕처럼 된 투명한 기둥 위를 카미조가 달려 공중에서 슈프렝겔 양에게 달려든 것이다.

마술과 과학, 1인 2역의 콤비네이션.

다만,

"슬슬 한계일까?"

"!!"

옆으로 휘두른 오른손의 움직임과 연동한 섬광 덩어리가 카미조의 옆구리에 제대로 파고들었다. 낙하 중이던 궤도를 낚아챈다. 옆으로 날아간 소년의 몸이 투명한 쇼케이스에 명중하고, 유리를 부수며 장식된 루비 반지나 에메랄드 목걸이 등을 주위에 흩뿌린다.

"커헉?!"

허벅지에 날카로운 유리가 꽂혔다.

그러나 얼굴을 찌푸리고 있을 시간도 없다.

"얼핏 보면 변종으로 선전하고 있는 것처럼은 보이지만, 당신도 알고 있겠지. 마술과 마술의 충돌에서, 우선 제일 먼저 필요한 건 물량이 아니라 이론. 이만큼 하고도 당신은 아직 내가 뭘 하고 있는지도 이해하지 못하고 있어."

"…읏."

목소리를 내어 인정할 필요는 없지만, 안나의 말대로이기는 했다. 카미조 측이 알고 있는 것은 오른손의 힘을 자유자재로 변환해 사용한다는 것뿐이고, 그 정체가 무슨 마술의 어떤 술식인지는 하나도 대답할 수 없다.

힘으로 모든 이능을 깨부순다고 해도, 그것만으로 밀어붙일 수 있는 상대도 아니다.

마술사와의 싸움에서, 무턱대고 정면에서 돌진하는 것은 스스로 농밀한 지뢰밭에 뛰어드는 것과 마찬가지다. 애초에 정공법으로는 절대로 이길 수 없는 환경을 갖추는 것이 그들의 특색이라고 해도 좋다.

"생제르맹…."

"스스로 질문도 모르고 있는데 상대에게 답만을 요구해도, 그 녀석은 아무것도 돌려줄 수 없거든?"

휘잉, 떨어진 위치에서 가볍게 손바닥이 휘둘러졌다.

연달아 세 번이나 폭발이 일어났다.

입안에 고인 핏덩어리를 꾹 삼키고, 카미조는 외친다.

"교대해!!"

생제르맹에게 몸을 맡기자 그는 뒤로 물러나면서 다이아몬드 방패나 기둥으로 공격을 막는다. 확실한 방법이지만, 그것뿐이다. 마술에 맡기면 조금씩 막다른 곳에 내몰리고 말 것이 눈에 보인다. 카미조 측만으로는 안나를 이길 수 없듯이, 생제르맹 측만으로도 슈프렝겔 양에게는 이길 수 없다.

그래서 교대한다.

어느 쪽인가의 성능이 아닌, 그 판단이 생사를 가른다.

『돌려준다. 다음부터는 타이밍을 어그러뜨려. 놈이 읽게 하지 마!!』

"생제르맹!!"

『거부한다. 어그러뜨리라고 말했을 텐데, 능력자!!』

부러진 네모난 기둥이 회전하면서 돌진해 다가왔지만, 카미조가 막을 수밖에 없다. 계산대나 시력 검사 기계를 한꺼번에 쓸어내는 거대한 둔기를 허둥지둥 몸을 낮춰 피한다.

빈번하게 뒤집히고, 반격하고, 머뭇거리면서도 카미조의 주먹이 파멸의 리듬을 무너뜨린다.

정면에서 싸울 수밖에 없다.

섣불리 건물 기둥 같은 것으로 엄폐물을 확보하려고 해도 한꺼번에 뽑혀 나갈 뿐이고, 벽에 바싹 기대면 오른팔의 휘두름을 제약해 버릴 수도 있다.

그렇게 시간을 벌면서, 어쨌든 눈에 띈 것은 모조리 물어볼 수밖에 없었다. 그것이 좋은 일인지 어떤지는 제쳐놓고, 이미 보석 매장을 중심으로 서서히 장미(마술)의 잠식은 시작되었다.

갑자기 당첨을 뽑을 필요는 없다. 그게, 무리다.

피투성이 주먹을 움켜쥐면서, 카미조 토우마는 내부의 파트너에게 마구 질문을 던진다.

"파워 스톤이라는 건 뭐야?! 이름만이라면 많이 들었는데!"

『보석에는 별자리의 힘을 담아서 소유자에게 환원한다고들 예전부터 믿었어. 단단한 광석일수록 많은 힘을 흡수한다고도 했지. 그 극치가 다이아몬드야. 막연한 행운이 아니라, 단순한 돌을 해독이나 퇴마 등 구체적인 목적별로 나누어 사용할 수 있다고 생각하는 것도 그 때문이야.』

"금화라든가 잔이라든가, 보물에 룬을 새긴다는 건?"

『승리의 룬을 새겨서 부가 늘어나기를 기원하거나, 고통의 룬을 새김으로써 독이 든 술을 판별하는 데 사용하기도 했지. 구체적 효과가 있는 부적… 이라고 할까.』

"그럼 요가니 향로니 하는 건?!"

『요가는 스포츠센터에서 하는 트레이닝법이 아니라, 호흡에 의해 체내를 제어하고 바깥 세계에 간섭하는 술법이라고 하는 쪽이 옳아. 본래 도구는 필요 없다. 그게, 세속적인 물건이나 잡념을 버리는 학문이기는 하지만, 초심자라면 공기에 색이나 향을 입히는 편이 호흡을 자각적으로 의식하기 쉬워지기는 하겠지. 물론 가이드에 얽매여버리면 깔려 있는 레일을 따라갈 뿐이니 의미는 없어지지만.』

"금이나 은은!!"

『옛날에는 7금속이 중시되었지만 쇠나 납도 포함하기 때문에 반드시 귀금속이라고 한정되지는 않아. 덧붙여 말하자면 은의 무기를 괴물 퇴치에 사용할 수 있다는 생각은 민담 전설이나 엔터테인먼트에 의한 영향이 커서 별로 믿을 수 없어. 효과는 있을지도 모르지만, 애초에 은 십자가를 녹여서 칼이나 총알로 만들다니, 정말로 신심이 깊은 인간이 할 수 있을 리가 없잖아.』

"에에잇, 그 외에는 뭐지? 염주?!"

『불교에서 사용되는 영적 장치의 일종으로, 보통은 하나의 실에 보리수 열매를 이어서 고리를 만든 걸 가리키지만, 그 외에도 수정 등이 사용되지. 구슬의 수는 108개를 기본으로 하지만 다른 패턴도 있어. 참고로 기독교의 로사리오도 뿌리는 같아.』

구체성이 없고, 게다가 이야기가 샛길로 빠졌다.

이러고 있는 지금도 소년은 수명을 깎아 1초의 자유를 획득하고 있다.

카미조 토우마와 생제르맹이 빠르게 교대할 때마다 출혈이 늘어난다. 그래도 계속한다. 손으로 만든 팝 카드나 계산대 옆에 붙어 있는 오컬트한 기호? 의 계산표 등, 지금은 작은 힌트를 눈으로 주워나갈 수밖에 없다.

"그럼 탄생석!!"

『열두 개의 달에 각각 보석을 할당한 것인데, 방식은 여러 설이 있어. 현재 일반적으로 알려져 있는 건 1912년에 미국의 보석상 조합이 제정한 거야.』

완전 꽝이었다. 결정할 때 무언가의 소스를 참고로 한 것인지도 모르지만, 그렇다고 해서 수백 년 전의 전통 같은 것을 엄밀하게 올바로 물려받고 있다고도 생각되지 않는다. 즉, 어중간하게 기웃거리고 있을 뿐. 비교적 엉성한 구조에 화풀이 비슷한 감정만 솟아오른다. 그러면 자신의 상품을 팔기 위해 밸런타인에 초콜릿을 선물하자고 광고하는 것과 같은 이야기가 아닌가. 도저히 목숨은 맡길 수 없다.

바직!! 기분 나쁜 소리가 작렬했다.

자신을 직접 노린 것이 아니었기 때문에, 카미조의 반응이 느렸다. 본인이 아니라 앞쪽의 쇼케이스를 노리고 번갯불이 돌진했고, 안쪽부터 튕겨 날아간다. 날카로운 유리의 벽에 온몸을 얻어맞고, 소년의 몸이 바닥에 쓰러진다.

"히트."

"아… 컥…."

"경향이 보이기 시작했나? 기민하게 움직이지만, 자신의 목숨을 노리는 게 아니면 감이 둔해지는군."

마술은 별의 수만큼 많다.

하물며 안나 슈프렝겔이 있는 곳은 가장 안쪽 중의 안쪽이다. 역시 어림짐작으로 지식의 단편을 헤집어봐야 갑자기 답이 나오지는 않는 것일까.

그러나….

주먹을 쥐는 카미조에게, 안에서 대기하면서 생제르맹이 말한다.

『그렇군. 갑자기 답을 내지는 않겠지만, 하나하나를 지워나가면 덧셈 뺄셈으로 답이 나와.』

"……? ……."

『룬은 필요 없다, 요가나 불교도 여기에서는 빼도 상관없어.

R&C 오컬틱스는 모든 마술을 무질서하게 개진했어. 그건 도시의 불빛이 하늘의 별을 덮어버리는 것처럼, 오히려 오컬트의 이물감을 알기 어렵게 해버렸는지도 몰라. 하지만 '장미'의 방정식을 이해하고 있으면, 지금 여기에서 주목해야 할 예지는 자연히 보이지.』

이것에 대해서는, 카미조 토우마가 주워들은 지식으로 이의를 제기해도 어쩔 수 없나.

젓가락 잡는 방법이나 자전거 타는 방법과 마찬가지로, '장미'를 아는 생제르맹의 후각에 맡겨야 한다.

『3이야.』

몽롱해지는 가운데, 4도 5도 아닌 그 수가 정확하게 도출되었다.

생제르맹이 말하는 바에 따르면,

『'장미'에서 자주 사용했던 카발라의 세계에서는 히브리어 22자가 있으면 세계 전체를 설명할 수 있다고 했어. 7금속, 12궁, 이걸 22에서 빼보면 돼. 바깥에 펼쳐진 꽃잎을 한 장 한 장 뜯어서 없애면 꽃의 중심에 숨겨진 숫자가 보이지. 세 개의 문자야.』

그러고 보니 안나 자신이 장난스럽게 말했었다.

장미와 십자가… 라고.

『불의 신(shin), 물의 멤(mem), 바람의 알레프(alef). 이 3요소를 7등분의 고리와 12색으로 둘러싸서 세계를 나타내는 게 장미의 상징의 정체야.』

커헉… 끈적거리는 뚜껑 같은 것을 부수는 듯한 느낌으로 카미조는 호흡을 유지한다.

바깥에서 깎이고 있는 것일까, 안쪽에서 먹혀들어 가는 것일까.

슬슬 구별이 가지 않게 되었다.

"그럼… 안나는 그걸 이용해서, 에이와스인가 하는 천사의 에너지에 색을 입히고 있다는 거야…?"

『단순히 전부 해서 22가지의 공격 패턴… 이라는 것도 아니겠지. 카발라에는 게마트리아라는 암호법이 있어. 문자에 숫자를 대입해서, 두 개의 문장이 같은 수면 동일한 의미를 갖는다는 교환 방법이야.』

"그것도…."

시점에 세 개의 문자밖에 없다면, 조합은 제한될 것 같은데.

그러나 앞지르듯이 생제르맹이 말한다.

『예를 들어 신의 수가는 300이지만, 게마트리아에서는 각각 자릿수의 숫자를 더해서 한 자리로 정리하지. 그렇게 되면 변환하면 답은 3. 다만 이건 스트레이트하게 3, 기멜(gimel)이라고 읽을 수도 있고, 1+2로 알레프, 베트(bet)라고 읽을 수도 있어. 즉 실제로는 잘라내기에 따라서 무한정이야. 힘 있는 마도서가 오독(誤讀)의 온상이 된 것도 이 때문이지.』

"그것도 있지만, 그게 아니라 안나는 어디에 '장미'인가 하는 액세서리를 숨겨 갖고 있는 거야?!"

당연하지만, 납작하게 눌러 땋은 머리카락에 단 장식물은 아닐 것이다.

천이 얇은 드레스도 아닐 것이다.

올바르게 스물두 장의 꽃잎에 히브리 문자를 할당한, 엄밀한 표식. 그런 것은 어디에도 없다.

씩 웃으며, 떨어진 장소에서 요염한 미녀가 오른손을 쳐든다.

"그걸 부수지 않는 한은 끝나지 않아. 안나의 힘을 빼앗지 않으면 깎여나가 죽을 거다!!"

5

"찾았다!!"

제7학구의 병원에서, 인덱스가 엉뚱한 목소리를 냈다.

영적 장치를 사용하지 않고 주문이나 몸짓이나 손짓만으로 초보적인 마술을 구축해버린다면 부작용으로부터 능력자를 구할 방법은 없다.

그렇게 생각해버리기 쉽지만, 아니다.

"별, 세 명의 예언자, 날짜와의 관련성, 25일이 아니면 기동하지 않아…."

"크리스마스라는 일시 자체를 역이용한 저주인가?"

바보 같은 이야기로 들릴지도 모른다. 그러나 대체 언제쯤부터인지, 크리스마스는 즐겁기만 한 축제도 아니게 되었다. 어지간히 비뚤어진 인간이 퍼뜨린 것인지, 믿고 싶은 인간이 그만큼 많았던 것인지. 세상에는 이런 괴담도 있다. 예를 들어 나쁜 아이를 잡아가는 검은 산타클로스나, 1년 중에서도 연말연시에만 활동하는 칼리칸트자로스 같은, '크리스마스에만 집중적으로 출몰하는, 만나면 그것만으로 치명적인 괴인'이라는 것이.

그리고 인간 심리의 흥미로운 점으로, 행복보다 불행이 더 전파되기 쉽다는 이야기도 있다. 예를 들어 '스무 살이 될 때까지 기억하고 있으면 행복해질 수 있는 키워드, 은의 거울' 같은 것은 금세 묻혀서 잊히고 말지만, '스무 살이 될 때까지 기억하고 있으면 죽고

마는 키워드, 보라색 거울'이라면 싫어도 잊을 수 없게 되고 만다는 것 같은.

결국… 이다.

크리스마스가 행복하면 행복할수록, 사람들 사이에서는 '하지만 보이지 않는 곳에서 불행해지는 사람도 있지 않을까?'라는 어두운 기쁨이 퍼진다. 그렇다, 기쁨. 큰 파티에서 한창 시끌벅적하게 놀고 있는 중에, 하지만 연인이 없는 사람은? 하고 생각하는 인간은 대개 자신보다 밑에 있는 인간을 몽상하며 자신의 행복을 확인하고 싶어 하는 법이다. 무언가의 타이밍에, 거기에 구체적인 형태를 준 마술사라도 있었을지도 모른다. 크리스마스를 망치기 위해서인지, 아니면 이 행사를 영원히 잊을 수 없도록 보다 강고하게 만드는 게 목적이었는지는 모르지만.

실제로, '재미있을 것 같아서 프로가 형태를 주어 보았다'는 마술의 세계에서는 흔히 있는 동기다. 세계를 한 번 부쉈던 오티누스 자신이 말하는 것도 그렇지만, 마술사에게 신중하지 못하다는 말은 없다.

예를 들어 크툴루 신화 같은 것이라거나.

자칭 작자인 안드레가 그렇게 자기부정했던, 장미십자라든가.

"…자신은 불행하지 않다는 걸 확인하기 위한 주술… 이라."

오티누스는 지긋지긋하다는 듯이 말했다.

"그걸 몇 번이나 되풀이해서 육체를 파괴하다니. 자기 불신이란 최대의 독소로군, 애초에 행복과 불행을 밖에서 보지 않으면 안심할 수 없는 시점에서, 네놈들은 행복하지도 어떻지도 않아."

"하지만, 이거라면."

"파티는 끝낼 수 있지. 또 이 녀석들이 빈손으로 마술 흉내를 시작하기 전에, 환자가 의식을 잃고 있는 틈을 타서 머리맡에 선물이라도 남겨줘. 이 나라에서는 산타클로스가 찾아오는 게 크리스마스의 하이라이트고, 받고 나면 크리스마스는 끝날 테지?"

"…크리스마스를 끝내는… 술식."

"만들고 나면, 문병객 중에서 어른을 찾아. 능력자가 아니라면, 부작용 없이 마술을 써달라고 할 수 있을 거야."

평범하게 생각하면, 그런 협력에 응해주는 사람은 없을지도 모른다. 하물며 학원도시에서는. 최악의 경우, 이 비상시에 신중하지 못하다며 화를 내도 이상하지 않다.

하지만 지금은 다르다.

마술에 대한 허들을 낮춘 것은, 틀림없이 R&C 오컬틱스다.

그리고 전쟁과 사기와 마술의 신은 이용할 수 있는 것이라면 무엇이든 이용한다.

적이 소금을 보내면, 그 소금을 써서 유복한 적의 밭을 망치는 것이 오티누스의 방식이다.

따라서 망설임 없이 신은 말했다.

"이걸로 결판을 낸다."

6

안나 슈프렝겔은 자신의 오른손을 어떻게 할지 머릿속으로 생각하고 있었다. 오늘 저녁으로 무엇을 만들까, 그 정도의 긴장감으로.

변환이 자유롭고, 공격 수단은 100만 개를 훌쩍 넘는다.

(…최적화도 슬슬 끝. 재미없는 결과도 이미 나왔어.)

선택한다.

40+300. 각 문자는 한 자릿수씩 나누어 가산해서 처리, 즉 수가는 7. 결과, 진짜로 추출되어야 할 문자는 Z, 자인(zayin). 타로 카드의 '연인'에 해당하며, 생명의 나무에서는 '이해'와 '아름다움'의 구체를 잇는 채널이 된다.

그 의미는 검 또는 장갑(裝甲).

그걸로 오른손의 성질이 결정된다.

(짜증 난다는 감정은 드물기는 하지만, 절대로 손에 들어오지 않는 것도 아니야. 만족스러운 결과도 얻지 못했고, 얼른 처분하고 다음 목적지로 갈까.)

안나 슈프렝겔은 그 낭창낭창한 손을 살며시 내민다. 그 오른손은 두 개의 손가락으로 절단한다. 즉 두 개의 손가락을 오므리는 것만으로도 공간의 표적의 목을 사이에 끼워 자르는, 보이지 않는 커다란 아가리를 형성한다.

그때였다.

카미조 토우마가 묘한 움직임을 보였다.

"『교대해!!』"

옥쇄를 각오하고 주먹을 쥐고 품으로 뛰어드는 지금까지의 경향과는 정반대.

오히려 자신 쪽에서 뒤로 뛰어서 거리를 벌리려고 하는 움직임이다. 어느 쪽이든 자살 행위임에는 변함이 없지만, 무기 따위 있을 수 없다.

그렇게 되면,

(생제르맹인가…!!)

안나는 웃는다.

얼핏 보면 카미조 토우마는 다양한 선택지를 획득한 것처럼 보일지도 모르지만, 실제로는 반대다. '로젠크로이츠(장미십자)'의 진수에 있어서, 독일 제1성당의 주인을 이길 마술사 따위 존재하지 않는다. 같은 씨름판에 올라가 싸움을 건 그 순간부터, 만에 하나라도 상대방에게 승리는 없다. 선전은 할 수 있지만 결코 이길 수 없는, 죽음의 늪이다.

마술에 이기려면 환상을 죽일 수밖에 없다.

자명한 이치일 텐데.

(여기까지 와서, 최후의 최후에 무난하게 거리를 벌려 무기로 싸우려고 하다니, 한심해.)

생제르맹이 특기로 하는 것은 다이아몬드의 합성.

즉 탄소의 조작이다.

(…그렇다면, 고체도, 기체도 상관없이 모든 탄소를 이 한 점에 흡착해서, 공간 전체에서 빼앗아버리면 돼.)

구웅!! 작은 왼쪽 손바닥에 무언가가 모인다. 그것은 환약보다는 조금 큰, 지저분한 검은 구체다.

(이걸로 생제르맹은 아무것도 할 수 없어. 아니면 숙주의 몸을 깎아내서 다이아몬드라도 만들어볼 텐가? 장례 회사의 옵션 서비스를 보아하니, 인체 하나를 통째로 써도 손톱 끝만큼도 안 되는 것 같은데!!)

그리고 웃고 나서, 안나는 소리도 없이 얼굴을 찌푸린다.

입으로는 무슨 말을 하든, 결국은 누구보다도 성공이나 승리에 매달리고 있다. 그것이 없으면 자신을 유지하지 못할 정도로.

어떤 소년에게서 지적당한 말이 이제 와서 아픔을 동반했다.

하지만.

"………."

찰나의 공백이 있었다

뒤로 물러나… 바꾸어 말하면 안나 측이 쫓아감으로써 자연스럽게 주목을 모았을 때, 카미조 토우마가 무언가를 가볍게 던진 것이다. 그것은 싸구려 금박으로 만들어진 몇 센티의 기호였다. 숫자도, 알파벳도 아닌, 굳이 꼽자면 히라가나의 '테'와 '요'를 조합한 것 같은 기호다.

염소자리를 의미하는 한 글자.

그 에센스는 여성, 활동적, 토성, 열망이나 영화(榮華).

그리고,

(흙, 속성….)

그렇다.

3자, 7자, 12자의 합계로 22자. 중앙에 세 개밖에 틀이 없는 이상, 히브리어 22자를 관리하는 장미의 상징에서 꽃의 중심 부분에는 어떻게 해도 '흙'을 놓을 수는 없다.

그리고 마술의 상징이기는 하지만, 마력은 통하지 않는다. 아니, 애초에 실천적 기술이 없는 채로 주워들은 지식만으로 역이용하려는 건가.

이런 것은 '실제로, 할 수 있는' 생제르맹의 방식이 아니다.

결국은,

"…카미조 토우마… 였다는 거야…?"

알고 있어도, 사람의 생각은 이미지에 끌려간다.

쓸데없는 것이 섞인다.

염소자리, 흙의 상징 중 하나.

붉은 방이냐 푸른 방이냐에 따라 보는 사람의 인상은 여실히 달라지고, 전철 운전석 등의 색채를 결정하는 것과 마찬가지로.

집중이 흐트러진다.

(그렇다면, 곤란해!!)

7

12월의 탄생석은 터키석이나 라피스라줄리.

염소자리 여러분, 흙 속성이라도 의기소침하지 마세요. 크리스마스는 여러분의 계절입니다. 조르려면 오늘 합시다!

"읏!!"

바닥에 흩어진 손으로 쓴 팝 카드를 발로 옆으로 치우며, 카미조는 이를 악문다. 눈앞에서 안나 슈프렝겔이 얼굴을 찌푸리며 여성다운 가냘픈 오른쪽 손목을 반대쪽 손으로 감싼다. 그걸로 어떻게 되는 것은 아닐 테고, 된다 해도 빈틈을 만든 시점에서 계획은 성공했다.

한 발짝.

크게 내디딜 만한 빈틈만 있으면.

탕!!

폭발적으로 부푸는 하얀 빛에 저항하듯이, 카미조 토우마는 강하게 쳐들어간다.

마지막 힘을 쥐어짜 그 품으로 돌진한다.

이제 폭주해도 상관없다고 생각한 것일까. 용접처럼 눈을 뭉개는 빛을 그대로 두고, 안나가 오른쪽 손바닥으로 영격을 시도한다.

거기에 서는 것만으로 그곳 전부를 썩게 하는 요녀가 고함친다.

"하지만 왜?!"

그렇다. 아무리 많은 마술사와 싸워왔어도, 카미조 토우마 본인은 술식을 짤 수는 없다. 생제르맹과 교대하면 쓸 수 있겠지만, 놈은 놈대로 자신을 죽이는 주먹에는 의지할 수 없다.

다만 답은 단순했다.

"R&C 오컬틱스."

"읏."

"당신이 스스로 뿌린 지식이잖아. 그런 짓만 하지 않았다면 역전 기회 따위 없었을 텐데!!"

폭주를, 안나는 포기한다.

이 마지막 순간에 룰을 무시하고 반대쪽 손을 쳐든다.

그렇다, 실제로 안나 슈프렝겔은 딱히 오른손을 특별시하지 않는다. 그런 것은 단순한 빈정거림이다. 전에도 그 반칙은 보았다, 그래서 카미조도 망설임 없이 움직였다.

행동으로 나간다.

그러나 여기에서 오른쪽 주먹을 사용해버리면 전과 같은 반복이다. 카미조의 오른손과 안나의 왼손이 부딪치는 사이에, 그녀의 오른손이 내밀어지면 몸이 날아간다.

따라서,

"뭣."

깨물었다.

안나 슈프렝겔의 요염한 손바닥. 매끈하게 뻗은 가느다란 손가락. 모든 마술에 정통한 지식인에 대해 너무나 원시적인 선택지이기는 하지만, 확실히 그걸로 효과가 나는 것이다.

즉,

(…다섯 개의 손가락.)

카미조 토우마는 이를 악문다.

역시 보석 매장이 가장 의식할 것이다. 만일 왼손 약지 이외에도 반지를 끼는 의미가 주어진다면, 그게 새로운 판매 기회가 될지도 모르고.

그렇다.

굳이 제대로 된 장미의 상징을 가져올 필요는 특별히 없다.

사소한 접객용 메모일 것이다. 바닥에 떨어진 종잇조각에도 이렇게 적혀 있었다.

다섯 손가락과 속성의 대응표가.

(엄지부터 순서대로 에테르, 물, 불, 흙, 바람. 즉 검지, 중지, 새끼손가락을 명령에 맞춰 구부림으로써 기본인 불, 물, 바람을 온오프하고, 손바닥 안에서 문자를 자유롭게 합성한다. 그게 안나가 사용하던 천사의 제어 방법이었어. 그런 마술이었어! 그렇다면!!)

어떤 형태이든, 손가락을 움직일 수 없게 되도록 구속해버리면.

안나 슈프렝겔의 반대쪽 손, 히브리어를 사용한 장미의 술식은 봉쇄할 수 있다.

물론, 이쪽의 오른쪽 주먹은 자유를 획득한 채.

"……!!"

당연한 일이지만, 카미조 토우마와 생제르맹이 걸어온 길은 전혀 다른 것이었다.

과학과 마술. 접점 따위 아무것도 없는, 서로 다른 타인일 뿐이었다.

하지만 이때, 두 인간은 함께 같은 방향을 노려보고 있었다.

낙오자라도 좋다, 기대에 어긋난다고 경멸당해도. 그래도 지금 여기에 살아 있는 목숨에는 결말을 바꿀 자유 정도는 남아 있다.

그 '목숨'이 어떤 형태이든.

소중한 사람이나 마음을 지키고 싶다고 바라고, 실제로 행동으로 돌입할 수 있다면.

설령 세계의 누가 상대라 해도, 호각으로 싸울 수 있다!!

(카미조 토우마.)

(생제르맹.)

입을 사용했다.

이를 악문 이상, 말 따위는 할 수 없다.

그래서 단 한 사람의 적을 응시하며, 무언의 결판에 도전했다.

처음부터, 안나 슈프렝겔의 횡포를 본 그들의 마음은 하나였다.

더없이 단단하고 단단하게. 주먹을 세게 움켜쥔다.

즉 저 여자에게 전부,

((돌려준다!!))

쿵!!!!!!

이번의 이번에야말로, 희롱당해온 2인분의 의지가 슈프렝겔 양의 광대뼈를 포착했다.

종장 쇠창살에서 인사를 Matching_Complete

난폭한 소리가 났다.

"…읏."

온몸이 피투성이가 된 카미조 토우마가, 백화점 에스컬레이터를 굴러떨어진 소리였다. 의식은 몽롱하고 출혈도 심하다. 온몸은 뜨겁고, 숨을 들이쉬고 내쉬는 것보다 피 맛이 더 강해진 기분이 든다.

이쯤이 한계였다.

결국, 백신이나 특효약 같은 방호 수단은 손에 들어오지 않았다. 안나 슈프렝겔을 쓰러뜨려도 카미조 토우마가 구원되는 것은 아니다.

몇 사람인가 아직 남아 있던 점원들은 머뭇머뭇 소리를 확인하고, 거기에서 피투성이 소년을 보자 비명을 지르며 도망쳤다.

『뭘 하고 있지?』

생제르맹으로부터 의문이 있었다.

그가 이렇게 존재하는 한, 안나 슈프렝겔의 꿍꿍이대로 카미조 토우마는 계속 깎여나간다. 그럼에도, 소년이 에스컬레이터에서 굴러떨어지면서까지 목표로 한 곳은 약국이나 클리닉이 아니었다.

비틀거리면서 백화점 지하의 식료품 코너로 들어가, 선반에 몸을 기대고 질질 끌며, 수많은 상품을 바닥에 와르르 떨어뜨리면서

차가운 공기가 흘러드는 쪽으로 향한다.

카미조의 목적은 어디에나 있는 것이었다.

한천이다.

움켜쥐고, 선반에서 무너져 떨어진다.

요란하게 피를 토했다.

지금부터 분말을 물에 녹여 모양을 만들고 있을 시간이나 체력의 여유는 없다. 이미 균형 감각도 없고, 시력은 있는데 어느 쪽이 위고 어느 쪽이 아래인지도 알 수 없게 되었다. 네모난 젤리 같은 완제품 팩을 움켜쥐고, 의식이 없어지기 전에 시험해둘 것이 있다.

자세한 조건은 모른다. 하지만 한천은 요리나 과자 만들기에 사용되는 것 외에, 샬레 속에서 미생물을 기르는 대표적인 배지(培地)이기도 했을 것이다. 잡균이 들어가도 안 될 테니, 수지 보존 용기를 가게 앞에서 판매하는 로스트치킨을 데우는 데 사용하는 대형 전자레인지에 쑤셔 넣고 다이얼을 돌려 강제로 열소독을 한다.

폐 속에서 쥐어짜다시피, 카미조는 중얼거린다.

"내가, 죽으면…."

『…….』

"이 몸에 깃들어 있는 너도 길동무가 돼버리잖아."

그렇다.

백신이나 특효약이 손에 들어오면 카미조 토우마는 살 수 있을지도 모른다. 하지만 그걸로 전부 원만하게 수습된다고는 생각하지 않았던 것이다.

"만일 죽은 사람이라도 아무렇지도 않게 옮겨 탈 수 있다면, 사람들은 너를 좀 더 다르게 보았을 거야. 단순히 무서워할지, 아니면 죽은 사람을 생각나게 해주어서 감사하게 생각할지는 모르겠지만."

『무의미해.』

생제르맹은 확실하게 말했다.

전제를.

『애초에 타인의 뇌를 사용하지 않으면, 나는 자신의 생각을 지속할 수 없어.』

"읏."

안나 슈프렝겔은 처음부터 쓰고 버릴 생각이었다.

카미조 토우마든, 생제르맹이든, 어느 쪽이 남아도 그 여자가 언제까지나 흥미를 유지할 수 있었으리라고는 생각되지 않는다. 마지막에는 버려지고, 같이 쓰러져 자연 소멸. 거기까지 포함한 '안전한 귀족의 놀이'였으리라.

…바꾸어 말하면, 어느 쪽이 이겨도 안나 슈프렝겔은 샘플을 남겨두지 않는다. 얻을 수 있는 것이 없다. 어쩌면, 안나의 목적은 카미조 일행 외에 뭔가 있었을지도 모른다.

그쪽을 쫓고 있을 여유는 없다.

여기에서 해결해야 하는 문제가 하나 있다.

그들 자신의 손으로, 마지막 결판을 낼 필요가.

『내가 나가지.』

"이봐…."

온몸의 열이 가시는 느낌이 있었다.

아니, 아니다, 몸의 한 점으로 민달팽이처럼 천천히 이동하고 있는 것이다. 보다 정확하게는, 카미조 토우마의 오른손 손바닥으로.

『원래 이건 네 육체였어. 처음 상태로 되돌리는 게 옳은 결정이겠지.』

생제르맹이 무엇을 하려고 하는지를 알게 되었다.

체내에서 증식을 되풀이하기 때문에 이매진 브레이커(환상을 부수는 자)로도 완전히 소멸하지 않는다는 이야기였지만, 생제르맹 측에서 무질서한 확산을 막고 자신의 천적을 향해 돌진하면, 사정은 달라진다.

아마, 생제르맹을 보낸 안나 자신조차 예상하지 않았던 선택지이겠지만.

"그러면 넌 어떻게 할 거야…?"

『어차피 내가 이 육체를 점유해도 안쪽에서부터 계속 망가뜨릴 뿐이야. 능력자는 마술의 부작용에서 도망칠 수 없어. 언젠가 타이밍이 오면 내구도를 넘어, 반드시 사망한다. 즉 어느 쪽을 선택하든 내 소멸은 피할 수 없는 거야.』

"피할 수 없다는 건 스스로도 아쉬워하는 거잖아!! 어떤 형태든 생명으로 존재하는 이상은 자신이 죽을 걸 알면서도 아무 생각도 하지 않을 리가 없어!!"

『…….』

"시험해봐, 조금이라도 방법이 있다면. 자살이나 마찬가지일지도 몰라도, 이쪽에는 다음이 있어! 만에 하나일지도 모르지만 희망이 있다고, 그렇다면 막다른 길을 향해 부딪치지 마!! 이 마지막 순간에…. 어중이떠중이 '생제르맹'이 지금까지 뭘 해왔는지는 아무래도 좋아. 지금 여기에 있는 당신은 틀림없이 학원도시를 지키기 위해 싸워주었어! 옳다거나 옳지 않다거나, 그런 이유로 스스로 손을 움츠릴 필요는 없잖아?!"

『하지만, 그러면.』

"시끄럽다고 했잖아!! 아무도 지키지 못하는 겉만 번지르르한 게 무슨 가치가 있어. 한심해도 좋아. 내가 인정할게. 절대로 부정하지 않을게. 그러니까 손을 뻗어!!!!!!"

침묵은 계속된다.

다만 그 의미가 약간 달라졌다.

모서리가 깎인 것처럼 둥글어진다. 어쩌면 그것은, 또 한 사람이 웃었기 때문일지도 몰랐다.

『……그렇게 말할 수 있는 너니까, 더 이상 누군가의 꿍꿍이로 짓밟는 짓은 하고 싶지 않은 거야.』

"읏."

『무엇이든 꿰뚫어 보는 안나 슈프렝겔이 예상도 하지 못한 일을 딱 하나 이뤄보자고. 능력자, 너는 그 여자의 놀이에서 해방된다. 네가 누구보다도 행복하게 사는 게, 그 여자에 대한 최대의 공격이 되겠지.』

카미조 토우마에게는 선택권이 없다.

이매진 브레이커(환상을 부수는 자)를 이용한 미크로 자살. 막기 위해서는 몸에서 오른쪽 손목을 절단해버리는 방법도 있었을지도 모르지만, 지금부터 뒤쪽으로 돌아가서 전문적인 칼이나 기재가 있는 생선이나 육류 가공장까지 기어갈 만한 힘이 없다. 어디에나 있는 한천 팩을 움켜쥔 시점에서, 그는 바닥에 무릎을 꿇었다.

어쩌면, 처음부터 망설임 없이 그렇게 했다면 여기에서 누군가 한 사람을 구할 수 있었을지도 모른다.

소년은 무언가를 아쉬워했다.

그래서 마지막 선택권을 생제르맹에게 양보하고 말았다.

『그게 옳아.』

"하지만…."

『스스로 자신의 육체를 파괴하다니, 그런 건 틀림없이 잘못이야.』

현재 진행형으로 자신이 하고 있는 행위를 전부 부정하는 듯한 말이었다. 하지만 생제르맹은 뒤에 남길 소년을 위해 주의를 굽혀 주었다.

무서울 것이 뻔하다.

어떤 생명이라도, 자살을 바라고 있어도, 막상 그때를 맞이하면.

그런데도.

『게다가, 이별을 아쉬워할 필요도 없어.』

거짓말이라는 것을 알고 있었다.

하지만 작은 여흥으로 모두를 흥겹게 하고 꿈을 보여주는 것이, 한 마술사의 방식이었다.

그래서 그는 거짓말을 관철했다.

『여기에서 내가 어떻게 되든, 총수(總數)로서의 생제르맹은 전 세계에 흩어져 있어. 기억도, 주장도 자유롭게 바꿀 수 있는, 스스로를 속이는 사기꾼이. 그러니까 슬퍼하는 건 착각이야. 이 마술사, 생제르맹 백작은 이미 시공을 초월한 불사의 존재가 되었으니까.』

마지막까지, 그 말의 말미까지 카미조 토우마는 새겨서 들었다.

그것이 예의라고 생각했으니까. 그리고 힘 있는 마술사의 말이 끝난 직후, 카미조 토우마의 몸도 앞으로 쓰러졌다.

한계를 맞았다.

크리스마스에… 선물을 받았다.
소년은 생명을 받아 들었다.

어둡고 차가운 방이었다.
학원도시 제1위이자 새 총괄 이사장, 액셀러레이터(일방통행)가 있는 곳은 구치소다. 그 하얀 괴물은 기소와 재판을 기다리고 있는 상태였다. 모든 '예외'를 부정하고, 이 도시에 검게 도사리고 있던 '어두운 부분'을 일소하기 위해.
조용… 했다.
최소한의 권리인지 뭔지를 정말로 아래의 아래밖에 보장하지 않는 것이리라. 난방은 되고 있을 테지만, 콘크리트를 뚫고 바깥에서 기어드는 냉기를 몰아내고 있다고는 도저히 생각되지 않는다.
그래도 끈적거리는 어둠보다는 훨씬 낫다.
이곳에는 자연스러운 형태의 세계가 있다.
무언가를 이상하게 일그러뜨린 미지근한 안녕이 아니다. 있는 그대로의 세계는 소리도 없이 천천히 양식(良識)의 마비를 풀어주는 것 같았다.
모두가 싫어하는 쇠창살에 둘러싸여 있지만, 진짜 자유를 얻기 위한 도움닫기라고 생각하면 나쁘지는 않다. 말하자면 단단한 껍질로 보호받는 알 같은 것이다.
그때였다.
뚜벅 하는 발소리가 있었다.
그 소리는 작다.
아무래도 옆방에 누군가가 들어온 것 같았다.

그리고 겉모습만이라면 열 살 정도의 어린 소녀가 쇠창살에서 웃으며 말을 걸어왔다.

"여어, 과학 측의 대(大) 보스 씨. 나에 대해서는 알고 있나?"

"……."

"총괄 이사장이라는 화려한 직함인 것치고, 어디에도 창구를 열어놓지 않았으니까 말이지. R&C 오컬틱스의 CEO가 이렇게 직접 만나보기로 했지."

혀를 찼다.

여기에서 쇠창살을 비틀고 옆방을 덮쳐도 상관없지만, 그렇게 하면 제1위가 스스로 정한 룰을 파괴하고 만다. 새로운 '예외'가 생겨나면 비밀을 쥔 자들이 다음 어둠을 자유롭게 디자인하고 만다.

새 총괄 이사장으로서의 외교가 시작되었다.

"…오늘은 무슨?"

"큰 목적은 없어. 1세트가 끝나서, 빈 시간에 적당히 놀면서 데이터를 모으고 있었지. 서비스(정보)라는 이름의 침략도 순조롭게 진행되어주었고."

"……."

"그것도 이제 끝. 조금은 재미있는 변칙도 보였지만, 조금의 레벨이라서 말이야. 2세트의 목적은 이쪽이야. 당신과 얼굴을 마주하면, 학원도시 관광도 끝이려나."

"짖지 마. 어떤 형태든, 네 머릿속에서 어떻게 처리하든, 이렇게 쇠창살에 처넣어져 있다는 건 패배한 거겠지."

"질리면 나갈 거야. 그러니까 그렇게, 가능한 한 이야기를 길게 끌어줘. 내가 즐거울 수 있다면, 그만큼 세계는 평화로워질 수 있을 거야."

"이봐."

공기가 달라졌다.

결코 크지는 않은, 하지만 확실하게 체감 온도를 식히는 음색이다.

호응해서.

수많은 먼지나 분진이 한 점에 모인다. 그것은 현세에 없는 자에게 질량을 주는 부정(不淨)의 고치다. 고치를 찢으면 반투명한 악마가 공간에서 스윽 떠오른다.

"이 내가 다스리는 학원도시에서, 그런 '예외'가 통할 거라 생각이라도 했나?"

"후웃…."

그런데도… 다.

주도권을 빼앗기지 않는다.

따끔따끔한 불온한 공기 덩어리가 또 하나 늘었다.

"짜증 나. 아아, 짜증 나. 이런 쇠창살, 물어 끊고 지금 당장 당신을 죽이러 가고 싶을 정도로 이해가 늦는 게 짜증 나. 여기에서 질문이 들어올 정도로 치명적으로 나쁜 머리에 짜증이 멈추지 않아. 이랬는데 설명이 서툴다느니 뭐라느니 하는 말을 듣고 내 머리를 의심받다니, 그게 뭐야? 서버 에러로 뚝뚝 끊기는, 실패투성이의 다운로드 중에 나오는 '그쪽이 100% 잘못했으니까 알아서 기기의 설정을 확인해주십시오 빌어먹을 자식'이라는 사람 개무시하는 윈도도 이것보다는 다정하잖아…? 하지만 괜찮아, 나는 참을게. 삼킬게. 에헤헷☆ 참는 걸 즐기는 마음을 몸에 익히자고. 응, 내가 생각해도 좋은 목표야. 밝고 긍정적이고. 역시 심야의 다운로드 중에는 한 잔의 커피를 즐기는 정도의 여유를 가져야지. 잠을 잘 수 없게 되지만. 이봐, 박수는 어쨌어. 그 얄팍한 목숨을 건졌으니까 멋지다고 말해."

저 제1위를 상대로, 초조함은 있을지언정 1밀리의 공포도 느끼지 않는다. 이쪽이 어지간히 이질적인 것일까.

지금은 참았다.

하지만 다음에는 '폭발'한다.

당초의 예정 따위 아무래도 좋다, 세계 정도는 한꺼번에 날려 보낸다. 그런, 화약고 같은 웃음을 띠며 안나는 말을 잇는다.

"당신이야말로 알게 될 거야. 도시에는, 나라에는, 세계에는, 그래도 결코 묶을 수 없는 것이 있다는 걸."

"……."

"우후후. 바보 같은 질문은 끼워 넣지 않게 되었군, 그 선택은 클레버해. 그리고 알도록 해, 지배자인 척하는 꼬맹이. 당신의 권한은 절대적인 게 아니야. 이쪽은 천박한 욕망에 쫓긴 세상의 왕후귀족이 개인 재산은 물론이고 혈세까지 내던지면서 찾아다녔던 옛 마술결사 '로젠크로이츠(장미십자)'. 아무리 힘이 있고, 정의나 물량을 지배하더라도, 그래도 나는 붙잡히지 않아."

시계도 없는 밀실의 시간은 길다.

오랜 권력자는 새 지배자를 귀여워하듯이 눈을 가늘게 뜨고.

그리고 확실하게 단언했다.

"별로, 나는 거대 IT를 동경해서 R&C 오컬틱스를 설립한 게 아니야. 원래부터 있던 '붙잡히지 않는 조직'이, 시대에 맞춰 형태를 바꾸었다는 것뿐이거든? 즉 이미 답은 나와 있어. 단언하지. 당신의 권력은 당신을 묶어. 그걸로는 나를 붙잡을 수는 없어. 절대로."

"너…."

"바보가 의문으로 생각하지 마. …어머나, 어머나, 우후후, 미안해. 나도 모르게 말이 더러워져서☆ 하지만 2세트는 이걸로 끝. 이제 와서 경기장 밖에서 붙들어도 다음은 없다?"

쿡쿡 웃으며.

찌릿찌릿한 불발탄의 긴장을 머금고.

쇠창살에 체중을 기댄 채, 가벼운 말투로 독일 제1성당의 주인은 말한다.

마치, 예전에 '어두운 부분'을 용인하고 이 도시 전체를 지배하며 관찰을 계속했던 '인간'처럼.

파란의 예감이 들었다.

"그러니까 빈 시간에 지루한 도시의 데이터를 모아야겠어, 새 총괄 이사장 씨."

— 다음 권에 계속 —

작가 후기

한 권씩 사주시는 여러분, 오랜만입니다. 한꺼번에 사주신 여러분, 처음 뵙겠습니다.

카마치 카즈마입니다.

이번에는 크리스마스 당일입니다! 창약 1권은 도시의 스케일이나 치안 유지의 구조를 재확인하는 의미에서도 비교적 민간인을 많이 끌어들였기 때문에, 2권에서는 실력자들이 일반인을 떨어뜨려놓음으로써 소수 정예의 배틀에 전념하는 형태로 만들어보았습니다.

앞 권에서도 제3위가 참전했지만, 역시 제5위가 얼굴을 내밀면 정치력이랄까, 주위에 대한 배려가 배어나오네요. 교복, 간호사, 산타, 미츠아리 슈트(?) 등등 차례차례 옷을 갈아입음으로써, 앞 권에서 이어지는 일을 그대로 스트레이트하게 하면 무거운 이야기가 될 수도 있는 전체의 분위기에 꽃을 더해보았습니다. 밝아져라…! 유일한 결점은 쇼쿠호가 크게 나오면 시라이 쿠로코가 나설 자리가 없어져 버리는 점일까요. 뭔가 공존하는 방법을 구축할 수 있다면 좋겠는데요.

쇼쿠호 관련으로 가장 볼 만한 것은 역시 카미조가 나왔을 때. 머리로는 엉망이 되어서 화가 치밀어도 몸 쪽이 기뻐하고 마는 여왕님입니다. '레일건(초전자포)'에서 소설로 홈스테이를 하러 온 감이 있는 쇼쿠호에 대해서는 저 자신도 매일 공부 중이긴 합니다만, 이 사람은 얼핏 보면 모두를 클레버하게 휘두르고 있는 것 같아도 실은 자신 쪽이 휘둘리고 있는 것을 전혀 깨닫지 못하는 점이 최대의 모에 포인트인가 하고요(특별히 미리 짜고 공통 룰을 만든 건 아니지만, 돌이켜 생각해보면 원작 소설, 여러 만화, 그리고 애니메이션에서 쇼쿠호는 기본적으로 여왕님인 주제에 대개 어느 작품에서나 호되게 당하고 형편없이 지는 장면이 있는 것 같은?). 보는 각도에 따라 이것 하나로 S와 M 양쪽의 마음을 다 채울 수 있다니 굉장한 딸을 키운 것 같습니다.

미코토와 쇼쿠호는 견원지간이지만 원작 소설 측에서의 최대의 실수는 '화해 없이 적의 손을 빌리느냐 마느냐'가 아닌가 싶습니다(설명 없이 아군을 조종하는 점에 대해서는, 실은 미코토도 문제가 일어나면 아무 말도 하지 않고 혼자서 싸우는 버릇이 있는, 즉 혼자서 인원 배치를 정해버리기 때문에 그레이. 본인이 그렇게 같은 편의 컨트롤에 대해 과민해지는 것은 혹시 자신에 대한 부메랑을 무의식중에 두려워하는, 근친 증오도 있을지도? 라고 생각합니다). 그런 점에서는 쇼쿠호가 얼굴을 내밀면 역시 배틀의 룰이 달라지죠. 창약 1권과 2권을 비교해서 읽어주시면 각각의 전투 스타일을 확실하게 알 수 있을지도요.

덧붙여 말하자면 카미조는 적과 아군의 벽을 부수기 위해 싸운다는 변칙 스타일이기 때문에 미코토와도, 쇼쿠호와도 다릅니다. 사건이 일어나면 혼자서 현장으로 향하는 것은 그도 마찬가지지만, 지금까지 계속해도 아직 죄책감을 갖지 않는 것은 그런 부분에 기인하고 있는지도 모릅니다.

무대가 되는 것은 제7학구의 그 병원.

본편에서는 여기가 메인이 되는 건 처음일지도 모르겠네요. 학생 기숙사나 학교와는 또 다른, 하지만 카미조가 구김살 없이 지내는 모습을 그릴 수 있다면 좋겠다는 생각으로 원고를 진행했습니다. 여기가 제2의 집이 된, 카미조의 이상한 점을 느껴주시면 좋겠네요.

그리고 이번에는 그 사람이 오른손을 휘두르고, 그 녀석이 마술을 씁니다. 필살 '설마 마술을 쓰고 있는 거야?!' 공격. 돌이켜 생각해보면 생제르맹은 거의 예외적으로 구원 하나 없이 퇴장한 마술사였기 때문에, 이쯤에서 사정없이 구제했어요.

모든 것을 깎아낸 곳에, 카미조 토우마의 심지에는 무엇이 남을 것인가.

능력의 가치가 모든 것을 결정하는 도시에서, 모두가 오른손의 특수한 힘에 주목하는 가운데, 그래도 흔해 빠진 관계의 힘을 제시하는 게 가장 간담이 서늘하겠지 하면서 원고를 썼답니다. 역시 카미조 토우마는 이래야죠. …이 '역시'가 있는 것은 긴 시리즈를 쓸 수 있었던 은혜일 거라고 생각합니다.

일러스트를 그려주신 하이무라 씨, 그리고 이토 타테키 씨, 담당

편집자 미키 씨, 아난 씨, 나카지마 씨, 하마무라 씨께 감사드립니다. 한 권으로는 끝나지 않았던 크리스마스, 덕분에 서랍의 스톡이 큰일 났다는 생각이 들어요. 매번 무모한 저와 어울려주셔서 감사합니다.

그리고 독자 여러분께도 감사드립니다. 이번의 카미조 토우마가 해냈는지 해내지 못했는지는 여러분의 가슴속에서 살며시 판단해 주시기 바랍니다. 시공을 여행하는 마술사 생제르맹은 자신 안에서 '단편적인 자료에서, 어떻게 하면 그것을 억지로 증명할 수 있는가' 상당히 아크로바틱하게 어레인지하고 있어서 은근히 꽤 좋아한답니다. 부디 여러분의 마음속에도 남아주기를. 여기까지 읽어주셔서 정말 감사합니다!

그러면 이쯤에서 책을 덮어주시고.
다음에도 또 책을 들어주시기를 바라면서.
이번에는 이쯤에서 붓을 놓을까 합니다.

'맛'도 어렵지만, 자칫하면 겨울의 추위를 잊을 것 같아지는……
카마치 카즈마

병원이었다.

하지만 카미조 토우마의 이야기는 아니다.

"……."

침대 위에서 미사카 미코토가 울적해하고 있었다.

학원도시 제3위, 드디어 입원 경험조에 들어가게 되었다. 격전을 거친 강자만이 제7학구의 이 병원에 모여든다. 이곳은 RPG의 숙소일까, 무엇일까.

덧붙여 말하자면 아가씨인 미코토이지만, 특별히 1인실인 것은 아니다.

같은 세대의 여자아이들만을 모아놓은 병실에서는 옆 침대에 아는 사람이 누워 있었다.

미코토가 입원했다는 것은 물론 다른 한쪽의 소녀도 이하 생략이다.

게다가 쇼쿠호 미사키는 조금 즐거워 보였다.

왠지 파자마 파티를 준비하는 것 같은 향기를 풍기고 있다.

"후후후, 우후후. 전부터 한번 해보고 싶었어요. 이것도 또 큰 의미로는 한 지붕 아래가 되는 걸까요. 이걸로 이제 침입 수순을 확보하거나 면회 시간에 신경 쓸 필요력도 없죠오. 아침에 낮에 밤에, 언제든 자유력으로 그 사람의 병실에 놀러 갈 수 있어요. 최고의 겨울방학의 시작이에요오!!"

"너 역시 이상해."

그리고 이 녀석은 병원인데 어째서 뻔뻔스럽게 베이비 돌일까. 처음부터 여자 의사나 간호사 이외에는 자신을 보살피지 못하게 할 생각일까. 애초에 긴급 수송되어 여기까지 왔는데, 대체 어디의 누구에게 이런 변태적인 잠옷을 가져오게 한 거지???

"미사카 씨이, 어째서 개구리 무늬 파자마예요? 여기는 모두가 보고 있는 병원이에요오."

"너 역시 이상해! 이해가 안 돼!!"

그건 그렇고….

미사카 미코토는 크리스마스의 밤에 낮게 중얼거렸다.

"…졌군."

"뭘로 이기고 진 걸 결정하느냐에 달려 있다고 생각하는데요오."

쇼쿠호는 밉살스럽게 말한 후에.

그러나 되받아치듯이, 그저 사실을 인정했다.

"우리 손으로 그 사람을 지킨다는 조건이라면, 실로 완패지만요. 구해줄 생각이었는데 완전히 도움을 받다니, 재미있는 이야기는 아니에요오."

물론, 여기에서 비뚤어져도 어쩔 수 없다.

어차피 싸우는 필드가 다르고, 중학생이 발버둥 쳐도 고등학생의 스테이지에는 설 수 없다고 생각하는 것은 이제 그만뒀다.

다만 미코토는, 사실로서 인정한 후 이렇게 중얼거린 것이다.

"힘이 필요해…."

학원도시가 정한 레벨 평가가 아니다.

자신이 이거라고 결정한 소중한 것을 지켜내기에 충분한 힘이 필요하다.

작은 열쇠였다.

옳은 패배가 그녀의 의식을 바꾸고, 세상을 보는 견해를 완전히 바꾸어간다.

지금까지라면 절대 있을 수 없는 움직임이 있었다.

침대 위에서 천장을 향해 드러누운 채, 어디까지나 천장을 올려다본 상태로, 그러나 미코토는 확실히 손을 뻗었다.

"그러니까 도와줘. 어차피 사건은 아직 끝나지 않았어. 강해지려면 네 힘이 필요해."

"좋아요☆ 뭐, 미사카 씨치고는 솔직력이라고 말해야 할까요오?"

옆 침대에.

뻗은 손을 움켜쥐는 감촉이, 확실하게 돌아왔다.

창약 어떤 마술의 금서목록 2

2022년 2월 15일 초판 인쇄
2022년 2월 28일 초판 발행

저자 · KAZUMA KAMACHI
일러스트 · KIYOTAKA HAIMURA
역자 · 김소연
발행인 · 황민호
콘텐츠4사업본부장 · 박정훈
콘텐츠4사업본부장 · 김순란 강경양 한지은 김사라
마케팅 · 조안나 이유진 이나경
국제업무 · 이주은 김준혜
제작 · 심상운 최택순 성시원
일본어판 오리지널 디자인 · HIROKAZU WATANABE
한국판 디자인 · 디자인 우리
발행처 · 대원씨아이(주)

서울 특별시 용산구 한강로3가 40-456
편집부 : 02-2071-2104 FAX : 02-794-2105
영업부 : 02-2071-2061 FAX : 02-794-7771
1992년 5월 11일 등록 3-563호

http://www.dwci.co.kr/

ISBN 979-11-6894-023-9 04830
ISBN 979-11-362-9439-5 (세트)